AF220555

Der Löwe der Ischtar

Band 2

Roman

Guido Schenk

Bibliografische Information der Deutschen Nationalbibliothek:

Die Deutsche Bibliothek verzeichnet diese Publikation in der Deutschen Nationalbibliografie; detaillierte bibliografische Daten sind im Internet über http://dnb.d-nb.de/ abrufbar

© Guido Schenk 2023
Herstellung und Verlag: BoD - Books on Demand, Norderstedt
ISBN: 978-3-75-193699-6
Lektorat: Scriptmanufaktur Claudia Junger, Gütersloh
Cover: Gerhard Junker, Urbach
Titelfoto: bpk / Vorderasiatisches Museum, SMB / Olaf M.Teßmer

Inhaltsverzeichnis

Personenverzeichnis

Akkad - Reich des Gottes Marduk

Sargon...König von Akkad
Nintinugga...........................Königliche Leibwächterin
Gusur......................................Ältester Sohn des Sargon
Senezon...General (Šagana)
Ezira...General (Šagana)

Subartu - Reich der Göttin Ischtar

Semiramis....................................Königin von Subartu
Sanherib....................Hauptmann (Gal-ug) der Garde
Samše......................................Stadthalterin von Ninive
Hofileschgu.........Offizierin (Gal-ug) der Verteidigung
Woranola.........Offizierin (Gal-ug) der Bogenschützen
Urta..Anführerin der Jäger

Ninive im 3. Jahrtausend vor Christus

Dreizehntes Kapitel: Die Heilige Stadt

Andächtig stieg eine kleine Gruppe der Muskil die steilen Treppenstufen zum Tempel hinauf. Nizam-Muskil, ihr Anführer, schritt voran. Sein ganzer Körper zitterte noch von der Anstrengung, die der Ritt den Berg hinauf verursacht hatte. Seine Begleiter standen kurz vor dem Zusammenbruch, doch darauf konnte er keine Rücksicht nehmen. Addad musste dringend von den jüngsten Geschehnissen unterrichtet werden. Auf ihren Armen, die von Staub und Schweiß verklebt waren, trugen die Muskil die Kriegsinsignien, die sie von den Akkadern erbeutet hatten. Energisch nahm Nizam die nächsten Stufen.

Auf dem Plateau mit dem Tempel standen vier der Wachmänner Spalier. Er nickte dem nächsten Wächter zu, der ihn erfreut wiedererkannte. Dann trabte er hinein. Hohl schallte das Klappern der Hufe die Wände empor. Es vermischte sich mit dem Zischen von Dampf, der aus der Mitte des Raums aufstieg und zum Himmel wuchs, wo sich schwere Wolken bildeten. Bald würden sie zur Nacht wieder das Land Subartu vor den Blicken Ischtars verbergen. Die Göttin besaß schon lange nicht mehr die Kraft, ihn daran zu hindern, ihr Reich zu bedecken. Und bald würde er es ihr vollends entreißen. Die Muskil bildeten einen Halbkreis um die Dampfsäule und fielen auf ihre Knie. Geduldig und mit rasenden Herzen warteten sie auf ihren Gott. Das Zischen wuchs zu einem Grollen an, das aus der Tiefe der Felsen zu ihnen empordrang. In dem Grollen formte sich zu einem Befehl: „Sprich!" Die Wände des Tempels bebten unter der Präsenz des Donnergottes. Der Anführer der Muskil erhob seinen massigen Kopf, um zu der Wolke zu sprechen.

„Heil dir, Addad. Wir bringen die Insignien der Akkader, so wie du es gewünscht hast." Sie hielten die Beutestücke hoch und legten Sie dann vor sich auf den Boden. Ein zufriedenes Zischen ertönte aus der Wolke.

„Muttakil-Muskil ist nach Mari aufgebrochen, um die Streitwagen zu holen. Sie werden in Ninive zu der von Euch bestimmten Zeit eintreffen. Alles geschieht, wie Ihr es befohlen habt." Der Dampf wurde dichter. Dunkle Flecken erschienen in der weißen Wand wie mächtige Augenbrauen, die misstrauisch zusammengezogen wurden. Der Donnergott ahnte bereits, dass ihnen nicht alles gelungen war. Nizam-Muskil schluckte.

„Einer unserer Brüder wurde bei dem Überfall auf die Akkader entdeckt und schwer verwundet. Er erlag seiner Verletzung. Die Akkader wissen nun, wer die Insignien erbeutet hat." Die Dampfschwaden verdunkelten sich zunehmend. Der Muskil fuhr fort. „Semiramis, die Königin von Subartu, weilte zur Zeit unseres Überfalls im Lager, und zwar als Gast. Wir glauben, sie ahnt etwas von Euren Plänen. Jedenfalls ist es ihr gelungen, König Sargon zu überreden, fünfhundert seiner Soldaten nach Subartu zu führen, um Ninive vor einem Angriff schützen." Das Grollen aus der Wolke wurde mit jedem Satz, den der Zentaur sprach, lauter. Blitze zuckten aus der Wolkendecke über dem offenen Dach des Tempels. Ein tosender Donner ließ die Fundamente des Gebäudes erbeben. Nizam-Muskil stützte sich mit den Händen neben seine Knie. Er rief mit voller Kraft, um den Lärm zu übertönen. „Herr, wir haben versucht, sie daran zu hindern, doch die Hexe hat uns überlistet. Wir dachten, wir hätten sie erledigt, doch sie täuschte uns mit einem Doppelgänger. Nun sind sie über die Grenze gelangt und segeln gemeinsam nach Ninive." Immer wieder blitzte und donnerte es über dem Tempel. Der Wind heulte durch die großen Tore und ließ die düstere Dunstwolke bedrohlich hin und her schwanken. In ihrer Mitte wähnte der Muskil einen großen hörnerbesetzten Kopf zu erkennen. Addad selbst war offenbar nur wenige Schritte von ihnen entfernt. Nizam-Muskil erwartete sein Ende. Doch das Grollen ließ nach. Die Blitze blieben aus und auch die Wolke lichtete sich allmählich. Addad schien nachzudenken. Nach längerem Warten glaubte der Muskil in deinen Gedanken eine Botschaft von dem Donnergott zu empfangen:

Das Blut der Menschen lässt sich leicht in Wallung bringen. Doch Geduld haben sie keine. Wir lassen sie warten, bis sich die Menschen ihrer überdrüssig sind. Es gibt kein Vertrauen zwischen ihnen. Sie suchen alle nur den eigenen Nutzen. Schon bald wird die alte Feindschaft unter ihnen wieder ausbrechen. Dann ist Ninive schwächer als zuvor.

Ein Grollen polterte aus der Tiefe, wie um den neuen Auftrag anzukündigen. Neue Gedanken formten sich im Kopf des Muskil wie die Wolken in dem Tempel: *Fahrt fort mit euren Vorbereitungen, aber rückt erst eine halbe Mondphase später aus. Bis dahin lasst euch nicht in der Nähe der Stadt sehen.* Nizam-Muskil nickte unwillkürlich mit dem großen Kopf. Er hatte verstanden. Nun schwieg die Wolke. Der Muskil wartete, doch er konnte nur noch den Wind vernehmen, der nun sanfter durch den Tempel drang und die Wolken allmählich auflöste. Addad war fertig mit ihm. Erleichtert stand der Muskil auf. Sein Kopf dröhnte von dem Erlebten.

Als Nizam-Muskil sich umdrehte, um den Tempel zu verlassen, schickte Addad neue Anweisungen:

Treibt meine Stiere zusammen! Alle! Wenn der Angriff erfolgt, habe ich eine ganz besondere Aufgabe für sie. Dabei verwandelte sich das Grollen aus der Tiefe in ein höhnisches Gelächter, das den ganzen Tempelberg erschüttern ließ.

Staunend betrachtete Sargon die Stadt, deren Mauern wie eine lange Hügelkette den Fluss säumten. Nie zuvor hatte er ein solches Bauwerk gesehen. Die Mauern waren sicher 20 Meter hoch und ihre rechteckigen Türme erreichten die doppelte Höhe. An drei großen Stadttoren waren sie bereits vorbeigefahren und die Steinmauer schien kein Ende zu nehmen. Der König hatte viele Erzählungen über die unbezwingbaren Stadtmauern von Ninive gehört, die Beschreibungen aber immer als übertrieben abgetan. Nun sah er sie mit eigenen Augen. Wie lange mochte es wohl gedauert haben, diese Befestigung zu errichten? Sargon erinnerte sich, dass der Ausbau von Akkad sich seinerzeit über zwei Jahre hingezogen hatte. Dabei hatte er sich glücklich schätzen können, dass es in jener Zeit weder zu einer Überflutung noch zu einem Angriff gekommen war. Im Winter nach der Fertigstellung mussten sich die Mauern erstmalig beweisen. Aber Akkad war nur etwa halb so groß wie diese Stadt, deren Stadtmauer bereits seit einer halben Stunde kein Ende zu nehmen schien. Nur an einer Stelle war die Mauer unterbrochen: dort, wo ein Kanal aus der Stadtmauer kam und in den Tigris mündete.

„Der Fluss Koshr füllt die Kanäle und Gärten von Ninive", beantwortete Semiramis neben ihm seine unausgesprochene Frage. Sie war stolz, dass er den Blick nicht von dem Bauwerk ihres Volkes abwenden konnte. „Ohne ihn müssten die Bewohner der Stadt aus dem reißenden Tigris Wasser schöpfen. Der Platz am Ufer würde zudem nicht ausreichen, alle Bewohner der Stadt zu fassen." Lautlos war sie zu ihm getreten und folgte nun seinen Blicken zur Stadt.

„Wie viele Menschen leben in Ninive?", fragte er sie. „Etwa achtundvierzigtausend", antwortete die Königin pfeilschnell, als hätte sie die Frage erwartet. „Das sollte ich einem Feind eigentlich nicht verraten", fügte sie mit einem verschmitzten Lächeln hinzu. Er musterte sie überrascht. Alle Spannung schien von ihr abgefallen zu sein, seit sie die Mauern Ninives unbeschadet vorgefunden hatte. Semiramis war rechtzeitig vor dem Angriff Addads angekommen. Sargon kostete es Zeit, die Informationen über die Größe Ninives zu verarbeiten. Seine Hauptstadt Akkad war nicht mit dieser gigantischen Stadt zu vergleichen. Wie waren sie hier in der Lage, solche Menschenmassen zu ernähren und zu kontrollieren? Der Verwaltungsapparat der Stadt allein musste ein Vermögen kosten. Dazu kamen die Ausgaben für Soldaten sowie für die Instandhaltung der Mauern. Sargon spürte Neid auf diesen Reichtum in sich aufsteigen.

„Euer wirklicher Feind weiß es bereits", brummte er nur und deutete zu dem Gebirge, dass fern hinter der Stadt zu erkennen war. Dort herrschte Addad. Dunkle Wolken, die das Reich den Blicken Ischtars und Marduks entzogen, sammelten sich um das Bergmassiv. Sie türmten sich über den Bergspitzen und erhöhten so noch die gewaltige Erscheinung des Gebirges des Wettergottes. Nachdem sie den Zufluss des Kanals passiert hatten, fuhren ihre Schiffe an einer Palastanlage vorbei, welche die Stadtmauer in der Höhe überragte und noch weit über die Grenzen der Stadt bis direkt an den Fluss reichte. Zwei Terrassen trugen Paläste, Tempel sowie Häuser des Gesindes und der Wachen. Auf der Spitze der oberen Terrasse stand ein weißer Tempel, zu dem steile Treppen aus allen Himmelsrichtungen führten. Der lange Schatten der Palastanlage reichte bis in die Mitte des Flusses, von der die Gruppe die Schiffe aus dem Süden nun hin zum Ufer lenkte. Ein weiteres Stadttor wurde vor ihnen sichtbar. Der Anlegesteg davor war im Gegensatz zu den vorangegangenen Toren frei von Schiffen. Hingegen war das Ufer ringsum dicht gefüllt mit Menschen. Als sie näherkamen, erkannte Sargon, dass diese Menschenmassen den nahenden Schiffen entgegenblickten. Sie wurden erwartet.

„Der Kapitän hat vorgestern ein schnelles Boot vorausgeschickt, um meine Ankunft zu melden", teilte ihm Semiramis mit. „Die Menschen am Ufer sollten Stadthalterin Samše mit ihrem Gefolge sein."

„Und ihre Soldaten", ergänzte Senezon und zog sich den Helm fest. In der Tat konnte Sargon ebenfalls eine große Einheit Bewaffneter am Ufer erkennen. Auf den Zinnen der Mauer und des Stadttors standen Bogenschützen. Bei ihrem Anblick fiel dem König auf, dass dies die ersten Soldaten waren, die er in Ninive sah. Während der langen Fahrt entlang der Stadtmauern war ihm keine einzige Wache aufgefallen. Waren sie versteckt beobachtet worden? Wozu die Mühe? Oder verließen sich die Bewohner Ninives auf die Höhe ihrer Mauern? Der reißende Strom des Tigris erlaubte gewiss keinen Überraschungsangriff bei Tage. Andererseits würde es sehr lange dauern, bis Truppen in ihren Rüstungen die Mauern entlanggelaufen wären. Der Feldherr in ihm übernahm die Gedanken. Wie viele Kasernen gab es entlang der Stadtmauer? Sicherlich mindestens eine auf jeder Seite des Kanals, vermutlich nahe der nördlichen und der südlichen Tore. Folglich war die Mitte die schwächste Stelle, wenn man bei solch hohen Mauern überhaupt von Schwäche reden konnte, überlegte er. „Ihr studiert den falschen Gegner", erinnerte Semiramis die Männer aus Akkad. „Bitte gewöhnt Eure Gedanken daran, diese Soldaten und Mauern als Eure Verbündeten zu betrachten."

„Ich hoffe, dass meine neuen Verbündeten von ihrer Aufgabe genauso überzeugt sind, wie Ihr es seid, Königin Semiramis", seufzte Senezon, der sich in Schussweite der Bogenschützen Ninives sichtbar unwohl fühlte. „Sie sind es", erwiderte Semiramis bestimmt und beendete damit das Gespräch. Geschickt steuerte der Kapitän das lange Schiff an den Anlegesteg, wo man die zugeworfenen Taue auffing. Sie waren am Ziel der Reise. Semiramis schritt als Erste die Planken herunter, gefolgt von Sargon und Prinz Gusur. Die Menschen auf dem Kai fielen auf die Knie, als die Königin festen Boden betrat. Würdevoll schritt sie auf die Stadthalterin zu, die ihre Hand zum Gruß küsste und dann sprach:

„Willkommen in Ninive, Herrin! Eure Anwesenheit ist uns eine große Ehre."

„Mein Herz freut sich, Euch gesund anzutreffen. Erhebt Euch, Samše", antwortete die Königin. Die Stadthalterin tat, wie ihr geheißen, während sie einen misstrauischen Blick auf Sargon warf.

„Ich hörte Geschichten über Eure Begleiter, Herrin, konnte aber nicht glauben ..."

„Dass wir ohne Fesseln von ihrem Schiff gebracht werden?", fragte Sargon, bevor Semiramis etwas erwidern konnte. Auch ihn machte die zahlenmäßige Übermacht der subartunischen Soldaten nervös. Die

Stadthalterin schien von der direkten Anrede des Fremden etwas überrumpelt zu sein. Sie vermied es, dem Akkader zu antworten, und richtete ihre Worte an ihre Königin.

„Herrin, wir konnten nicht glauben, dass Ihr diese Gesellschaft nach Ninive bringt. Wir sind eine Friedensstadt und pflegen, die Kriege jenseits der Mauern zu halten."

Semiramis war der Konflikt nicht entgangen. Sargon ahnte, dass sie sein ungestümes Verhalten missbilligte.

„Und diese Sitte wollen wir fortsetzen", sagte sie bestimmt. „Samše, ich stelle dir Sargon, König von Akkad, weltlicher Stellvertreter des Marduk und unser Verbündeter gegen die Monster des Addad vor."

Die Stadthalterin zuckte kaum merklich zusammen. Unsicher blickte sie zwischen ihrer Herrin und den Fremden hin und her. Mit gezwungener Höflichkeit sagte sie dann: „Ich grüße den hohen Herrn und seinen ...göttlichen Beistand. Allerdings denke ich, dass wir seine tatkräftige Unterstützung in Ninive nicht in Anspruch nehmen müssen. Wir leben in Harmonie mit Addad und kennen die von Euch genannten Monster nur aus Erzählungen."

„Ich fürchte, Ihr werdet sie bald besser kennenlernen, als Euch lieb ist", versprach Semiramis. „Wir wissen, dass Ninive das nächste Ziel des Addad ist, um die Ufer des Tigris zu kontrollieren. Der Angriff steht kurz bevor." Diese Worte richtete die Königin mehr an die Umherstehenden als an die Stadthalterin. Unruhe kam auf.

„Ein Angriff des Addad, sagt Ihr? Herrin, Ihr müsst Euch irren. Wer hat versucht, Euch solches einzureden?"

„Seine Muskil, die es mehrmals versuchten, mich auf meiner Mission in Akkad umzubringen", antwortete die Königin. „Ich bin hergekommen, um persönlich die Verteidigung Ninives zu organisieren. Ab sofort herrscht der Alarmzustand in der Stadt! Ich erwarte alle Zugführerinnen in einer Stunde auf dem Kasernenplatz mit einem Bericht über die Mobilisierung."

Eine nahe stehende Offizierin war sichtbar überrascht und warf einen fragenden Blick auf die Stadthalterin.

„Herrin, die Stadt ist immer bestens gewappnet", sagte sie. Dabei wich sie dem prüfenden Blick aus. „Wollt Ihr Euer Domizil nicht im Palast beziehen? Ich lasse sämtliche Gal-ugs der Stadt gerne dort versammeln."

„Einverstanden", sagte Semiramis, bemüht, die Vorschläge ihrer Untergebenen aufzunehmen. „König Sargon und seine Männer werden auch dort wohnen." Die Stadthalterin war blass geworden. „Herrin, Ihr wollt die Südländer in die Stadt lassen? Wäre es nicht besser, sie beziehen ihr Lager auf dem Feld?"

Bei dem übrigen Abschaum, den Ihr so gerne außerhalb der Mauern halten wollt?, dachte Sargon zynisch. Er verkniff sich die Antwort.

„König Sargon und seine Offiziere werden ebenfalls im Palast wohnen", entschied Semiramis. „Für seine Truppen finden wir Platz in der Kaserne, und zwar innerhalb der Mauern." Sie betonte ihre letzten Worte. Damit schritt sie auf das Tor zu, und der Stadthalterin blieb nichts anderes übrig, als ihr zu folgen.

Der Palast von Ninive verkörperte das Selbstbewusstsein und den Stolz seiner Bewohner. Sargon zählte drei Tore, die sie durchschreiten mussten, um in das In-

nerste zu gelangen. Jedes Tor war größer und prächtiger
als das Vorangehende. Aber außer dem Prunk konnte
ihn die Anlage nicht beeindrucken. Die Mauern standen nach seiner Meinung viel zu nah beieinander, als
dass sie eine effektive Verteidigung ermöglichten. Zudem waren auch hier nur wenige Wachen zu sehen. Die
große Ratskammer übertraf den Prunk der Stadttore.
Blaue Ziegel bedeckten die Wände, die von Fackeln hell
erleuchtet waren. Löwen mit weit aufgerissenen Mäu-
lern schmückten die Reihen der Ziegel auf allen Seiten.
Zwischen diesen Wänden wurden Entscheidungen getroffen, die keinen Widerstand duldeten. Aus der Mitte des Raumes blickte eine Statue der Schutzpatronin
Ninives auf die Ankömmlinge herab: Göttin Ischtar.
Sargon hatte nie zuvor eine so große und so majestä-
tische Götterfigur gesehen. Gott Marduk wurde stets
im Relief dargestellt, umgeben von seinen Dienern und
oft im Kampf gegen Löwen oder Stiere. Das Bild der
Göttin Ischtar hingegen stand – an eine Säule gelehnt
– fast frei im Raum. Das schmale Gesicht umrahmten glatte lange Haare, die bis auf ihren vollen nackten
Busen fielen. Die Arme der Göttin, welche Flügel in
den Raum spannten, waren angehoben, und die offenen
Handflächen etwa auf Höhe des gekrönten Kopfes. Ob
diese Geste einen Gruß oder einen Angriff bedeutete,
blieb für Sargon ungewiss. Die dünnen Flügel auf dem
Rücken der Göttin ähneln mehr einem Umhang als
den Schwingen eines Vogels. Das Gesicht der Göttin
nahm schnell die Aufmerksamkeit des Betrachters ein.
Es war schmal, fast hager. *Zu dünn für eine Göttin der
Fruchtbarkeit*, dachte Sargon bei sich. Irgendwie kam
dieses Gesicht ihm bekannt vor. Semiramis, die neben
ihn getreten war, sprach seinen Gedanken aus.

„Sie trägt Samšes Gesichtszüge." Die Stadthalterin stand zu weit weg, um die Worte zu hören. Sie schien zu ahnen, dass die Königlichen über das Standbild sprachen, denn sie trat näher und erläuterte es ihnen. „Der Künstler kam aus der Wüste nach Ninive. Er hatte zuvor keines der Standbilder unserer Göttin gesehen und fertigte es so, wie er ihr Schaffen in Ninive beobachtete."

„Wie konnte der Mann wissen, welches Schaffen auf die Himmelsmutter zurückzuführen war?", fragte Semiramis.

„Die Hohepriesterin hat ihm den Blick geschärft. Sie ist mit dem Ergebnis sehr zufrieden."

„Ist sie das?", fragte Semiramis gedehnt und fügte gedanklich die Hohepriesterin von Ninive der Liste von Personen hinzu, die sie sich einmal näher ansehen würde.

„Sie ist außerordentlich zufrieden", bestätigte Samše und wechselte das Thema, das ihr zu verfänglich wurde.

„Doch nun wollt Ihr Rat halten, Herrin. Die Gal-ug sind vollzählig versammelt."

Sargon musterte die Gruppe. Etwa zwanzig Frauen und ein paar Männer hatten sich in der Halle eingefunden und knieten vor der Königin. Diese Zugführer trugen alle sehr eindrucksvolle Rüstungen aus hochwertigen Metallen. In deren Augen sah er neben dem Misstrauen, welches ihn begleitete, seitdem er das Boot verlassen hatte, auch etwas anderes: Trägheit. *Wie kann es sein, dass diese Offiziere in einem solchen Moment träge sind?*, fragte er sich. Sargon studierte ihre Körperhaltung genauer. Ihnen fehlte etwas, das der Wüstenkönig selbst bei dem jüngsten seiner Soldaten fand: Feuereifer und Bereitschaft zum Kampf. Diese Gal-ug trugen zwar eindrucksvolle Rüstungen, aber kaum einer hatte die Hand am Schwert. Amüsiert stellte Sargon fest, dass sich der Schwertknauf eines der Männer sogar im Gürtel verfangen hatte. Bis der Unglückliche seine Waffe gezogen hätte, wäre er von seinem Gegner längst zweigeteilt worden. Sargon fühlte sich mit Gusur und seinen drei Leibwachen der Gruppe von Gal-ug mehr als ebenbürtig. Semiramis hatte andere Sorgen.

„Ich sehe hier nur dreiundzwanzig Gal-ug", sprach sie zu Samše mit einer Stimme, die durch den Saal trug. „Ninive hat achtundvierzig Einheiten, denen jeweils ein Gal-ug vorsteht."

„Das war früher einmal so", gab Stadthalterin Samše zu.

„Ich sagte Euch doch, Herrin, Ninive lebt in Frieden mit seinen Nachbarn und ist geschützt von uneinnehmbaren Mauern. Achtundvierzig Einheiten wären eine reine Geldverschwendung."

„Der Frieden ist vorbei", stellte Semiramis klar. „Ich erwarte, auch die anderen Gal-ugs zu sehen, nun, da ich die Mobilmachung angeordnet habe." Samše riss entsetzt ihre Augen auf.

„Herrin, diese Truppen werden woanders dringend gebraucht. Gerade errichten wir einen neuen Anlegesteg im Süden der Stadt. Die Händler verlangen eine pünktliche Fertigstellung oder sie laden weiter südlich ab, wo eine andere Stadt sie aufnimmt."

„Wenn wir Ninive nicht absichern, wird dieser Steg bald keine Stadt mehr haben, welche die Händler anlaufen können", erwiderte die Königin spitz.

„Ich erwarte alle achtundvierzig Gal-ugs morgen bei Anbruch der Dämmerung zu sehen. Danach will ich ihre Soldaten auf dem Übungsplatz inspizieren."

„Achtundvierzig Einheiten? Herrin, das geht nicht!", rief die Stadthalterin Ninives verzweifelt.

„Als ich diese Stadt das letzte Mal betrat, standen mir achtundvierzig Einheiten Spalier", erinnerte Semiramis. Die Stimme der Königin hatte etwas Eisiges angenommen; wie der Wind, der in wolkenfreier Nacht vom Mond zur Erde wehte. Die Stadthalterin zitterte.

„Du hattest die Aufgabe bekommen, die Wehrhaftigkeit Ninives zu erhalten, Samše", stellte Semiramis fest. „Morgen werde ich wissen, ob du der Aufgabe gewachsen bist."

Die Königin drehte sich um und verließ den Versammlungssaal, ohne sich noch einmal umzusehen. Ihre Leibwache folgte ihr. Sargon hielt es für das Beste, die Nacht auf dem Boot zu verbringen, und signalisierte seinen Gefolgsleuten, ihm zu folgen. Die Gal-ugs eilten sich, den Saal zu verlassen. Zurück blieb eine Stadthalterin, die verzweifelte Blicke auf die Tür warf, durch welche die Königin verschwunden war.

Die Sonne berührte die Spitzen der fernen Wüstenberge, als Sargon, Gusur, Ezira und Senezon das Flaggschiff verließen, um den Exerzierplatz in der Nordkaserne aufzusuchen. Semiramis hatte ihnen einen Führer geschickt, der sie durch das Straßenlabyrinth der Stadt geleiten sollte. Die Akkader waren dankbar für die Unterstützung. Gusur hatte während des Tages versucht, auf eigene Faust die Stadt zu erkunden. Obwohl die Straßen Ninives tagsüber fast menschenleer waren, hatte er dabei vollständig die Orientierung verloren. Nachdem er schließlich am Südtor angelangt war, wollte er den Versuch nicht wiederholen. Also legte er den Rückweg außerhalb der Stadt entlang der Stadtmauern zurück. Dieser Weg war zwar schneller, jedoch wurde Gusur dadurch der Hitze des Tages und den grellen Sonnenstrahlen ausgesetzt. Auf dem Rückweg konnte er auch die Baustelle des neuen Anlegestegs betrachten, welcher der Stadthalterin so wichtig war. Die Ausmaße der Anlage übertrafen alles, was der Prinz zuvor an Häfen gesehen hatte. Das war tatsächlich nichts, was sich kurzfristig und überhastet fertigstellen ließe.

Mit dem Einsetzen der Dämmerung kehrte das Leben nach Ninive zurück. Läden öffneten ihre Fenster, Kinder spielten auf den Straßen. Kühe, Schafe, Pferdekutschen zogen an ihnen vorüber, während die Männer zu der Nordkaserne eilten. Ninive hatte zwei große Kasernenkomplexe, wie ihnen ihr Führer erläutert hatte. Der Exerzierplatz lag zwischen der Nordkaserne und dem Stadthalterpalast. In Friedenszeiten – offenbar meinte er damit die Gegenwart – würde nur diese Kaserne Soldaten beherbergen. Die Reserve lebte mit ihren Familien entweder in der Stadt oder in den umliegenden Dörfern. Diese „Reserve" hatte Semiramis nun wieder einberufen, und so würde sich auch die Südkaserne bald wieder füllen.

Als sie am Exerzierplatz ankamen, fanden die Akkader den Platz von unzähligen Fackeln hell erleuchtet. Die Sonne war zuvor untergegangen, doch ihr fernes Licht leuchtete im Himmel nach, an dem sich die Wolken bildeten. Auch über Ninive achtete Addad darauf, den Einfluss der herrschenden Gottheit zu schmälern. So lange ihr Gestirn am Himmel stand, entzogen seine Wolken der Welt ihren Anblick. Neben dem Bezug zu ihrer Göttin verloren die Bewohner Subartus die Inspiration der Sterne. Man sagte, dass früher die Gelehrten die Position der Sterne in Bildern zu deuten und daraus die Zeit der Überschwemmungen zu errechnen verstanden. Mit dem Verlust des Sternenlichts hatten die Menschen in Subartu diese Möglichkeit der Vorhersage inzwischen verlernt.

Die Truppen Ninives waren angetreten, wie von ihrer Königin befohlen. Es waren genau achtundvierzig Einheiten mit je 24 Kämpfern. Ihre Gal-ugs – Sargon konnte heute keinen Mann darunter entdecken – standen ihren Einheiten voran. Jede von ihnen war mit je einem Langbogen und einem kurzen Schwert bewaffnet. So war es in Subartu Sitte. Ihre Soldaten hatten meist nur Speere und Schilde. Einige trugen zudem etwas längere Schwerter im Gürtel, andere waren ebenfalls mit dem Langbogen versehen, der dann nebst den Pfeilen über der Schulter des Trägers oder der Trägerin – die Bogenschützen waren meist Frauen – hing. Alle Kämpfer trugen lange helle Gewänder, die jeweils an der Taille von einem ledernen Gürtel gehalten wurden. Metallene Helme, unter denen oft langes Haar hervorquoll, schützten die Köpfe der Truppen Ninives. Die Schwertträger trugen zudem Brustpanzer mit geschmiedeten Metallplatten. Es war eine beeindruckende Ausstattung, die sich nur eine sehr wohlhabende Stadt leisten konnte.

Sargon wurde ein Platz neben dem Podest angeboten, von dem aus er die Truppen überblicken konnte. Dann erschien die Königin Subartus, gefolgt von Samše und den Ratsältesten. Semiramis trug ein langes weißes Kleid, welches im fahlen Licht des Mondes schimmerte. Der feine Stoff wehte sanft im Schwung ihrer Schritte, als wäre er aus Wolken gewebt, welche die Königin umgaben. Sargon fragte sich erneut, welche Webkunst es vollbrachte, das Gewicht eines Stoffes wie in Luft aufzulösen. Als einzigen Schmuck, der ihre königliche Herkunft verriet, trug Semiramis ein Medaillon mit dem Siegel der Göttin Ischtar auf ihrer Stirn. Das Schmuckstück wurde von einem dünnen Stirnband gehalten, auf dem Edelsteine wie die Sterne am nächtlichen Himmel funkelten. Wie verschieden war dagegen die Aufmachung der Stadthalterin. Samše trug eine schwere Robe ähnlich der, die Sargon an dem Hohepriester vorfand, der hinter ihr schritt. Eine wuchtige Kette mit goldenen Scheiben sowie lange Ohrringe umrahmten ihr schmales Gesicht. Die Frisur war hochgesteckt wie zu einer Krone, in der weitere goldene Scheiben steckten, die ebenfalls das Symbol der Ischtar trugen. Semiramis schritt auf Sargon zu und sprach – mehr zu den folgenden Ratsherren als zu ihm – mit feierlichen Worten: „Ninives Armee steht bereit. Würde der König von Akkad, der Vertreter Marduks, mich bei der Inspektion unserer Truppen begleiten?" Sargon entging nicht die Doppeldeutigkeit, wenn sie von *unseren Truppen* sprach. Er antwortete im gleichen Sinne: „Es ist uns eine Ehre, der Königin von Subartu und Tochter der Göttin Ischtar zu assistieren." Sargon nahm damit den Platz an ihrer rechten Seite ein, was allen Umstehenden unmissverständlich seinen Status als Begleiter der Königin signalisierte.

Auf dem Exerzierplatz war es still geworden. Nur das Knistern der Fackeln und die im Wind wehenden Fahnen waren zu hören. Gusur, der seinem Vater wie gewohnt folgte, fand sich unverhofft in der zweiten Reihe neben der Stadthalterin Ninives wieder. Die Hohepriesterin wurde dadurch gezwungen, sich in der Gruppe dahinter einzuordnen. Dies war eine Abstufung, über die sie ihre Empörung kaum zu verbergen vermochte. Sie fand ihren Platz neben Senezon, der in der Rangfolge dem Prinzen folgte. Ihr eisiger Blick verriet ihm, was sie von der Anwesenheit der Akkader hielt. Senezon nahm sich vor, die Priesterin und den Tempelbezirk in Ninive nach Möglichkeit zu meiden. Dann nahm die Inspektion seine volle Aufmerksamkeit ein. Wie oft hatte er schon für seinen König gemeinsam mit Ezira die Truppen versammelt, die Nervosität der Hauptmänner beruhigt und die Soldaten gezüchtigt, die es an Sorgfalt oder Disziplin hatten missen lassen. Nun stand er auf der anderen Seite und seinem Auge entging nicht, wie unterschiedlich geschult die Truppen waren, die ihnen heute präsentiert wurden.

Die Einheiten in der vordersten Reihe machten einen tadellosen Eindruck. Ihre Speere und Schwerter waren gepflegt, obgleich sie Spuren des regelmäßigen Gebrauchs trugen. Die Mienen der Männer und Frauen waren starr und ausdruckslos, wie er es von Kämpfern erwartete, die Blut und Tod gesehen hatten. Damit konnte man eine Schlacht schlagen. Senezon lächelte innerlich. Auch er hatte die Elite stets an den Anfang der Inspektion gestellt, um ihren König gelinde zu stimmen. Tatsächlich nahm auch die Qualität der Kämpfer Ninives deutlich ab, je länger sie das Spalier abschritten; allerdings in einer Stärke, die Senezon den Atem verschlug. Nie hätte er sich getraut, dem König Akkads einen solchen Haufen zu präsentieren. Mal war es ein fehlender Brustpanzer, mal ein gelangweilter Blick oder ein unruhiges Schlenkern mit den Händen, das die mangelnde Disziplin der Soldaten offenbarte. Fast schien es ihm, als wären einige von ihnen heute das erste Mal gerüstet. Mehr als einmal fragte sich Senezon bei der Haltung des Speeres, ob der Träger ihn jemals geworfen hatte. Einige der Soldaten waren zu jung, andere deutlich zu alt für die Strapazen eines langen Kampfs. Selbst Frauen mit Verwundungen befanden sich in den Reihen. Am Ende des Spaliers besserte sich die Qualität der Truppen wieder etwas, wie um einen guten letzten Eindruck zu hinterlassen. Senezon

17

wusste, dass auch seinem König solche Tricks nicht verborgen bleiben würden.

Die Stadthalterin, die neben Prinz Gusur die Truppen abschritt, nahm keine militärischen Details wahr. Sie sonnte sich in ihrem Erfolg, in weniger als einer Nacht fünfundzwanzig neue Einheiten aufgestellt zu haben. Sogar die alten Rüstungen und Waffen hatte sie aufgetrieben. Fast alle Soldaten waren korrekt ausgestattet. Senezons Gefühle hingegen wechselten zwischen Empörung und blankem Hohn. Das hier war eine erbärmliche Ansammlung von Soldatinnen. Spione hatten vor einiger Zeit berichtet, dass es mit der Wehrhaftigkeit Ninives nicht weit her sei. Der Anblick dieses Haufens traf ihn aber dennoch wie ein Schock. In Friedenszeiten konnten solche Soldaten höchstenfalls Ruhe auf einem Marktplatz erzielen. Dem ernsthaften Angriff einer Armee hatte Ninive nicht viel mehr entgegenzustellen als die dicken Mauern, hinter denen sich ihre Soldaten verbargen. Auf der Reise nach Subartu hatte Senezon die Garde von Königin Semiramis stets respektvoll betrachtet. Der armselige Haufen aus Ninive war nicht dazu geeignet, seinen Respekt vor der militärischen Stärke Subartus zu bekräftigen. Der akkadische General rechnete nach. Eintausendeinhundertfünfzig Soldaten waren angetreten. Senezon hielt etwa die Hälfte von ihnen für brauchbar. Ein Viertel der Männer und Frauen konnte man mit etwas Schulung zu Hilfstruppen ausbilden. Der Rest war nutzlos. Gemeinsam mit den Truppen aus Akkad gab es also etwa eintausend Soldaten in Ninive. Den größten Beitrag zur Verteidigung würden die Mauern und die Verteidigungswaffen erbringen. Bei der Größe der Stadt würde es lange dauern, Truppen von einem Stadtteil zum anderen zu bringen. Folglich mussten sie einem Überraschungsangriff vorbeugen.

Nachdem sie die Inspektion beendet hatten und wieder am Podest angelangt waren, konnte die Stadthalterin ihre Ungeduld nicht zügeln und fragte die Königin stolz: „Seht Ihr, Herrin? Es ist so, wie Ihr angeordnet habt. Achtundvierzig Einheiten stehen einsatzbereit in Ninive zur Verfügung." Semiramis musterte sie kühl und wählte ihre Worte mit Bedacht. „Achtundvierzig Einheiten sehe ich wohl. In Bezug auf ihre Einsatzbereitschaft habe ich jedoch eine andere Meinung." Sargon nickte zustimmend. Diesmal hielt er sich mit einer Bemerkung zurück. Die Stadthalterin war sichtbar schockiert. „Nicht einsatzbereit? Ihr seht, sie tragen alle Waffen und warten nur darauf, sie gegen unsere Feinde tapfer einzusetzen." Dabei warf sie einen Blick auf Sargon, wie um zu zeigen, wen sie als Feind der Stadt ansah.

„Dann sollten wir die tapferen Kämpfer nicht zu lange warten lassen", murmelte Senezon, laut genug, um auf dem Podest gehört zu werden. König Sargon nickte ihm zu. Der General deutete seinen beiden Begleitern, ihm zu folgen, und schritt in die Reihen der angetretenen Einheiten. Etwa in der Mitte sprach er eine Einheitenführerin an, die ihm schon zuvor bei dem Inspizieren der Truppen aufgefallen war. Sie war etwa zwanzig Jahre alt, trug ihre langen blonden Haare offen auf dem Rücken und ihre Nase stolz höher als die Umstehenden.

„Ich bin Senezon, Sohn des Enmetena und Šagana der Ersten Armee Akkads. Wie lautet dein Name?"

„Ich bin Mischumi, Tochter der Anyun, Führerin der Gruppe Fünf Nord" antwortete die Frau stolz.

„Nun, Mischumi, Tochter der Anyun, Führerin der Gruppe Fünf Nord, wir wollen Königin Semiramis einen Beweis eurer Wehrhaftigkeit geben. Weise drei deiner Soldaten an, sich mit mir zu messen." Die Frau warf einen fragenden Blick zu ihrer Königin. Semiramis gab ihr zu verstehen, dass dies auch ihr Befehl war. Dann stellte sie zwei Frauen und einen Mann ihrer Einheit Senezon und seinen Begleitern gegenüber.

„Du hast mich missverstanden", sagte Senezon. „Die drei sind für mich." Bevor die junge Frau etwas erwidern konnte, trat Ezira vor und forderte ebenfalls nach seinen Kontrahenten. Gusur folgte seinem Beispiel. Verblüfft wies Mischumi auch ihnen jeweils drei Gegner zu. Semiramis erahnte, dass die Soldaten Ninives trotz ihrer Überzahl den Kämpfern Akkads unterlegen sein würden. Diese Demonstration war nötig, um die Truppen wachzurütteln. Sie wollte dabei unnötiges Blutvergießen vermeiden.

„Die Kämpfer nehmen Speere ohne Spitzen. Wer mit der Hand oder einem anderen Körperteil oberhalb der Knie den Boden berührt, scheidet aus", legte sie fest. Die drei Akkader legten dementsprechend ihre Waffen ab und nahmen sich je einen der vorbereiteten Übungsspeere. Ihre Kontrahenten taten es ihnen nach und umringten die Akkader, welche sich mit den Rücken zueinander als Dreieck aufstellten. Sie standen eng zusammen, um einander Deckung zu geben, aber mit genug Abstand, um sich nicht gegenseitig zu behindern. Das Zeichen zum Kampfbeginn erscholl. Die neun Soldaten Ninives umringten ihre Gegner auf der Suche nach einem Angriffspunkt. Da machte Gusur einen Sprung nach vorne, einen Angriff vortäuschend. Sofort schlugen zwei Soldaten auf ihn ein. Ihre Aktion war aber nicht abgestimmt. Beide zielten darauf, ihn in die Brust zu treffen. Gusur wehrte die Schläge mit der einen Seite seines Speeres ab, um seinem Widersacher die andere Seite mit demselben Schwung in den Bauch zu stechen. Der Getroffene sackte stöhnend in die Knie. Gleichzeitig versetzte Gusur dem anderen einen Tritt ins Gesicht, um ihn auszuschalten. Bevor weitere Schläge auf ihn niederfahren konnten, war er wieder auf seine Position zurückgesprungen. Senezon nickte dem Prinzen anerkennend zu. Mit einem wütenden Heulen schlugen nun alle verbleibenden Wettkämpfer Ninives auf die Eingeschlossenen ein. So laut ihre Rufe auch waren, blieben ihre Angriffe schadlos. Zu vorhersehbar waren die Vorstöße. Die Akkader bildeten dagegen eine geschlossene Einheit. Jeder hatte nicht nur seine direkten Gegner, sondern auch seine Kameraden im Blick, sodass ihr Dreieck nie durchbrochen wurde. Ihre Angreifer deckten einander nicht, sodass jeder Vorstoß eine Lücke zum Gegenschlag bot. Und Sargons Gefährten wussten, diese Lücken zu nutzen. So dezimierte sich die Zahl der Kämpfer wegen ihrer Fehltritte oder ihrer Unachtsamkeit stetig. Als den drei Akkadern nur noch zwei Kämpferinnen gegenüberstanden, brach Semiramis den Kampf ab. „Es genügt!", rief sie über den Platz. Die Kämpfer hielten inne und verneigten sich voreinander. Betroffenes Schweigen lag über dem Exerzierplatz.

„Ihr Streiter Ninives, ein Sturm zieht auf, der unsere Stadt zu verschlingen droht. Nach den vielen Jahren, in denen Addad unsere Felder und Händler geplündert hat, trachten seine Gelüste nun danach, Ninive zu besitzen."

Sie trat vom Podest und schritt erneut die Truppen ab. „Er hat lange gewartet, hat uns Ischtars Blicken entzogen und die Wege zwischen unseren Städten versperrt. Während wir glaubten, unsere Feinde in Akkad zu haben, rüstete er sein Heer in den Bergen und schlug zu, wenn unsere Truppen geschwächt aus der Schlacht zurückkehrten."

„Viele Jahre waren wir überzeugt, dass Addad sich mit Marduk verbündet hatte, um die Göttin Ischtar und uns zu vernichten. Wir wurden getäuscht. Addad teilt nicht."

„Ich sah mit eigenen Augen, wie seine Stürme über die Heere Akkads herfielen. Ich sah, wie seine Wolken am Tag die Menschen den Blicken Marduks entzogen. Seine Stiere finden leichte Beute in den Dörfern, die nicht wie unsere Städte von hohen Mauern geschützt werden."

Sie gelangte zu der Stelle, an der Gusur, Senezon und Ezira standen.

„Ihr konntet mitansehen, wie beeindruckend die Akkader zu kämpfen verstehen. Speer und Schild sind mächtige Waffen in den Händen kundiger Männer und Frauen. Noch mehr ist es aber die Einheit der Kämpfer, die in vielen Schlachten geschmiedet worden ist. Denkt Ihr, wir hätten einer Streitmacht solcher Kämpfer etwas entgegenstellen können, wenn sie in unser Land eingefallen wäre?

Wir wissen um die vergeblichen Versuche Marduks, seine Truppen in unser Land zu führen. Ischtar stand uns bei, aber die Entscheidung kam erst mit Addads Eingreifen. Schwer geschlagen mussten sich die Angreifer zurückziehen, und auch wir erlitten Verluste. In unseren Kriegen gab es keinen Sieger außer dem Gott des Donners.

Addad hat sich an das Siegen gewöhnt. Er ist nun stark genug, mit seinen Truppen aus den Bergen an die Flüsse zu kommen und unsere Städte einzunehmen.

Doch hat er einen Fehler gemacht und die Weisheit unserer Göttin und die Marduks unterschätzt. Wir kennen seinen Plan und werden ihn gemeinsam hier aufhalten. Hier, vor den Toren Ninives."

Sie deutete auf die Akkader. „Diese Männer kommen nicht als Eroberer. Sie kommen, um uns zu unterstützen, dem Sturm standzuhalten. Die Kampfkunst, die ihr beobachten konntet, werden Sie auch euch lehren. Marduk vertraut euch, dass ihr sie gegen eure wahren Feinde einsetzt."

Nun gibt es kein Zurück mehr, dachte Semiramis. *Ich hoffe, auch die Oberen der Stadt wissen die Hilfe zu schätzen.* Sargon schien ähnliche Gedanken zu haben. Gemeinsam beobachteten sie die nun folgenden Musterung der Truppen. Ezira und Senezon machten sich bereits Notizen für die Unterweisungen, die sie in ihrer Ankündigung versprochen hatten. Nach einer Stunde wurden die Soldaten zurück auf ihre Posten geschickt. Die Gal-ugs blieben vor dem Podest, während sich die Stadtoberen zurückzogen. Stadthalterin Samše blieb als militärische Führung der Stadt ebenso wie Sargon und seine Männer zurück, um die Vorbereitung der Verteidigung zu planen. Semiramis wandte sich an Samše.

„Neben unseren Truppen werden unsere Mauern und Verteidigungswaffen die Schlacht entscheiden. Ich möchte sie morgen um diese Zeit inspizieren, und zwar an allen Mauern." Die Stadthalterin schien sich innerlich gegen den weiteren Tag hastiger Vorbereitung zu sträuben, sagte aber nichts.

„Wie wollt Ihr unsere Truppen schulen, König Sargon?", fragte Semiramis den Akkader. Sargon bemerkte den formalen Ton ihrer Stimme und wählte seine Worte mit Bedacht.

„Mit etwa der Hälfte von ihnen können wir Übungen im Nahkampf machen. Die andere Hälfte sollte mit Bogen und den Verteidigungswaffen üben." Er gab ihr die Tontafel mit der Zuteilung der Einheiten.

„Wenn uns wirklich ein richtiges Heer angreift, brauchen wir mehr Truppen für den Nahkampf", warf Samše ein. „Wenn die Mauern durchbrochen werden, stehen die Bogenschützen den Angreifern schutzlos gegenüber. Ihr solltet Euer Wissen mit allen Soldaten Ninives teilen."

„Es würde ihnen nicht helfen", entgegnete Sargon. „Neben dem Wissen bedarf es der Körperkraft und dem Willen, einem Feind ein Schwert in den Körper zu stoßen. Das lässt sich nur in der Schlacht trainieren."

Semiramis hatte Bedenken wegen der geringen Stärke der Bodentruppen.

„Wie viele Feldeinheiten werdet Ihr zusammenstellen können?", fragte sie ihn.

„Ich schätze, wir können drei Einheiten bilden und in jeder von ihnen die Akkader gemeinsam mit Euren Truppen Manöver ausführen. Gusur, Ezira und Senezon werden die Einheiten anführen."

„Männer als Anführerinnen?", rief Samše verblüfft aus. Sargon sah die Stadthalterin streng an. Nur mit Mühe unterdrückte er eine Abfuhr. Nach einem tiefen Atemzug erwiderte der Akkader:

„Stadthalterin, es ist mir bekannt, dass es in Eurem Reich unüblich ist, Männer mit der Leitung zu betrauen. Wir haben damit gute Erfahrungen gemacht und ich denke, diese drei haben heute auch den Respekt Eurer Truppen bekommen."

„Respekt für ihre Kraft und Kampfkunst, ja, aber eine Truppe zu leiten, erfordert andere Qualitäten. Da seid ihr Männer viel zu eigensinnig", erwiderte die

Stadthalterin energisch. Semiramis ging das zu weit. Sie duldete keine Diskussion in Anwesenheit der Galugs. „Außergewöhnliche Umstände verlangen nun einmal außergewöhnliche Maßnahmen. Ich habe alle drei Offiziere kennengelernt und traue ihnen eine solche Führungsrolle zu. Sicher verfügen sie nicht über das Wissen unserer Šaganas, aber warum sollten sie nicht voneinander lernen können?"

Damit war die Angelegenheit entschieden. Sargon wechselte das Thema.

„Habt Ihr Reitereinheiten in der Stadt, die als Kundschafter fungieren können?", fragte er die Stadthalterin.

„Pferde sind sehr teuer", erwiderte die Gefragte. „Wir setzen Reiter nur als Eilboten ein."

„Dann sollten wir auch Kundschaftereinheiten aufstellen, um uns vor einem Angriff rechtzeitig zu warnen." Er wandte sich an Semiramis. „Addad wird aus den Bergen im Norden oder Osten anrücken. Wenn wir uns auf diese Richtung beschränken, sollten zwei Abteilungen ausreichend sein."

„Einverstanden", entschied die Königin. „Ihr seid Männer der Wüste. Ich vertraue Euch die Auswahl und das Training der Kundschafter an."

Im Gedanken sah Samše die Kosten für die Armeen Ninives weiter in die Höhe schnellen.

„Herrin, Ihr habt selbst angezeigt, dass wir nicht genug Truppen haben werden, um einen Bodenangriff zu bestehen. Diese zusätzlichen Abteilungen werden dazu auch nicht beitragen. Wir sollten uns mehr auf die Bildung eines stehenden Heeres einigen."

Semiramis warf Sargon einen fragenden Blick zu. Er schüttelte kaum merklich seinen Kopf. Er wollte die Stadthalterin noch nicht über die zusätzliche Unterstützung durch Enna-Dagans Truppen informieren. Es gab ja noch weitere Hilfe. Zu der Stadthalterin sagte sie: „Ich stimme dir zu, dass wir mehr Bodentruppen brauchen, aber ebenso bin ich der Meinung wie der König aus Akkad, dass wir diese nicht in Ninive finden werden. Daher werde ich einen Boten in die Stadt Nemrik senden, um weitere Einheiten von dort anzufordern."

Der Stadthalterin versuchte erneut, ihre Königin umzustimmen.

„Herrin, wir leben seit vielen Jahren im Frieden mit Addad. Noch nie hat er unsere Dörfer angegriffen und nichts deutet darauf hin, dass er es so bald machen wird. Ich verstehe, dass Ihr die Stadt wehrhaft sehen wollt, und bin dankbar für die Hilfe, die wir von dem erhabenen König aus Akkad erhalten werden. Das sollte dann aber auch ausreichen." Semiramis verlor allmählich ihre Geduld. Hatte diese Person nicht verstanden, dass ihre Königin in dieser Frage keine Diskussion duldete, erst recht nicht in Anwesenheit von Untergebenen? Die Stadthalterin hatte eindeutig zu lange uneingeschränkt regieren können. Es fiel ihr offensichtlich sehr schwer, sich ihrer regierenden Königin unterzuordnen. Ein weiteres Zeichen war notwendig. Mit kalter Stimme antwortete sie.

„Stadthalterin Samše, ich denke, dass es vorteilhaft ist, wenn du diese Sorge jemandem überlässt, der in militärischen Dingen mehr bewandert ist, und dich auf die Frage der Versorgung der Truppen und der Bewohner konzentrierst." Sie drehte sich demonstrativ zu Sargon um.

„König Sargon, Herrscher von Akkad und Vertreter Marduks, es ist mein Wunsch, dass Ihr alle Truppen Ninives, die jetzigen und solche, die noch hinzukommen, unter Euer Kommando nehmt." Ein Raunen ging durch die Reihen der Gal-ugs. Ein Fremder – noch dazu ein Mann – sollte sie anführen? Er verneigte sich tief vor ihr und erwiderte: „Königin Semiramis erweist mir eine große Ehre. Es soll geschehen, wie ihr wünscht. Lasst uns von nun an nicht mehr über die Herkunft unserer Soldaten sprechen. Wir sind die Truppen Ninives und ihrer Königin." Er drehte sich zu den Anführerinnen und hob sein Schwert zum Kampfruf.

„Für Ninive!" Die Zugführerinnen waren zunächst verblüfft. Doch dann erhoben sie ebenfalls ihre Waffen und riefen „Für Ninive!" Laut wiederholte er den Schlachtruf. Nun stimmten auch Gusur, Senezon und Ezira mit ein. Ein drittes Mal ließ der König sie alle den Kampfruf schmettern, der bis weit in die Stadt zu hören war.

Samše bebte vor Wut. Mit keinem Wort hatte die Königin ihre Arbeit gelobt, die Truppen so schnell wieder aufzustellen. Und dann hörte sie auf die Akkader, die vor allen Anwesenden die Einsatzbereitschaft der Truppen Ninives anzweifeln durften. Die Übungen waren in ihren Augen nicht nur vollständig überflüssig, sie vereinnahmten auch wertvolle Arbeitskräfte. Samše hatte nicht nur höhere Kosten für die Armee zu tragen, auch das Kommando über die Truppen war ihr entzogen worden. Es fühlte sich an, als würde Königin Semiramis ihr den Boden unter den Füßen wegziehen. Aber noch war nicht alles verloren. Der Stadtrat und der Tempel unterstanden immer noch ihr. Dort befand sich die wirkliche Quelle der Macht über Ninive, und von dort würde sie auch ihre Soldaten zurückbekommen.

Sie folgte ihrer Königin zurück zum Palast, während König Sargon mit seinen neu erworbenen Truppen zur Kaserne schritt.

Vierzehtes Kapitel: Aufbau der Verteidigung

Semiramis beendete ihre Nachricht an den Stadtrat von Nemrik mit dem Abdruck ihres Siegels. Es waren für einen schnellen Boten vier Tagesreisen bis dorthin. Dazu kam die Zeit, die Truppen auszuheben und nach Ninive zurückzusenden. Frühestens in vierzehn Tagen konnten sie mit Hilfe rechnen. Die Königin ließ die Tontafel über dem Kohlenbecken trocknen, damit die Zeichen auf der Reise nicht verwischten. Dann trat sie in den Vorraum, wo die Botin und der Rat der Stadt auf sie warten.

„Dies ist meine Nachricht an Issar-duri, die Stadthalterin von Nemrik. Bewahre sie gut und gib sie nur in ihre Hände oder die ihrer Nachfolgerin, sollte Issar-duri etwas zugestoßen sein." Dann nahm sie ein Amulett und legte es der jungen Frau um.

„Du bist nun eine Botin der Göttin Ischtar. Jeder Mensch in unserem Reich ist dir zur Hilfe verpflichtet. Wer dich aufhält oder behindert, hat sein Leben verwirkt."

Die Königin fuhr fort: „Reise eilig und raste nur während der größten Hitze des Tages. Du wirst ein frisches Pferd und eine Unterkunft bekommen, wo immer du anklopfst. Die Zukunft Ninives hängt vom Erfolg deiner Mission ab." Die Botin verneigte sich tief, bedankte sich für das Vertrauen ihrer Königin und verließ den Palast, vor dessen Toren bereits ein gerüstetes Pferd auf sie wartete. Samše blickte eine ihrer Dienerinnen fragend an. Diese nickte. Auch sie hatte ihre Vorbereitung abgeschlossen.

Während die Königin sich zurückzog, um die Nachricht an die Stadt Nemrik zu verfassen, hatte Samše heimlich drei Soldaten ihrer persönlichen Wache zu sich rufen lassen.

„Eine Botin wird in Kürze vom Westtor nach Nemrik aufbrechen. Sie wird sich aus den Ställen ein Pferd entleihen. Von dort wird sie die Straße entlang des Flusses nach Norden einschlagen. An der Wegkreuzung mit der Straße nach Chorsabad befindet sich ein Dorf. Dort wird sie ihre erste Pause einlegen. Die Botin darf das Dorf nicht erreichen."

Die Männer nickten. Sie hatten ihrer Stadthalterin die Treue bis in den Tod geschworen. Samše konnte ihnen blind vertrauen. Einer von ihnen fragte: „Wünscht Ihr, dass wir sie für immer zum Schweigen bringen?" Sie schüttelte ihren Kopf.

„Es wird ausreichen, sie gefangen zu halten, bis ich ihre Majestät davon überzeugt habe, dass diese Truppenanforderung vollkommen überflüssig ist. In Chorsabad sucht ihr einen Händler mit dem Namen Shimmokeen. Gebt ihm diesen Beutel, und er wird die Botin und ihr Pferd sicher verwahren."

„Woher nehmen wir die Pferde?"

Samše wies auf eine ihrer Dienerinnen. „Schaschank wird euch einen Platz am Nergal Tor zeigen, wo ihr ausgestattet werdet. Über sie informiert ihr mich auch, sobald ihr zurück seid. Macht eure Sache gut und ihr sollt großzügig belohnt werden." Die Männer verneigten sich und folgten der Dienerin hinaus. Kurz danach erschien eine andere Dienerin, um zu melden, dass die Königin gespeist habe und nun nach Schreibmaterial fordere, um ihre Nachricht aufzusetzen. Zufrieden damit, wieder etwas Macht über ihr Schicksal erlangt zu haben, gab die Stadthalterin entsprechende Anweisungen.

„Die Hütten sind ja nur Trümmerhaufen", rief Gusur aus, als er die Südkaserne gemeinsam mit seinem Vater inspizierte. Zahlreiche Dächer waren eingestürzt, Türen und Fensterläden fehlten oder standen offen. Ziegen, Hühner und Schafe grasten auf dem verlassenen Exerzierplatz, der von Büschen und Sträuchern überwuchert war. Sargon runzelte die Stirn.

„Die Kaserne muss schon über ein Jahr leer gestanden haben", stellte er fest. „Semiramis war vor drei Jahren das letzte Mal in Ninive. Damals seien beide Kasernen tadellos gepflegt gewesen, sagte sie mir."

„Und hier sollen wir nun einziehen?", fragte Gusur. „Da bleiben wir doch lieber an Bord ihres Schiffes."

„Dort ist es sicher gastfreundlicher als hier", erwiderte der König geduldig. „Aber im Falle eines Angriffs wären wir noch vor den Mauern durch den Feind abgeschnitten."

„Und wenn wir auf offenem Feld Lager beziehen? Wir schlagen es zwischen der Stadt und dem Weg in die Berge auf. Von dort können wir die Kundschafter aussenden und uns rechtzeitig in die Stadt zurückziehen, wenn Addad anrückt."

„Das würde reichen", gab Sargon zu. „Du vergisst aber, dass wir nun Teil der Truppen Ninives sind. Wenn wir nicht gemeinsam die Kaserne bewohnen, wird es immer eine Trennung zwischen uns und ihnen geben." Prinz Gusur gab es auf. Wenn der König sich etwas in den Kopf gesetzt hatte, war er schwer umzustimmen.

„Dann erleben wir es wenigstens mit, wenn sie ihre vornehmen Hände schmutzig machen müssen." Damit spielte der junge Mann auf die verzierten Hände der Anführerinnen an, die ihm bei der Inspektion aufgefallen waren. Die Fingernägel waren lang und wohlgeformt. Gusur konnte sich nicht daran erinnern, so etwas in Akkad schon einmal gesehen haben. Fingernägel waren unpraktisch, wenn man viel mit den Händen zu arbeiten oder das Schwert zu führen hatte. Zwar trugen die Frauen der Truppen Ninives keinen Schmuck, hatten aber oft die Handrücken mit Mustern verziert. Eine verheißungsvolle Eleganz ging von diesen Händen aus. Gusur fühlte, wie sich etwas zwischen seinen Beinen regte, wenn er daran dachte.

„Ich denke nicht, dass wir mit Aufräumarbeiten unsere Soldaten am besten einsetzen", sagte sein Vater und brachte die Gedanken des jungen Mannes in die Realität zurück. „Die Stadt hat sicherlich Sklaven und Handwerker, die das für uns erledigen können. Wir müssen uns auf die Ausbildung und die Vorbereitung auf den Angriff konzentrieren."

Er ließ den Schreiber, der die beiden begleitete, dazu Notizen machen, die sie später dem Stadtrat vorlegen würden. Sie legten die Aufteilung der Einheiten auf die Häuser fest, in denen es getrennte Räume für Männer und Frauen mit eigenem Bad und eine Feuerstelle gab. Auch ein Alkoven für einen Altar hatte man in jedem Haus vorgesehen. Gusur fragte sich, ob es Marduk genehm sein würde, seine Streiter in einem Haus zu finden, das den Altar der Ischtar beherbergte. Er beschloss, am Exerzierplatz einen Opferplatz für Marduk errichten zu lassen. Der Gott sollte sehen, wie sie sich seiner würdig erwiesen.

„Wir halten die Übungen der Bodentruppen in der Nordkaserne ab", legte Sargon fest. „Dort sind die meisten von ihnen bereits untergebracht. Auf dem

Exerzierplatz der Südkaserne trainiert ihr den Kampf mit dem Speer, Bogenschießen und die Bedienung der Verteidigungsmaschinen."

„Und die Reiter?", fragte Gusur.

„Ninive hat nur wenig Pferde, wie du gehört hast. Außerdem bieten die Straßen keinen Raum für Streitwagen. Unser Kampf wird auf den Mauern und – wenn sie brechen – in den Straßen und Häusern stattfinden."

„Aber unsere Kundschafter müssen beritten sein."

Sein Vater nickte.

„Für die Auswahl und das Training brauchen wir Platz, den es in dieser Stadt nicht gibt. Lass uns einmal das Feld im Norden der Stadt betrachten, dass du vorgeschlagen hast. Es könnte sich dafür nützlich erweisen."

Gusur kam eine Idee. Vorsichtig fragte er.

„Wie wollt ihr uns für die Übungen einteilen?" Der König schien die Gedanken seines Sohnes zu erkennen und lachte herzlich.

„Die schönen Hände wären es dir nicht wert, hier einzuziehen, was?" Gusur schoss das Blut ins Gesicht. Er hielt es für das Beste, nichts zu erwidern.

„Keine Angst, mein Junge, Ezira hat von euch allen die meiste Erfahrung mit dem Speer. Am liebsten hätte ich Nintinugga hier, um die Bogenschützen zu leiten. Wir werden aber jemanden aus Ninive finden. Sie scheinen sich damit am besten auszukennen. Senezon hat sich bereits für den Schwertkampf angeboten. Die Ausbildung der Kundschafter lege ich in deine Hände." Erleichtert kniete Gusur vor seinem Vater nieder.

„Ich danke Euch, Herr. Ich werde Euer Vertrauen nicht enttäuschen."

„Davon bin ich überzeugt", sprach Sargon. „Doch sei gewarnt. Ich konnte bisher noch keinen Soldaten zu Pferd sehen. Du wirst vermutlich auch keine Reiter vorfinden, die bereits zum Kämpfen geschult sind. All das wirst du ihnen beibringen müssen."

„Sie werden Euch alle Ehre machen. Das schwöre ich", versprach Gusur.

„Das hoffe ich. Von ihnen wird es abhängen, ob wir die Mauern halten können. Die Zeit arbeitet gegen uns in dieser Stadt."

Semiramis erwartete Sargon am Nergal Tor im Norden der Stadt, um gemeinsam mit ihr die Mauern und Verteidigungsanlagen zu inspizieren. Die Königin trug ein schlichtes, hellblaues Gewand, ähnlich der Uniform ihrer Soldaten, aber aus weitaus feinerem Stoff gewebt. Ihr Gürtel war nicht aus Leder, sondern aus schimmernden Bändern geflochten. Da das Gewand ihr nur bis kurz über die Knie reichte, konnte Sargon ihre weißen Beine und Füße sehen, die in feinen, mit Edelsteinen besetzten Sandalen steckten. Waffen schien sie nicht zu tragen, aber er hatte keinen Zweifel, dass dieses Gewand versteckte Taschen dafür besaß.

Er berichtete der Königin von seinen Beobachtungen in der Südkaserne und darüber, wie er die Schulung der Truppen organisiert hatte. Semiramis nahm die Notizen des Schreibers entgegen und reichte sie an Samše weiter, die neben ihr stand.

„Stell sicher, dass sich unsere Truppen nicht mit handwerklichen Sorgen plagen müssen. Wir brauchen sie bereit für den Tag, an dem die Truppen Addads vor den Mauern erscheinen." *Sofern wir einen solchen Tag jemals erleben*, dachte die Stadthalterin. Laut fragte sie aber:

„Was geschieht mit dem Anlegesteg am Südtor? Die Soldaten waren bei dem Bau immer eine wichtige Hilfe dabei, die Pfähle zu verankern und die Baustelle zu sichern."

„Wir werden morgen prüfen, welche Soldaten wir in den Einheiten behalten wollen und wen wir wieder nach Hause schicken", entgegnete Sargon. „Aus den Truppen werdet Ihr bestimmt viele Freiwillige finden, die an der Instandsetzung der Kaserne oder am Bau Eures Anlegestegs mitarbeiten wollen."

Samše war klar, wie wenig diese Ausgesonderten bei Bauarbeiten von Hilfe sein würden. Da ihre Königin keine Einwände gegen den Vorschlag des Herrschers Akkads hatte, fügte sich Samše ihrem Schicksal. *Geduld*, dachte sie sich. *Die Zeit wird kommen, wenn ich unserer Königin die Sinnlosigkeit eurer Truppenübungen beweisen kann.*

Semiramis stellte Sargon eine Frau in ihrem Anhang vor.

„Dies ist Hofileschgu, Tochter der Totosa. Sie überwacht die Verteidigungsanlagen der Stadt." Die Frau verneigte sich tief, wie es sich gegenüber einem Höhergestellten geziemte. Ihr Blick war selbstbewusst und misstrauisch, aber nicht aggressiv. Sie trug eine schlichte Tunika, die von einem robusten Ledergürtel gehalten wurde. In diesem steckten Werkzeuge und ein langes Messer. Die Muskeln ihrer Arme und Beine waren deutlich ausgeprägt und ihre Haut war dunkler als die der Gal-ugs, welche dem König auf dem Exerzierplatz vorgestellt worden waren. Sargon nahm die Verneigung mit einem leichten Kopfnicken stumm entgegen. Semiramis fuhr fort:

„Hofileschgu hat die Aufgabe seit über zehn Jahren inne. Sie kennt die Mauern und auch die Felder vor der Stadt. Ich kann mir keine bessere Person vorstellen, unsere Verteidigungsmaschinen zu befehligen." Der König stimmte zu. Er hatte keine Einwände, obgleich er nicht wusste, was es mit Verteidigungsmaschinen auf sich hatte. Ihn beschäftigte seit der Begutachtung der Südkaserne eine andere Frage.

„Es ist wichtig, dass Eure Maschinen und die Bogenschützen wie eine Einheit agieren. Wen würdet Ihr vorschlagen, die Bogenschützen der Stadt anzuführen?" Die Frau war offensichtlich überrascht, dass der König von Akkad sich bei so einer wichtigen Frage an sie wandte. Bevor sie sich getraute, zu antworteten, warf sie schnell einen fragenden Blick auf die Vertreterin Ischtars, den Semiramis mit einem zustimmenden Nicken beantwortete. Sie freute sich, dass Sargon die Offizierspositionen nicht nur mit seinen Männern besetzten wollte.

„Woranola, Tochter der Quichoka führt die zweite Einheit Nord. Ihre Schüsse treffen immer das Ziel und sie hat die Gabe, auch anderen Bogenschützen ihre Sicherheit zu vermitteln." Königin Semiramis hatte keine Einwände gegen die Wahl. Man ließ Woranola rufen, damit sie sich der Inspektion anschloss.

„Unsere größte Herausforderung ist die Sicherung der Ostmauer", erläuterte Hofileschgu, während sie die Mauer abschritten. „Sie ist mit zwanzigtausend Ellen die längste der vier Mauern und wird nicht durch einen Fluss geschützt. In etwa zweitausend Ellen Entfernung von der Mauer steigt die Ebene zu einer Anhöhe an, die wir auch von unseren Türmen nicht einsehen können."

„Können Bogenschützen von dort aus die Stadt erreichen?", wollte Sargon wissen.

„Nein. Dann hätten wir die Anhöhe schon längst abtragen lassen", erwiderte die Gefragte etwas spitz, als spräche sie über eine Selbstverständlichkeit. Dem Akkader war klar, dass ein Abtragen auf dieser Länge selbst bei den Leistungen Ninives alles andere als alltäglich war, aber er ließ sie gewähren.

„Wir haben entlang der Ostmauer drei Tore nördlich des Koshr und drei südlich", fuhr die Frau fort. „Die Tore im Südteil liegen weiter auseinander, daher hat jedes eine eigene Einheit zugeteilt bekommen. Im Nordteil reichen uns zwei Einheiten, um die drei Tore zu sichern." Sargon war zwar nicht überzeugt, dass solch dünne Besatzung im Falle eines Angriffs ausreichen würde, aber seine Bedenken ließen nach, als er feststellte, dass die Magazine der Türme genug Speere und Pfeile enthielten, um ein Vielfaches dieser Anzahl zu versorgen. Insgesamt waren der tadellose Zustand der Mauern und die durchdachte Anordnung der Türme geeignet, ihn etwas in seinen Sorgen um die Verteidigung Ninives zu beruhigen.

„Ihr sprecht von Maschinen, die Ihr zur Verteidigung einsetzt", wandte er sich an Hofileschgu. „Was hat es damit auf sich?"

Damit hatte er offensichtlich ein Thema gewählt, auf das die Frau gewartet hatte. Ihre Augen funkelten regelrecht vor Stolz und sie sagte: „Folgt mir, König Sargon. Ihr sollt mit eigenen Augen sehen, dass keine Armee der Welt unsere Mauern erstürmen kann."

Auf halbem Weg zwischen zwei Toren gelangen sie auf eine Plattform, die ein hölzernes Gerüst trug, welches drehbar gelagert war. Mächtige Pfähle hielten einen hölzernen Balken, an dessen Ende sich ein geflochtener Korb befand. Starke Riemen hielten den Korb gespannt an Ort und Stelle. Die Frauen und Männer, welche entlang der Maschine ihren Dienst taten, standen auf, als sie die Gruppe näherkommen sahen. Zu ihnen sagte Hofileschgu:

„Zeigt dem König, wie wir unsere Stadt verteidigen!" Die Frauen und Männer eilten sich und hoben einen schweren Stein in den Korb. Einer trat zu ihr und fragte.

„Was ist das Ziel, Herrin?" Sie deutete auf ein Gestrüpp etwa sechshundert Ellen von der Mauer entfernt. Der Mann verneigte sich und nahm einige Änderungen an der Maschine vor. Kräftige Männer drehten die Plattform, bis die Maschine in die gewünschte Richtung zeigte. Hofileschgu wies die Betrachter an, an die Mauer zu treten, um von dort die Verteidigungsaktion zu verfolgen. Kaum waren sie dort angelangt, rief die Anführerin einen Befehl und der Mann trennte den Riemen, der den Korb am Boden hielt. Der Balken schnellte von den Riemen gezogen empor, bis er laut gegen den quergelegten Balken krachte. Im hohen Bogen flog der Stein über sie hinweg, um genau auf dem Gebüsch niederzugehen, den die Anführerin als Ziel ausgemacht hatte. Staub wirbelte auf, als der Stein krachend einschlug. Sargon war beeindruckt. Damit konnte die Stadt nicht nur Truppen, sondern ganze Belagerungstürme mit einem Schlag ausschalten. Und ohne die würden Angreifer niemals die Zinnen erreichen oder die Mauern einreißen können, erkannte er. Er warf einen genauen Blick auf die Maschine und befahl dann:

„Bringt die Maschine wieder in einsatzbereiten Zustand!" Hofileschgu schien zu ahnen, worauf der König hinauswollte. Jedenfalls trieb sie die Frauen und Männer an der Waffe zur Eile an. Dennoch dauerte es lange, bis der Korb nach einigen Fehlversuchen von einem neuen Riemen gesichert und wieder in der richtigen Position war, um den nächsten Stein aufzunehmen. Semiramis hatte die Schwäche dieser wunderbaren Maschine ebenfalls erkannt.

„Ihr habt nur einen Schuss", folgerte sie. „Ein Belagerungsturm wäre an der Mauer, noch bevor ihr die Maschine das nächste Mal einsetzen könnt."

Hofileschgu gab das bereitwillig zu, aber sie wandte ein: „Ein Belagerungsturm ist ein leichtes Ziel. Er ist viel größer als ein Busch und bewegt sich nur sehr langsam."

„Das mag sein. Der Angreifer wird aber mehr als einen Belagerungsturm errichten, um die Mauern Ninives einzunehmen."

„Wo stehen die anderen Maschinen?", fragte Sargon.

„In der Mitte zwischen den Toren haben wir sie aufgestellt. Ihre Plattform kann ebenfalls gedreht werden, sodass sich benachbarte Maschinen unterstützen können."

„Das wird die Angreifer aufhalten, aber nicht für immer. Die Bogenschützen und Lanzenwerfer müssen die zweite Welle aufhalten. Wenn auch nur ein Turm durchkommt, ist Ninive verloren."

„Seit Lebzeiten ist es noch keinem Belagerungsturm gelungen, unsere Verteidigung zu durchbrechen. Wir werden jeden Angriff abwehren", erwiderte die Stadthalterin an Stelle der Gal-ug.

„Lasst uns der Göttin Ischtar opfern, auf dass deine Prophezeiung zutrifft", sprach Semiramis. Sargon ergänzte: „Und dann lasst unsere Truppen von jetzt an gemeinsam auf den Angriff vorbereiten, um die Erfüllung deiner Prophezeiung auch sicherzustellen."

In tiefem Schwarz lag die Wüste ausgebreitet vor der Reisenden aus Ninive. Die endlosen Dünen gingen nahtlos in die schroffen düsteren Berge am Horizont über. Die Botin aus Ninive gab ihrem Pferd einen leichten Klaps auf den Hals, um es zu ermutigen.

„Frisch zu", sprach sie sanft zu dem Tier. „Bald hast du es geschafft. Es sind nur noch wenige Meilen bis zum Dorf der glücklichen Fischer. Dort kannst du dich dann ausruhen." *Während ich dann weiterreite*, ergänzte sie den angefangenen Satz in Gedanken. Sie kannte die Gegend nördlich von Ninive gut.

Auf dem ersten Teil ihrer Etappe war sie nur langsam vorangekommen. Händler mit ihren Wagen, Schafherden, Soldaten oder auch einfache Wanderer waren unterwegs in den Norden. Erst als die Sonne aufging und die Hitze zunahm, leerten sich die Wege und sie konnte das Pferd ausgreifen lassen. Es war ein starker brauner Hengst, kräftig gebaut und mit großer Ausdauer, ein königliches Tier, welches zu reiten nur wenigen Menschen vergönnt war. Die Botin genoss das Gefühl, auf seinem Rücken wie über die Wege zu fliegen und alles hinter sich zu lassen. Mehr als einmal hatte sie der Göttin für diese Gnade gedankt.

Hinter einer Wegbiegung gewahrte sie eine kleine Reisegruppe. Drei Pferde standen am Wegesrand und eine Gestalt winkte heftig, während eine andere bei einem Körper kniete, der am Boden lag. Offenbar ein Sturz. Die Botin zügelte ihr Pferd, als sie sich der Stelle näherte.

Schon von Weitem hörte sie die Gestalt rufen: „Bitte helft! Mein Gefährte ist schwer gestürzt und wir sind fremd in dieser Gegend." Sie zügelte das Pferd weiter und ließ es im Schritt auf den Mann zulaufen.

„Habt keine Sorge", sagte sie zu ihm, während sie herankam. „Nahe von hier liegt ein Dorf, in welchem man die Gastfreundschaft pflegt. Ihr werdet gut behandelt werden." Sie brachte ihr Pferd neben dem Mann zum Stehen. Er war groß und muskulös. *Fast wie ein Soldat*, dachte sie. *Aber ohne Rüstung.* Ein kurzes Messer trug er im Gürtel. Der Mann musterte die Botin aufmerksam. Sein Blick blieb auf dem Amulett hängen, das sie um den Hals trug. Er sagte: „Habt Dank für die Information. Dann ist unser Gefährte gerettet. Ihr scheint aus der Gegend zu sein. Könnt Ihr uns bitte einen Gasthof weisen? Wir zahlen auch Euren Unterhalt."

„Leider ist das nicht möglich. Ich bin in dringender Angelegenheit der Göttin Ischtar unterwegs. Ihr werdet aber keine Mühe haben, die Herberge zu finden. Sie liegt gleich am Anfang des Dorfes."

Inzwischen war auch der andere Mann hinzugekommen und sie hatten die Botin in ihrer Mitte. „Unser Freund braucht eine Trage. Wenn Ihr und Euer Pferd helft, kann ich vorausreiten und alles vorbereiten lassen. Bitte helft!"

„Es tut mir leid," sagte die Frau, „aber mein Auftrag kann nicht warten."

„Doch, er kann", sagte der Mann, der sie gerufen hatte, mit fester Stimme und ergriff das Zaumzeug des Pferdes. Sein Gefährte zückte das Messer. „Es wäre besser für dich, Mädchen, du steigst jetzt ab." Entsetzt blickte sie ihn an. Mit aller Kraft trat die junge Frau dem Mann ins Gesicht, der sofort die Zügel fallen ließ. Ohne zu Zögern riss die Botin an den Zügel. Der Hengst bäumte sich auf, sodass sich der Fremde mit einem Sprung zurück in Sicherheit vor den Hufen bringen musste. Das war genug. Der Weg war wieder frei und sie trieb das Pferd an. Sie sah nicht den Pfeil kommen, der sich ihr in den Rücken bohrte und sie herabstürzen ließ. Das Pferd lief ohne seine Reiterin weiter.

Der Muskulöse war aufgestanden, hatte seinen Bogen ergriffen und ihr den Pfeil nachgesandt. „Du Narr!", herrschte ihn sein Komplize an, der sich das Gesicht rieb, das von dem Tritt geschwollen war. „Die Herrin wollte sie lebend erhalten."

„Selber Narr", hielt der Muskulöse zurück. „Du hattest ihr Pferd bereits am Zügel und lässt dich dann wie ein Frischling übertölpeln."

„Wir hätten sie immer noch einholen und gefangen nehmen können", verteidigte sich der Beleidigte.

„Ach ja? Hinter der nächsten Wegbiegung beginnen die Ausläufer des Dorfs. Selbst wenn wir sie einholten, würde sie um Hilfe schreien. Sie kennt die Gegend, hast du das vergessen?" Mürrisch schwieg der Gefragte. Jetzt war es nicht mehr zu ändern.

„Was machen wir jetzt?", fragte er den Schützen, als sie die Leiche erreichten. Die junge Frau hatte sich offensichtlich bei dem Sturz das Genick gebrochen und war sofort tot. Der Pfeil steckte noch in ihrem Rücken und Blut färbte ihren weißen Umhang rot.

„Wir schaffen sie schnellstens von der Straße und vergraben sie unter Steinen, bevor noch andere kommen."

„Sollen wir sie nicht lieber verbrennen?"

„Zu gefährlich. Der Rauch würde ins Dorf wehen und dort könnte man neugierig werden." Eine Bodensenke unweit der Straße bot einen geeigneten Platz, an dem sie die Leiche verstecken konnten. Während seine Gefährten den schlaffen Körper mit Steinen und Sand bedeckten, verwischte der Anführer die Spuren und Blutreste auf der Straße. Nachdem sie fertig waren, betrachteten sie zufrieden ihr Werk. Nichts wies darauf hin, dass unter den Steinen eine Leiche lag. Der Muskulöse nahm den Beutel heraus, den er von der Stadthalterin erhalten hatte. Gierig blickten die Männer auf die Silberstücke, die er enthielt.

„Der Händler braucht das Silber nun nicht mehr", entschied er. „Dafür ist es wichtig, dass ihr dichthaltet."

„Was sollen wir sagen?"

„Wie haben die Botin wie befohlen abgefangen und dem Händler übergeben. Wenn unsere Herrin einmal nach ihm fragt, wird er das natürlich bestreiten, aber was kann er allein beweisen? Wir sind zu dritt. Sie wird glauben, er hat die Gefangene umgebracht, um sich die Mühe zu sparen."

Die anderen stimmten zu. Das war ein einfacher Plan. Sie teilten sich die Beute.

„Bevor wir nach Ninive zurückkehren, lasst uns ein paar Tage in Nemrik verbringen", beschloss der Anführer. Er wollte, dass seine Begleiter ihr Silber lieber dort als in Ninive verprassten. Plötzlicher Reichtum würde zu Hause schnell auffallen. Die beiden hatten keine Einwände und sie ritten nach Norden zu der Stadt.

„Und noch einmal: Schild und Stich, Schild und Stich!" Die Männer und Frauen der Einheiten schwitzten, während sie die Formation immer wieder ausführten. Senezon seufze. *Einzelkämpfer, alle von ihnen.* Er hatte sie genau beobachtet. Die einen waren kaum fähig, das Schwert länger als eine halbe Stunde zu führen, die anderen waren zu ungeduldig, um die Disziplin einer Einheit zu wahren. Heute hatte er wieder fünf von ihnen nach Hause geschickt, weil sie für die Armee ungeeignet waren. *Wer stellt nur solche Soldaten ein?*, fragte er sich verzweifelt.

Am anderen Ende des Platzes beobachtete er Ezira, der dort seine Speerkämpfern schulte. Die beiden Offiziere hatten vereinbart, die Manöver der Speerträger gemeinsam mit denen der Schwertkämpfern in der Anlage im Nordteil der Stadt durchzuführen. Das Exerzierfeld der Südkaserne, welches in einem erbärmlichen Zustand war, konnten sie zunächst nur für die Ausbildung im Fernkampf nutzen. König Sargon hatte dem Plan nur widerstrebend zugestimmt. Es gefiel ihm nicht, dass keiner der akkadischen Offiziere den Manövern dort beiwohnte. Sargon hatte sich aber schließlich doch überreden lassen, nachdem sie ihn überzeugt hatten, dass die Gal-ug aus Ninive die größte Erfahrung mit diesen Waffen hatten. Ihn hatte zudem das Wissen und das Verhalten Hofileschgus imponiert. Kompetenten Offizieren war der König stets geneigt, wichtige Verantwortung anzuvertrauen.

Sollte es Addad gelingen, mit seiner Kavallerie in die Stadt einzudringen, brauchten sie eine Phalanx mit langen Speeren, um den Ansturm abzuwehren. Senezons Schwertkämpfer würden sonst einfach niedergemäht werden. Daher ließ Ezira seine Truppen mit dem Speer den Nahkampf trainieren. Senezon wandte seine Aufmerksamkeit wieder seinen eigenen Einheiten zu. Immer wieder kam es zu Vorfällen, wenn sich Soldaten nicht einreihten, sondern übereifrig hervorsprangen. Diesmal war es ein junger Mann mit langen Armen, den Senezon bei seiner Aktion sofort erwischte. Zornig rief der Offizier:

„Was springst du aus der Reihe? Willst du unbedingt jung sterben?"

Der Mann sah in grimmig an, sagte aber nichts und trat zurück ins Glied. Eine neue Runde begann.

Sie hatten nun schon drei Tage beziehungsweise drei Nächte gemeinsam geübt. Die Bürger Ninives ruhten am Tage und auch die Truppen übten erst, wenn die Sonne nicht mehr am Himmel stand. Senezon hatte sich mittlerweile an diesen Rhythmus gewöhnt, obgleich es ihn irritierte, nicht in Marduks Sonnenlicht zu stehen. Der klare, wärmende Sonnenstrahl war ihm stets wie die Hand eines Meisters auf seiner Schulter gewesen. Sie war mahnend, wenn er es an Achtsamkeit fehlen ließ, und ermutigend, wenn er sich seiner Aufgabe nicht gewachsen fühlte. Die Wolken Addads hatten in den letzten Jahren das Licht zwar getrübt, aber ganz war der Schein nie entschwunden. Im Lande der Nordkönigin hatte er den vollen Schein am Tag freudig wiedergefunden wie einen verloren geglaubten alten Freund. *Bei Marduk! Wie schade, dass ich diese Schlafmützen nicht in deinem Licht drillen kann*, dachte der breitschultrige Kämpfer. Doch das wäre zu viel von den Menschen Subartus verlangt, die hier vor dem Tageslicht flohen, als könnte es sie verbrennen.

In der Nacht war die Macht der Wolkenberge Addads weit größer als am Tag. Der Mond war nur zu ahnen und Sterne waren fast nie zu sehen. Senezon war das gleichgültig. *Dunkel ist dunkel*, dachte er nur. Solange die Wolken nicht bis zum Boden kamen, um die Sicht zu verbergen, war es gleich, welcher Gott ihm das Licht Marduks verwehrte. *Sollen sie ihre Händel doch miteinander ausmachen und mich wieder in meine Heimat zurücklassen.*

Ein Rufen in der Einheit holte ihn in die Gegenwart zurück. Ein Soldat war gestürzt und hatte dabei einen neben ihm stehenden mit sich zu Boden gerissen. Senezon war augenblicklich über den beiden und ranzte sie an.

„Genau das versuche ich euch zu erklären. Es reicht nicht, dass ihr Helden euren Feind im Auge habt. Genauso gilt eure Aufmerksamkeit eurer Einheit, insbesondere dem Mann neben euch – und der Frau", fügte er schnell hinzu. Die Gal-ugs aus Subartu waren in der Geschlechterfrage sehr empfindlich.

„Schluss für euch. Einheit sieben, acht, neun und zehn Nord antreten!", brüllte er über den Platz. Die Soldaten, die von ihm stundenlang gedrillt worden waren, sackten jetzt vor Erschöpfung zusammen. Ärzte eilten hinzu, um diejenigen zu versorgen, die den Strapazen nur schwer standhalten konnten. Es hatte sich schnell herumgesprochen, dass dieser General seine Truppen bei den Manövern hart herannahm. Schon in der zweiten Nacht hatte eine Heilfrau mit Dienerinnen ihr Lager beim Exerzierplatz aufgeschlagen. Die Fertigkeit ihrer Behandlung beeindruckte Senezon, der schon viele Schlachten geschlagen hatte. Mal wickelte sie Kräuter in die Verbände, mal reichte sie dem Verletzten einen Trunk oder drückte ihre Hände einfach nur fest an das geschädigte Körperteil. Kurz darauf war der Patient genesen oder fühlte sich wenigstens so weit besser, dass er bei der nächsten Übung wieder eingesetzt werden konnte. Senezon nahm sich vor, nach seiner Heimkehr auch seinen Einheiten einen Arzt zuzuweisen, der regelmäßig den Truppenübungen beiwohnen sollte.

„Siebzehn Verletzte in drei Nächten!", schrie Samše schrill. Ihre Stimme hallte von den holzgetäfelten Wänden des Ratszimmers wider, an dessen Stirnseite die übergroße Statue der Ischtar auf die Menschen herabblickte. Semiramis saß davor auf einem erhöhten Thron, ihren Rücken zur Statue der Göttin gewandt. Für den König Akkads hatte man ebenfalls einen Stuhl anfertigen lassen und an ihre Seite gestellt. Sargon hielt es aber selten lange dort aus. So stand er gerade neben einem Tisch mit Tontafeln, welche die Materiallieferung für die Truppen erfasste. Der Bestand an Speerspitzen und Schilden in der Stadt war viel zu niedrig für die Truppenstärke, die sie für die Verteidigung aufbauen wollten. Ninives Kaufleute hatten schnell die sich ihnen bietende Chance erkannt und überboten sich nun mit Angeboten, um Lieferanten der königlichen Truppen zu werden. Die Manöver hatten angefangen. Ezira und Senezon berichteten ihm jeden Morgen von den Fortschritten mit den Soldaten der Stadt. *Es entwickelt sich insgesamt passabel,* dachte er, bevor die Stadthalterin erbost in die Kammer gestürmt kam. Bebend vor Zorn hielt die Frau eine Tontafel hoch. Offenbar hatte sie ihre eigenen Quellen innerhalb der Armee, womöglich gar einige der Zugführerinnen. Der König nahm sich vor, Senezon zu warnen.

„Eine schwangere Frau erlitt einen Schock und verlor fast ihr Baby!", fuhr die Stadthalterin fort. „Ich kann es nicht zulassen, dass mit den Bürgern der Stadt so umgegangen wird."

Sargon hielt es für angebracht, einzuwenden: „Senezon ist ein erfahrener General. Ich habe volles Vertrauen in seine Methoden", erklärte er der Stadthalterin schlicht.

„Das sind die Methoden eines Viehtreibers", donnerte sie zurück. Semiramis versuchte, in dem Streit zu vermitteln.

„Stadthalterin! König Sargon und ich freuen uns, dass du auch militärischen Fragen deine Aufmerksamkeit gibst, obwohl deine Zeit sicherlich sehr begrenzt ist. Warum teilst du nicht mit, was dich beunruhigt und wie wir die Vorbereitungen verbessern können? Wir sind für Vorschläge immer offen." Damit signalisierte sie, dass die Bedenken ernst genommen wurden, die Stadthalterin sich aber nicht in militärische Fragen einzumischen hatte. Samše verstand die Botschaft wohl. So leicht gab sie aber nicht auf.

„Von mehreren hochrangigen Mitgliedern der Truppe wurde mir berichtet, dass sich die Truppenübungen über Stunden hinziehen, ohne jegliche Pause. Beim Schwertkampf sind einige unserer Soldaten erschöpft zusammengebrochen und wurden wieder hochgezerrt, um weiterzumachen. Der Šagana macht sogar vom Stock gebrauch, wenn jemand nicht so schnell Folge leistet, wie er sich das vorgestellt hat. Dem Mann fehlt vollkommen das Einfühlungsvermögen, das eine verantwortungsvolle Anführerin haben würde. Man kann Menschen nicht wie Tiere behandeln."

Sargon hielt es für nötig, seinen Vertrauten zu verteidigen. „Senezon hat über zehn Jahre Erfahrung in der Ausbildung von Soldaten. Disziplin ist das Rückgrat jeder Truppe. Ohne die sind alle Fertigkeiten nutzlos."

Er bemühte sich, auf die Sorgen der Stadthalterin einzugehen.

„Ich verstehe Eure Anteilnahme für die Soldaten – und Soldatinnen", fügte er schnell hinzu, als er den Zorn in ihrem Gesicht sah. „Ich bin sicher, dass unsere Truppen in bester Verfassung sein werden."

„Und ich bin sicher, dass von ihnen niemand mehr übrig ist, wenn wir angegriffen werden", fauchte die Stadthalterin zurück.

„Wir haben durch Euer Manöver mehr Verluste erlitten als nach einem Jahr Truppendienst. Wollt Ihr unsere Stadt damit ganz den Akkadern überlassen?" Die Frage richtete sie direkt an Semiramis.

Also das führst du im Schilde, dachte Sargon. *Ich soll meine Truppen deinen Gefolgsleuten unterordnen. Dann kommt es zu bedauerlichen Missverständnissen, als deren Folge wir wieder abziehen. Die Frau ist zäh,* musste Sargon zugeben. Semiramis war Zeugin, wie die beiden unterschiedlichen Charaktere miteinander stritten. Sargon kämpfte mit der kaum zügelbaren Energie des Wüstenwinds und Samše mit der Geschmeidigkeit und dem Druck des Wassers. Je länger der Kampf andauerte, desto größer waren die Chancen der Stadthalterin, ihn zu gewinnen. Semiramis beendete den Streit.

„Wir haben König Sargon und seine Šaganas mit der Verteidigung Ninives beauftragt, weil wir sie für die am besten Geeigneten halten. Ihre Anweisungen an unsere Truppen sind die meinen." Damit war die Rangordnung bestätigt.

„Gleichzeitig ist uns bewusst, dass wir nur Menschen sind. Menschen können Fehler machen und wir sollten aus viele Perspektiven lernen. Bitte teilt weiterhin Eure Bedenken mit mir, Stadthalterin. Ich schätze Eure Vorschläge."

An der Oberfläche zeigte die Stadthalterin Enttäuschung darüber, nicht mehr erreicht zu haben. Sie verneigte sich tief und verließ den Saal. Sargon war der Erfolg ebenfalls nicht entgangen. Damit hatte Semiramis Samše die Tür geöffnet, vertraulich und ohne die Anwesenheit des Wüstenkönigs mit ihr zu sprechen. Stirnrunzelnd sprach er: „Wenn in Ninive Zivilisten das Militär ausbilden, verstehe ich allmählich, warum sich eure Truppen in einem so erbärmlichen Zustand befinden."

Semiramis blickte den König verletzt an. „Es sind sehr tapfere Männer und Frauen, die mir und Ninive dienen. Es mag ihnen an Übung fehlen, aber sie geben alles für ihre Stadt." Sargon nickte zu der Tür, durch welche die Stadthalterin entschwunden war.

„An der Aufopferungsbereitschaft will ich nicht zweifeln, Semiramis. Ohne Koordination und Disziplin werden sie aber nur zu tragischen Opfern für Addad." Er schritt zu ihr.

„Ich habe gestern lange mit Ezira darüber gesprochen. Er sagte, dass er noch nie Truppen auf so unterschiedlichem Niveau gesehen hätte. Einige sind hervorragende Kämpfer, geradezu Meister ihrer Waffengattung. Andere wiederum scheinen zum ersten Mal einen Speer in der Hand zu tragen. Was ihnen vollkommen fehlt, ist die Koordination als Truppe. Jeder kämpft nur für sich, ohne Deckung für andere. Im Kampf werden sich die besten sehr schnell verausgaben und sind dann einfache Ziele selbst für einen unterlegenen Gegner." Er ließ die Worte auf die Königin wirken, bevor er fortfuhr.

„Wenn Senezon sie jetzt hart rannimmt, dann kommen sie rechtzeitig zu der Erkenntnis, ihre Kräfte einzuteilen und lieber zu koordinieren, als sich hervorzuheben. Die Schwachen müssen aussortiert werden, damit die Soldaten Vertrauen zueinander aufbauen können."

Semiramis nickte. „Das weiß ich auch, Sargon. Es geht aber hier nicht nur um die Soldaten. Wollen wir Erfolg haben, so brauchen sie die gesamte Stadt zur Unterstützung. Wer kocht für sie, wer schmiedet die Waffen? Wer bessert die Mauern aus? Wir können es uns nicht leisten, den Stadtrat gegen uns aufzubringen."

„Du bist ihre Königin", entgegnete er. „Du hast ihnen ihren Platz angewiesen."

„Und sie sind mein Volk, dem ich genauso Gehör schenke wie du deinen Šagana", wies sie ihn zurecht.

Sargons Blicke verdunkelten sich. Beschwichtigend fügte sie hinzu:

„Gib den Menschen Zeit, Sargon. Dass unsere Völker nicht gegeneinander, sondern miteinander kämpfen, ist für sie eine vollkommen neue Erfahrung. Das Misstrauen sitzt noch tief. Wir dürfen den Bürgern Ninives nicht das Gefühl geben, wie Sklaven gegängelt zu werden. Ich bin sicher, mit der Zeit erkennen die Soldaten den Fortschritt aus den Manövern. Dann brauchen wir sie nicht mehr mit Schlägen antreiben."

Er erkannte die Logik hinter ihren Worten. Seufzend sagte er.

„Nun gut, so soll es geschehen. Mal sehen, wie ich Senezon beibringe, seine Truppen so schonend zu behandeln, dass Samše damit zufrieden ist."

Bei dem Gedanken an die Reaktion des impulsiven Kämpfers schlich sich ein Lächeln auf seine Lippen, das Semiramis ansteckte.

Fünfzehntes Kapitel: Die Jäger

„Wäre das nicht ein geeigneter Moment für eine Pause für unsere Truppen, Sagana Senezon?"

„Jetzt?", fragte der Angesprochene verblüfft. „Sie kommen gerade richtig in Form und du schlägst eine Pause vor."

„Dann können sie das Gelernte bestimmt auch besser verarbeiten", beharrte die Frau auf ihrem Standpunkt.

„Wüsste nicht, was es da zu verarbeiten gibt", knurrte der Kämpfer. „Schritt, Stoß und Stich, mehr müssen die sich nicht merken."

„Dazu kommt die Wende, die Ihr ihnen heute beigebracht habt", sprach die Frau eifrig im Tonfall einer Schülerin, die gerade einen großen Zusammenhang erkannt hatte. „Das war etwas ganz Neues für sie. Glaubt mir! Ich habe gute Erfahrungen damit gemacht, Soldaten regelmäßig Pausen zu geben. Das stärkt die Moral."

Senezon seufzte. „Ich bete zu Addad, dass er seine Armeen beim Angriff auf Ninive auch auf diese Art moralisch stärkt. Dann können wir uns alle zwei Stunden unbehelligt neu gruppieren, während seine Armee das Gelernte verarbeitet." Die Frau war von seinem Kommentar sichtbar verletzt.

„Schon gut!", räumte er ein. „Meine Witze waren auch mal besser. Irgendwie verweichlicht in dieser Stadt einfach alles." Resigniert signalisierte er der nächsten Einheit, ihre Lektion zu beenden. Dankbar sanken die Frauen und Männer auf ihre Knie. Die Ärzte eilten herbei, um sie zu versorgen.

Senezon war mürrisch. Am Abend zuvor hätte er seinem König beinahe den Rücktritt angeboten, nachdem dieser ihm von dem Forderung der Stadthalterin berichtet hatte, die Soldaten besser zu behandeln.

„Weniger Drill?", rief er laut und seine Stimme hallte in der Offiziersmesse. „Die sind doch alle mindestens zehn Jahre jünger als ich und sollten noch viel mehr aushalten können." Er schlug mit der Faust auf den Tisch.

„Zu bequem sind sie sich und zu vornehm die Damen. Alles, was nur halbwegs schweißtreibend ist, ist ihnen zuwider. Wenn sie dürften, verbrächten diese eingebildeten Gänse die ganze Nacht nur am Schießstand."

Sargon nickte verständnisvoll. „Wir beide wissen, dass Ausdauer und Drill notwendig sind. Daran ändert sich nichts. Du musst es ihnen nur schonender beibringen."

„Schonender!", äffte der breitschultrige Kämpfer seinen König nach. Sargon ließ es durchgehen. Senezon musste erst einmal Luft ablassen. Dann würde er seinen Befehl ausführen.

„Soll ich ihnen auch noch ein Schlaflied singen, damit sie sich bei mir wohlfühlen?", knurrte er noch, dann aber fügte er sich.

Wegen der Art des Nahkampfs, welche Senezon die Truppen Ninives lehrte, verschwanden die Heldinnen in der Masse. Das raubte ihnen die Möglichkeit, sich einzeln hervorzuheben. Einigen stand der Widerwille, Schulter an Schulter mit gemeinen Soldaten zu kämpfen, deutlich ins Gesicht geschrieben. Senezon wusste, dass schon etliche Soldatinnen es versucht hatten, ihre

Königin zu überzeugen, dass diese Form der Kriegsführung unter ihrer Würde sei. Semiramis hatte ihnen daraufhin erklärt, dass der Sinn des Krieges nicht die Wahrung der Würde der Soldatin, sondern die Bewahrung des Lebens der Bürger von Ninive sei. Wenn sie sich dafür zu schade wären, würden sie sich für eine Offizierslaufbahn nicht eignen. Das hatte gewirkt. Senezon hatte schließlich einen Kompromiss gefunden. Die Hälfte der Zeit konnten die Speerkämpferinnen sich weiterhin im Fernkampf üben, die andere Hälfte galt allerdings dem Ziel, sie als Nahkampfeinheit aufzubauen. Noch kämpften sie gegen Reiter in ihrer Fantasie, da Gusur noch keine Kavallerie aufgebaut hatte. Aber auch die sollte zum Ende der Woche einsatzbereit sein. *Hoffentlich verstehen sie dann endlich den Vorteil einer Einheit*, dachte Senezon.

Ganz andere Probleme hatte er mit dem verwahrlosten Zustand der Kaserne im Süden der Stadt. Von seinem Zweck beraubt hatte es zuletzt nur noch als billige Aufbewahrungsfläche gedient. Selbst nachdem die Gebäude wieder instandgesetzt worden waren, hatten Händler immer noch versucht, auf dem Kasernengelände ihre Waren zu lagern. Nachdem Senezon sogar eines Tages vor dem Manöver einen Schäfer mit seiner Herde Schafe auf dem Kasernenplatz angetroffen hatte, ordnete er an, das Gelände mit einer permanenten Wache zu sichern. Langsam erlangte die Anlage wieder ihre militärische Ordnung zurück. Mit großem Eifer kamen die Wachtruppen ihrer Aufgabe nach und prüften alle Ankömmlinge sehr gewissenhaft. Senezon konnte nur hoffen, dass der Eifer auch bei Gegnern erhalten blieb, von denen mehr Gefahr drohte als von den Kaufleuten Ninives.

Mit einem Mal kam die Wache am Kasernentor in Bewegung. Aus der Menschengruppe am Tor löste sich schließlich eine Person. Mit wehendem Umhang schritt eine Frau zu Senezon, die Abzeichen der Ugula Ninives trug. *Ihr Gewand ist viel zu gepflegt, als dass sie jemals einen Zweikampf damit ausgetragen hätte*, stellte Senezon verächtlich fest. Nachdem sie sich bis auf wenige Schritte genähert hatte, salutierte die Frau förmlich und sprach.

„Šagana Senezon. Ich bin Nuw-nim-sum, Ugula der dritten Bogenschützen am Südtor. Ich melde etwa fünfhundert Soldaten, die sich dem Südtor nähern." Senezon wurde hellhörig. „Welche Art von Truppen sind es?"

„Es sind fast ausschließlich Fußsoldaten, offenbar schwere Infanterie. Einzelne Reiter sichern die Flanken, aber nur wenige Wagen befinden sich im Tross." Senezon nickte. Das war zur Abwechslung mal eine gute Nachricht für den General aus Akkad.

„Das klingt mir nach unseren Truppen, die von der Grenze kommen. Schickt ein paar Reiter aus, um das sicherzustellen. Die Soldaten sind auf schnellstem Weg hier in die Kaserne zu führen." Die Angesprochene verneigte sich und eilte zurück, um die Befehle auszuführen. Senezon wand sich an seine Ordonanz. „Die Übungen sind für heute beendet. Alle Männer und Frauen werden abkommandiert, bei der Unterbringung der neuen Truppen zu helfen. Sagt den Köchen, sie sollen sich sofort an die Arbeit machen. Diese Truppen haben seit Tagen nichts Vernünftiges gegessen. Und dann schickt einen Boten zu König Sargon. Sagt ihm, die Truppen von Akkad sind in Ninive eingetroffen."

Prinz Gusur befand sich zur gleichen Zeit mit einer kleinen Gruppe von Reitern in den Hügeln nördlich der Stadt. Königin Semiramis hatte ihm als Geleit-schutz Mitglieder ihrer Garde angeboten, die er bereits vom Schiff kannte. Er war dankbar, in den fremden Hügeln bekannte Menschen um sich zu haben. Seine Aufgabe war weit schwerer, als er es erwartet hatte. Wie sein Vater vorhergesehen hatte, unterhielt Ninive kei-ne berittenen Einheiten. Auch Streitwagen setzten sie nicht ein, da sie sich hinter den Mauern sicher fühlten und das Gelände rings herum zu felsig für die Wagen war. Die Händler der Stadt setzten meist Maultiere und Esel ein, um ihre Karren über die Wege zu ziehen. Pferde waren selten und sehr teuer in Ninive. Mittels Druck durch die Königin konnte Gusur schließlich ei-nem Züchter acht Pferde abkaufen, die eigentlich für einen Kunden weit im Norden bestimmt waren. Für ihre Aufgabe brauchten die Kundschafter aber mehr als dreißig Pferde und Reiter. Gusur war daher von seinem ursprünglichen Plan abgewichen, ein paar der Speer- und Bogenkämpfer zu Reitern auszubilden. Nun such-te er Rekruten unter einer Gruppe, die bereits reiten konnte und eigene Pferde besaß: Jäger.

Obgleich die Bevölkerung von Ninive sich überwie-gend durch Landwirtschaft und Fischfang ernährte, zogen immer noch Jäger durch die Wälder und über die Ausläufer der Gebirge, wo Bären, Hirsche und Füchse lebten. Das Fleisch, aber auch die Felle erzielten hohe Preise in der Stadt. Auch Löwen waren zahlreich vor-handen und stellten eine ständige Gefahr für die Schaf-herden dar. Als Wappentier der Ischtar stand der Löwe allerdings unter dem Schutz der Göttin, und nur die Königin durfte ihn jagen. Hirten war es erlaubt, einen Löwen zur Verteidigung ihrer Herde zu erlegen. Daher trug jeder Hirte eine Schleuder oder gar einen Bogen. Im Nahkampf war ein Löwe unbesiegbar. Gusur, der weder mit Bogen noch mit der Schleuder vertraut war, hielt stets respektvoll Abstand, wenn er eines der Tiere der Ischtar erblickte.

Sie waren seit etwa drei Stunden unterwegs, als Gusur den Geruch von Rauch und gebratenem Fleisch bemerkte. Bald sahen sie vor sich auch ein Feuer, um das sich eine kleine Gruppe gesellt hatte. Pferde grasten etwas abseits entlang eines Flusslaufs. Langsam näherte sich mit seinen Gefährten der Feuerstelle. Sofort wurden sie von einer Wache bemerkt, die mit lautem Rufen ihr Nahen ankündigte. Im Nu hatten die Frauen und Männer am Feuer ihre Bögen gespannt und sich im Halbdunkel aufgestellt. Gusur hieß seine Begleiter anzuhalten und trabte langsam mit erhobenen Händen auf die Gruppe zu.

„Habt keine Furcht. Wir kommen in Frieden und möchten euch bitten, uns Rast an eurem Feuer zu gewähren." Eine Frau trat ihm entgegen. Sie hatte ihren Bogen gesenkt, aber den Pfeil nicht von der Sehne genommen. Aufmerksam betrachtete sie mit ihren dunklen Augen die Ankömmlinge.

„Was treibt ihr in diesen Wäldern? Habt ihr Städter euch verlaufen?"

„Nein", er schüttelte seinen Kopf. „Wir sind auf der Suche nach Jägern, die wissen, wie man mit Pferden umgeht."

„Aha. Bist du der Südmann, der in Ninive zehn Soldaten besiegt hat?" Gusur lächelte freundlich.

„Geschichten werden größer, je öfter sie erzählt werden. Es waren nur neun und ich hatte zwei Gefährten", erklärte er ihr. Die Frau schien mit seiner Antwort zufrieden.

„Wenn du es bist, dann bist du wenigstens ehrlich. Nicht schlecht für einen Südmann", stellte sie fest.

„Wir haben auch unsere guten Seiten", stimmte er ihr zu. „Dürfen wir uns zu euch gesellen?"

„Es ist nicht viel Fleisch da und wir sind hungrig", gab ihm die Frau zu verstehen.

„Dann lasst uns unsere Vorräte mit euch teilen. Ninive versorgt seine Kämpfer großzügig." Das wirkte. Die Jäger rückten zusammen, um den Fremden Platz am Feuer zu machen. *Die Anwerbung hat begonnen*, dachte der Prinz.

„Nein, die Städter in Ninive haben wirklich keine Ahnung von Pferden", sagte die Frau, die sich als Urta vorgestellt hatte. Sie saßen um das Feuer und teilten sich das Fleisch und die Brote. Sogar einen Schlauch Wein konnte Gusur seinen Gastgebern anbieten, was von ihnen freudig aufgenommen wurde. Die Stimmung entspannte sich zunehmend.

„Meine Familie züchtet seit sieben Generationen Pferde für die Jagd. Ich könnte nicht in diesen stinkenden Gassen von Ninive leben. Die Mauern erdrücken mich. Hier draußen habe ich den Wind und die Freiheit", sagte Urta.

„Wie ist es mit Räubern oder Löwen?", fragte Gusur sie.

„Halb so wild, wie die Städter glauben", lachte sie. „Die suchen sich gewöhnlich reichere Beute, die leichter einzufangen ist."

„So wie die Wegelagerer entlang der großen Handelswege", ergänzte einer ihrer Begleiter. „Sie nutzen immer dieselben Fallen, in denen sich nur ein Fremder verfängt."

„Und die Löwen?", hakte Gusur nach.

„Ischtars Gefährten können schon mal ein Problem werden", gab die Frau zu. „In der Dürreperiode, wenn die Flüsse nur wenig Wasser tragen, ist es besonders schlimm. Da wagen sich die hungrigen Tiere sogar an ein Feuer heran, um ein Pferd zu reißen." Gusur merkte, dass einer seiner Begleiter aus Ninive sich nervös umsah. Er beschloss, sich um Löwen nicht zu sorgen, solange ihre Gastgeber ruhig am Feuer blieben. Die Gruppe, es waren zwölf Männer und Frauen, waren wie geschaffen für die Kundschafteraufgabe, die er zu erfüllen hatte. Sie kannten die Gegend und verstanden sich offenbar aufs Reiten. Wie konnte er sie gewinnen?

„Erzählt uns etwas von euch", forderte ihn die Frau auf. „Wir sehen zum ersten Mal Männer aus dem Reich Marduks. Wir hörten, dass ihr große Krieger seid. Erzählt uns von euren Schlachten."

„Unsere Kämpfer sind tapfer, das ist wahr", sprach Gusur, „aber wir haben gleiche Tapferkeit auch in eurem Lande gefunden. Unser Leben ist anders. Wir haben keine Städte wie Ninive, die von so starken Mauern umgeben sind. Viele von uns leben in Zelten und Reisen mit ihren Herden, wenn die Wiesen abgegrast sind. Selbst König Sargon zieht die Freiheit der Wüste den Städten vor. Genauso wie ihr leben wir mit Pferden, aber auch mit Kamelen, die in der Wüste bessere Reittiere sind. Ich selbst habe zwei Pferde, die bei meinem Volk auf mich warten."

„Wer reitet sie, während du weg bist?", wollte die Frau wissen.

„Sicherlich meine kleine Schwester. Sie ist mit ihnen aufgewachsen." Er spürte einen leichten Schmerz in der Brust bei dem Gedanken an die Familie, die er hatte zurücklassen müssen, als er seinem Vater nach Norden gefolgt war. Wie viel Zeit war seitdem vergangen? Drei Wochen? Durch die Umstellung auf die Nacht hatte er die Orientierung verloren. Etwas mehr als drei Wochen mussten es sein. Er fuhr fort.

„Meine Einheit ist vollständig beritten wie auch vier weitere Einheiten, die mir unterstellt sind. Wir sichern gewöhnlich das Umfeld der marschierenden Truppen und fangen die Bogenschützen ab, bevor sie uns erreichen können. Außerdem sind wir Jäger. Die Steppe beherbergt viele Antilopen und Hasen."

„Und eure Waffen?"

„Sind meist Speer und Boden. Allerdings haben wir nicht das Metall, das eure Pfeile ziert, und unser Holz ist nicht so stark, dass wir so große Bogen bauen können, wie ihr sie tragt. Wir müssen also dicht an unsere Beute herankommen."

„Ich möchte dich reiten sehen", sagte Urta mit einem Mal und stand auf, ohne seine Antwort abzuwarten.

„Das waren alles schöne Worte, mit denen du dich beschreibst. Nur auf dem Pferd sehen wir, wer du wirklich bist und was du von uns willst." Gusur sah sie an.

„Ich denke, du weißt bereits, wer ich bin und was ich will", antwortete er. „Ich suche gute Reiter als Kundschafter, um Ninive rechtzeitig vor einen Angriff warnen zu können."

„Wir arbeiten für niemandem außer für unsere Familien", antwortete die Frau bestimmt. „Es gibt nichts, was die Städter uns bieten könnten, das wir nicht bereits haben."

„Wenn Addad Ninive erobert, wird er seinen Anspruch nicht auf die Stadt beschränken", warf Gusur ein.

„Die Händel der Götter sind nicht unsere", entgegnete Urta. „Addad, Ischtar, Enlil, sie alle schauen auf die Tempel und Bauwerke und neiden es einander, wenn einer mehr verehrt wird als der andere. Wir ehren Annit, unsere Göttin der Jagd, nicht, indem wir uns in steinerne Häuser drängen, sondern uns in ihrem Licht auf den Rücken unserer Pferde auf weitem Feld messen."

„Dann lasst mich Annit danken für eure Gastfreundschaft", sprach Gusur und schritt zu seinem Pferd. Urta war sichtlich damit zufrieden, dass er die Herausforderung annahm. Beide sattelten ihre Pferde mit geflochtenen Decken und legten ihnen das Zaumzeug an.

„Wir reiten auf beiden Seiten des Flusses, der zum Tigris führt. Fackeln markieren die Hälfte und das Ende der Rennstrecke. Der Erste, der zum Ausgangspunkt zurückkehrt, gewinnt." Gusur hatte keine Einwände und ließ die Jäger ihre Vorbereitung treffen.

Ugula Sintana, die ihn von der Grenze nach Ninive begleitet hatte, trat an seine Seite und warnte:

„Prinz Gusur, Ihr werdet nicht viel von dem erkennen können, was auf Eurem Weg liegt. Stürzt Ihr und verletzt Euch, werden wir Euch nicht rechtzeitig in die Stadt bringen können, um Euch zu versorgen."

„Ich vertraue meinem Pferd, dass es den Weg sieht, und Marduk, dass er mich anleitet. Es ist sein Wille, dass wir diese Menschen als Kundschafter gewinnen. Er ist bei mir bis zum letzten Tag."

„Ich bete zu Ischtar, dass dies nicht Eure letzte Nacht wird", murmelte die Vertraute wenig überzeugt. Aber sie trat zur Seite und ließ Gusur durch.

Unter den Jägern, die kurz zuvor noch träge am Feuer gesessen hatten, war Spannung aufgekommen. *Ein Wettkampf,* flüsterten sie einander aufgeregt zu und suchten die besten Plätze, um das Schauspiel zu verfolgen. Urta schien dem Rennen entspannt entgegenzusehen. Gemächlich ließ sie ihr Pferd zu ihrem Startpunkt schreiten.

Gusur war nervöser, als er es seiner Gefährtin gegenüber zugegeben hatte. Bei Tageslicht war er immer siegreich aus Wettrennen hervorgegangen. Hier erlaubten die Fackeln und das schwache Mondlicht nur wenige Schritte weit zu sehen. Und dann war da das Pferd, welches er erst seit drei Tagen ritt. Langsam hatten sie sich kennengelernt, aber das Tier zeigte hin und wieder Zuckungen, die er nicht recht deuten konnte. Es war schnell und hatte es genossen, wenn er ihm in der Steppe die Freiheit gab, das Tempo zu bestimmen. Wie würde es sich verhalten, in unbekanntem Gelände einen Wettkampf zu bestreiten? War es Wahnsinn oder Übermut, was ihn getrieben hatte, die Herausforderung Urtas anzunehmen? Er brauchte Kundschafter, und diese Jäger waren wie dafür geschaffen. Allerdings würden sie niemandem folgen, den sie nicht achteten. Ein Sieg im Wettrennen war ein Zeichen, das diese Menschen verstanden.

Der Startplatz, welcher gleichzeitig auch Ziel des Rennens war, wurde mit vier Fackeln markiert. Ein Pfad führte vor ihm nach Westen, entlang eines kleinen strauchlosen Flusses und dem Mond entgegen, der hinter den Wolken schimmerte. Die beiden Fackeln, welche die erste Etappe markierten, konnte Gusur vom Start erspähen. Ein Leuchten weiter hinten zeigte ihm den Punkt, vom dem es zurück ging. Es gab keine Bäume oder Büsche, das war gut. Nur Felsen unterschiedlicher Größe versperrten hier und dort die Rennstrecke.

Ein Jäger schritt mit einer Fackel heran, mit welcher er das Startsignal geben würde. Gusurs Gedanken waren nur noch bei seinem Pferd und bei der Rennstrecke. Aus dem Augenwinkel nahm er gerade noch wahr, wie der Mann die Fackel herunterriss und das Signal zum Start ausrief, da schnellte sein Pferd bereits nach vorne. Seine Begleiter, die am Anfang der Rennstrecke standen, feuerten ihn mit wilden Rufen und Schlägen mit den Schwertern auf ihre Schilde an. Er hörte es kaum. Jede Faser seines Köpers war angespannt. Die Muskeln seiner Beine spürten jede Bewegung des galoppierenden Pferdes. Er hatte seinen Körper weit vorgebeugt, um den Boden besser erspähen zu können, und berührte mit seinem Gesicht fast den Hals des Tieres, wenn es den Kopf nach hinten bewegte. Der Pfad raste ihnen entgegen. Gusur bemerkte einen Felsen, der sich ihnen unverhofft in den Weg stellte, und gab dem Pferd ein leichtes Zeichen mit dem Zügel, um das Hindernis rechts zu umgehen. Der Haken kostete ihn wichtige Zeit.

Urta war ebenso schnell gestartet und hielt sich auf gleicher Ebene wie der Mann aus Akkad. Sie kannte ihr Pferd, mit welchem sie diese Rennstrecke schon oft geritten war. Über den Fluss hinweg konnte sie den Fremden beobachten, der sich ihr als würdiger Gegner zeigte. *Er scheut kein Risiko*, stellte sie anerkennend fest. *Diese Felsen sind tückisch und sein Blick ist nicht an die Nacht gewöhnt. Es war klug von ihm, sich von seinem Pferd leiten zu lassen.* Der Mann war ein besserer Reiter, als sie erwartet hatte. Energisch trieb Urta ihr Pferd an, um auf seiner Höhe zu bleiben. Sein Haken um den Felsen bot ihr die Gelegenheit, einen Vorsprung von etwa einer halben Pferdelänge zu erzielen, als sie die Markierung der ersten Etappe passierten.

Gusurs Pferd raste durch die Markierung der beiden Fackeln auf den Wendepunkt zu, der weit vor ihnen auf einem Plateau leuchtete. Ein Rausch aus Gefühlen hatte seinen Körper in Besitz genommen, wie er es von den Wettkämpfen seiner Heimat kannte. Pferd und Reiter verschmolzen zu einer Einheit. Sie teilten jeden Schritt und spürten gemeinsam den Pfad um die Felsen dem Ziel entgegen. Er fühlte sich wie in einem

Wüstensturm, spürte, wie der Wind ihm Furchen ins Gesicht zog und seine langen Haare flattern ließ. Alle Gedanken um Kriege, Götter und Pläne waren verschwunden. Es gab nur noch ihn, das Pferd und den Pfad, den sie entlangrasten. Verflogen war die Furcht, die er noch am Anfang empfunden hatte. Der Weg lag nun klar vor ihm, ob durch seine eigenen Augen oder durch die seines Pferdes. Gemeinsam wollten sie gewinnen und warfen sich nach vorne.

Urta musste ihre Aufmerksamkeit nun voll dem eigenen Pferd und ihrem Rennen widmen. Sie trieb ihren Hengst an und passierte den Wendepunkt, kurz bevor der Mann aus Akkad die zweite Etappe abgeschlossen hatte. Nun ging es zurück ins Lager und sie würde den Vorsprung nicht mehr hergeben. Doch sein Pferd schien sich nun erst richtig zu entfalten. Es kam heran und hatte sie bereits überholt, als sie die Fackeln der letzten Etappe passierten. Urta schlug ihre Fersen in die Seiten ihres Pferdes und flüsterte: „Schneller, mein Liebes. Du bist der Wind!" Und ihr Pferd legte noch weiter zu.

Gusur war vollends mit seinem Pferd verschmolzen. Er brauchte nicht mehr in die Dunkelheit zu spähen. Die Strecke kannten sie bereits. Noch bevor sie den Felsen erblickten, hatte er bereits seine Entscheidung getroffen und setzte zum Sprung an. Das Pferd verstand das Signal seines Reiters und trug ihn in die Höhe, während sie über den Stein setzten. Ein Schrei ging durch die Menge der Zuschauer, denen sie nun sehr schnell näherkamen. Nun war Gusur voraus. Er jagte über die Ziellinie hinweg und ließ sein Pferd langsam austraben, bevor er umdrehte. Ugula Sintana und die anderen rannten ihm jubelnd entgegen.

„Wahnsinniger!", rief jemand von Weitem. „Nur ein Wahnsinniger kann vor dieser Meisterin als Erster ins Ziel kommen."

Erster? Gusur sackte fast zusammen, als er beim Abstieg den Sieg realisierte. Sein Pferd zitterte und jede seiner Sehnen schmerzte wie von Nadeln durchstochen. Er konnte sich kaum aufrecht halten.

Der Mann mit der Fackel, der zuvor das Startzeichen gegeben hatte, trat nun auch zu ihm, um ihm zu gratulieren und damit das Ergebnis zu bestätigen. Urta stieg ab und führte ihr Pferd zu ihm. Sie streichelte den Hals seines Tieres und sprach liebevoll:

„Du hast einen starken Herrn. Schütze ihn gut. Er ist es wert." Zu dem Prinzen aus Akkad gewandt sagte sie.

„Es war eine Freude, Euch reiten zu sehen. Ihr seid ein guter Gegner. Annit gab Euch den Sieg. Sie wird auch in Zukunft für Euch Wache halten."

„Es wäre vermessen von mir, dies von Annit zu erwarten. Ihre Jäger sind die besten Wachen, die ich mir wünschen könnte." Er sah sie hoffnungsvoll an.

„Wir bewachen keine Mauern", erwiderte die Frau bestimmt. „Unser Dienst gilt Annit und den Jägern."

„Etwas anderes will ich auch nicht von Euch verlangen", sprach Gusur. Er hatte eine Idee.

„Lasst uns jede Woche ein Rennen machen, um Annit zu ehren. Wir errichten einen Wettkampfplatz außerhalb der Stadt. Zwischen den Wettkämpfen können die Reiter jagen und üben, ein jeder in einem eigenen Bereich rings um die Stadt. Wer immer einen Reiter bei dieser Übung stört, ist ein Feind Annits und Ischtars und soll entsprechend bestraft werden." Die Frau nickte.

„Ihr seid schnell, Prinz Gusur, und eure Gedanken sind es auch. Lasst uns zum Feuer zurückgehen und den Wein teilen. Es gibt viel zu besprechen."

Sechzehntes Kapitel: Alltag in Ninive

„Das nächste Gesuch ist das des Händlers Wuti-nan, Sohn der Schi-kul", kündigte die Wache an der Tür zur Ratskammer an. Der Schreiber nahmen neue Tontafeln zur Hand und drückte die Oberflächen glatt, um den nächsten Vorgang aufzunehmen. Semiramis saß auf dem Thron vor dem Standbild der Ischtar, Samše saß zu ihrer Rechten und die Hohepriesterin zur ihrer Linken. Sargon hielt sich mit einigen Offizierinnen etwas abseits. Er hatte hier keinen aktiven Anteil, solange keine militärischen Fragen erörtert wurden.

Eine Großstadt wie Ninive erforderte, dass täglich Recht gesprochen und Entscheidungen getroffen wurden, um das Leben der Bewohner – man sagte, es seien über fünfzigtausend – zu ordnen. Sargon hatte mehrmals versucht, sich solcher Ratstreffen in seiner Hauptstadt Akkad zu entziehen. Er zog das freie Land den engen Straßen der Stadt vor. Akkads Struktur war auch nicht so gefestigt wie die Ninives. Die häufigen Überschwemmungen am unteren Lauf der Flüsse verhinderten es im Reich des Marduk, solch große Städte dauerhaft anzulegen. Siedlungen wuchsen zueinander, bis ihre Grenzen vollends verschmolzen. In Ninive war die Aufteilung der Stadt geplant. Ganze Stadtteile wurden immer wieder geändert und umgebaut. Die Verwaltung der Metropole nahm einen bedeutenden Platz ein, auch räumlich, wie Sargon bei der Besichtigung der Archive bemerkt hatte. Solche Ordnung hatte eine

Vielzahl von Vorteilen, musste er zugeben. Mithilfe der Schriften konnten Eigentumsverhältnisse gar über viele Generationen hinweg nachvollzogen werden. Die Händler schätzten die Stabilität und Berechenbarkeit im Reich der Ischtar. Auf den Märkten Ninives wurden Waffen aus glänzendem Metall, Stoffe höchster Webkunst, edles Holz von Zedern, feine Töpferwaren, aber auch Sklaven und Tiere in großen Mengen angeboten. Die Gewinne schienen außerordentlich zu sein. Jedenfalls waren die Pachteinnahmen für die Marktstände eine wesentliche Einnahmequelle der Stadt. Diesem Umstand war es auch zu verdanken, dass der Händler eine Audienz beim Stadtrat bekam, um sein Anliegen vorzutragen. Er trug eine dunkle gewebte Tunika mit einem geflochtenen Gürtel, in dem eine lederne Börse steckte. Sein Haar trug er nach Art der Könige in langen Locken nach hinten gekämmt. Sein Bart war perfekt gestutzt, und an seinen Händen glänzten Ringe und Armreifen, die von stattlichem Reichtum schließen ließen. Selbstbewußt durchquerte er den Raum mit großen Schritten, um vor seiner Königin und dem Bildnis der Stadtgöttin auf die Knie zu gehen.

„Heil dir, Göttin. Heil euch, große Königin", begann er seine Rede. „Ich danke Euch, dass Ihr mir etwas Eurer Zeit gewährt."

„Wir grüßen dich Wuti-nan, Sohn der Schi-kul", antwortete Semiramis. „Den Freunden der Stadt schenken wir gerne unser Gehör."

Der Geschäftsmann verbeugte sich nun auch vor Samše und den Ratsältesten, bevor er sich mit seinem Anliegen wieder an die Königin wandte. Den König aus Akkad ignorierte der Händler.

„Herrin, mein Wunsch betrifft eine Karawane mit dreihundertsechzig Minen Kupfer und hundertachtzig

Minen Zinn, die für die Waffen der Stadt bestimmt ist. Wir konnten die Metalle aus dem fernen Zypern für Eure Truppen erwerben. Meine Familie hat keine Kosten und Mühe gescheut, um Ninive die beste Ware zu bieten, die Stadt zu verteidigen."

Das klingt wie der Auftakt zu einer Preisverhandlung, dachte Semiramis, ließ ihn aber weiterreden, ohne etwas zu erwidern.

„Nach dem langen Marsch durch die Wüste hat die Karawane bei Tarbisu den Tigris erreicht. Sie reist nun auf Schiffen flussabwärts und wird Ninive in der nächsten Woche erreichen. Um das Metall abzuladen, brauchen wir allerdings einen stärkeren Anlegesteg als den am Westtor. Andernfalls müssten die Schiffe bis Nimrud fahren, wo es einen befestigten Steg gibt, und dann von dort den Weg an Land zurücklegen. Dadurch wird sich die Ankunft um mehr als eine Woche verzögern und ich bin in Sorge um die Sicherheit der kostbaren Metalle."

Und um die Kosten sorgst du dich, alter Gauner, dachte Sargon. *Was soll dieser lächerliche Antrag bei der Königin? Um so etwas können sich die Höflinge kümmern.*

Bevor Semiramis antworten konnte, gab ihr Samše mit einer Geste zu verstehen, dass sie etwas hinzufügen wollte. Semiramis ließ sie gewähren.

„Herrin, Wuti-nan und seine Sippe liefern seit Generationen bevorzugt für Ninive. Die Stadt verdankt ihrem Geschick sehr viel. Der Rat war sich einig, dass wir den Handel mit den Völkern im Norden und Westen verstärken wollen. Im Norden der Stadt hat der Fluss noch nicht die reißende Kraft wie weiter im Süden. Daher hatten wir den Plan, die Anlegestege auszubauen und Ninive zum Umschlagort der Händler zu machen. Dies ist das Dock, das ich bei Eurer Ankuft erwähnte."

Sargon erinnerte sich, wie sie auf ihrem Weg von der Grenze erst ab Nimrud den Fluss mit großen Schiffen befahren konnten. Unterwegs hatte sie viele Kähne gesehen, die Handelsgüter aus dem Norden in die Stadt brachten, um sie dort zu verkaufen oder in Karawanen umzuladen. Samše fuhr fort:

„Wir haben am Südtor bereits die Fundamente für einen Steg gesetzt, der auch Körbe mit Metallen und andere schwere Güter tragen kann. Das Holz für die Aufbauten liegt bereit. Damit könnten wir ihn fertigstellen."

„Mir klingt, als sei alles für die Ankunft der Waren bereit, Samše. Was verhindert die Fertigstellung?", fragte die Königin. Sargon ahnte die Antwort.

„Es fehlt uns an Arbeitern. Die Arbeit an den Deichen und auf den Feldern darf nicht aufgeschoben werden. Wenn wir allerdings fünfzehn Einheiten der Stadtwache einsetzen könnten, wäre der Steg rechtzeitig vollendet, bevor die Schiffe in Ninive eintreffen."

Deutlich hörbar sog Sargon die Luft ein. Fünfzehn Einheiten bedeuteten die Hälfte der einsatzbereiten Truppen. Das würde die Übungen weit zurückwerfen, jetzt, da die Soldaten gerade damit anfingen, die Taktik zu verstehen und Routine zu entwickeln. Er spürte die Blicke aller Anwesenden auf sich, als Semiramis sich zu ihrem Oberbefehlshaber umwandte und ihn fragte.

„Was denkt König Sargon über den Plan?"

Dem Akkader lag eine deutliche Antwort auf der Zunge. Er bemühte sich aber dennoch, äußerlich gefasst zu bleiben.

„Die Vertreterin Ischtars hat mich gebeten, ihre Stadt vor dem Angriff Addads zu wappnen. Wir wissen, dass der Angriff jeden Tag erfolgen kann. Die Festung Addads liegt in den Bergen nördlich der Stadt. Von dort wird er zuschlagen. Bei einem Angriff werden unsere Soldaten nicht rechtzeitig von der Baustelle im Süden an die Mauern gelangen." Als sie schwieg, fuhr er fort.

„Unsere Soldaten üben gemeinsam, ohne Unterlass und jede Nacht. So langsam beginnen sie, eine Einheit zu bilden. Dieses Bauprojekt wird sie wieder auseinanderreißen. Wir dürfen damit nicht aufhören."

Semiramis hatte diese Antwort erwartet. Sie hatte dieselben Sorgen. Allerdings waren die Metalle wichtig. Die Truppen brauchten weitere Schwerter, um volle Stärke zu erzielen. Und ganz konnte sie den Handel nicht ignorieren, der diese Stadt groß machte. *Ischtar, Herrin!*, dachte sie. *Wieviel Zeit bleibt uns? Können wir es wagen, die Übungen zu unterbrechen?*

Semiramis hatte ihre Entscheidung getroffen. Es war ein Kompromiss, um beiden Forderungen möglichst gerecht zu werden. Zunächst sprach sie zu dem Händler.

„Wuti-nan, Sohn der Schi-kul, wir danken dir und deiner Sippe für die Mühe um unsere Stadt. Reise in der Gewissheit, dass deine Karawane an einem Steg in Ninive abladen kann, der deine wertvolle Ladung trägt."

Zu Sargon sprach sie:

„Die Karawane wird wichtige Metalle liefern, mit denen wir unsere Truppen weiter ausrüsten. Ein pünktliches Erscheinen dient also auch der Verteidigung. Stellt für neun Nächte fünfzehn der Einheiten zum Bau an dem Anlagesteg ab."

Samšes wollte den Kaufmann bereits entlassen, doch da ergänzte die Königin: „Ich stimme dem Kommandierenden zu, dass wir die gemeinsamen Übungen nicht unterbrechen dürfen. In jeder dritten Nacht erwarte ich, dass alle Truppen zur Übung erscheinen. Nach neun Nächten haben der Steg zu stehen und die Soldaten in die Kasernen zurückzukehren."

Damit war die Angelegenheit abgeschlossen.

Kurz vor der Ratssitzung hatte Samše den Kaufmann zu sich gerufen, um seine Anfrage an Königin Semiramis abzustimmen. Geschickt hatte sie es eingefädelt, die Anfrage des einflussreichen Geschäftsmanns der Königin und nicht dem Stadtrat vorzuführen. Während der Sitzung beobachtete sie dann befriedigt, wie sich Semiramis mit der Entscheidung schwertat. Die Baustelle an dem Steg im Süden stand schon viel zu lange still und Ninive verlor die Gunst der Händler mit jedem Tag, der mit Übungen verschwendet wurde für einen Angriff, der niemals stattfinden würde. Die Ladung Metalle bot ihr eine einmalige Gelegenheit, die Geschicke der Stadt wieder zu bestimmen. Kurz vor der Sitzung hatte Samše auch die Soldaten empfangen, welche sie mit dem Abfangen der Botin beauftragt hatte. Sie waren länger ausgeblieben als erwartet. Ihr Anführer erklärte, dass sie sich vor ihrer Rückreise versichern wollten, dass die Gefangene tatsächlich unbemerkt verwahrt worden sei. Damit war dieses überflüssige Projekt verhindert, und nun wollte sie auch die Übungen, die solch wichtige Hilfskräfte band, beenden. Es war ein guter Tag nach so vielen Niederschlägen.

„Nur jeden dritten Tag?" Senezon war außer sich, als er von Sargon die Entscheidung der Königin erfuhr. Er schleuderte seinen Bierkrug in eine Ecke, wo er zerschellte. Die braune Flüssigkeit spritzte hervor und lief die Wände herunter. „Hat sie den Verstand verloren?

Was hat dieser schleimige Geldsack geboten, dass sie sich vor dem Rat duckt? Sollen die sich doch andere Handwerker suchen!"

Sargon ließ ihn toben. Sein General beruhigte sich gewöhnlich von selbst, nachdem er einmal Dampf abgelassen hatte. Senezon fuhr fort:

„Gestern hatte ich sie endlich so weit, dass sie zwei Übungen die Ordnung hielten, ohne gleich wieder aus der Reihe zu tanzen. Das Schlimmste sind diese Weiber, die sich immer wieder hervortun müssen. Ihre Stadthalterin ist genauso. Kann die sich nicht einfach um ihren eigenen Kram kümmern und uns Männer unsere Pflicht tun lassen? Kaum hat man mal etwas geordnet, muss sie sich einmischen und alles über den Haufen werfen. Kein Wunder, dass sich mit der Schachtel kein Mann einlassen will." Gerüchten zufolge lebte die Stadthalterin allein mit ihren Katzen in einem Palast nahe dem Tempel. Man sagte ihr nach, Beziehungen mit jüngeren Handwerkern gehabt zu haben, aber man wusste von keinem festen Partner der Stadthalterin. Sargon fiel es auch nach den vielen Wochen mit Semiramis schwer, sich in die Strukturen einer von Frauen dominierten Gesellschaft hineinzudenken. Ein mächtiger, alleinstehender Mann im mittleren Alter würde sich in Akkad vor Angeboten zukünftiger Schwiegerväter nicht retten können. Er würde eine Frau nehmen, sei es nur, um den Fortbestand seiner Sippe durch Nachkommen zu sichern. Bei den Frauen trockneten die Fruchtbarkeitssäfte früher aus. Konnte Samše noch Kinder bekommen? fragte er sich. Wenn nicht, wozu brauchte sie dann überhaupt einen Ehemann? Bei dem Gedanken fiel ihm auf, dass auch Semiramis nie von einem Ehemann oder von Kindern gesprochen hatte. Er hatte schon vier, drei Jungen und ein Mädchen, als seine Kinder anerkannt. Ihre Mütter führten seinen Haushalt auch ohne dass sie zu Ehefrauen erklärt worden waren. Aber hier?

Senezon ahnte nichts davon, dass sein König mit den Gedanken ganz woanders als bei den Truppenübungen war. Langsam beruhigte er sich und stocherte mit einem Stock im Sand, um seine Gedanken zu ordnen.

„Fünfzehn der Einheiten will das Stadtweib für den Bau. Das werden fast alles Schwertkämpfer sein, da die unsere Kräftigsten sind. Mit den dürren Bogenschützinnen kann sie da nichts anfangen. Unsere Akkader wird sie dafür nicht bekommen. Dann braucht sie also noch drei Einheiten der Speerwerfer, wenn sie nicht auch noch die Stadtwache auflösen will."

„Das kann ich mir nicht vorstellen", meinte Sargon, sich wieder dringenderen Fragen zuwendend. „Die Wache wird auch auf dem Markt und an den Toren gebraucht, um den Wegzoll einzuholen. Auf das Geld wird sie nicht verzichten wollen."

„Geld, Geld, Geld!", höhnte Senezon. „Dreht es sich in dieser verdammten Stadt immer nur um das Eine? Man kann hier keinen Schritt machen, ohne dass jemand die Hand aufhält. Ach, was vermisse ich die Wüste und die freie Sicht!" König Sargon musste ihm zustimmen. Die Krämer und deren Geldgier waren beiden zuwider. Sargon seufzte.

„Es hilft alles nichts. Wir müssen uns damit abfinden, dass wir die Soldaten nur alle drei Tage haben. Es sind nur drei Unterbrechungen. Nach neun Tagen können wir weitermachen wie zuvor."

„Wenn Addad nicht bis dahin angreift", warf Senezon ein.

„Irgendwie glaube ich, dass auch er noch Truppen sammelt", beruhigte ihn sein König. „Ninive ist auch mit weniger Soldaten eine Stadt mit mächtigen Mauern. Die Maschinen mit Woranola können allein schon viel ausrichten, um eine angreifende Armee aufzuhalten."

Er stand auf.

„Ich möchte, dass du die Zeit nutzt, um die Stadt zu erkunden. Nimm Gusur mit, wenn er nicht gerade ausreitet. Ich möchte, dass ihr die Hauptstraßen und Wege zu den Kasernen so gut kennenlernt, dass ihr eure Truppen auf dem schnellsten Weg zu jedem Punkt der Stadtmauer führen könnt."

Senezon murrte. „Erst werde ich Kindermädchen für Weicheier, die sich für tapfere Soldaten halten, und dann macht Ihr mich zum Stadtführer. Ich frage mich, was Marduk als Nächstes mit mir vorhat." Aber er wehrte sich nicht mehr. Sargon verließ den Raum, um Semiramis im Palast aufzusuchen.

Die Königin saß auf einer Dachterrasse des Palasts hoch über der Stadt. Ihr Sitz war ein Sockel, den man mit Decken gepolstert hatte. Neben ihr lagen zahllose Tontafeln, die sie begutachtete, an denen sie Änderungen vornahm und diese mit ihrem Siegel bestätigte. Eine kleine Öllampe beleuchtete ihren Arbeitsplatz. Sie trug ein langes geschichtetes Kleid, das von dem gewebten Gürtel gehalten wurde, den sie von ihrer Mutter geschenkt bekommen hatte. Ischtar ließ sich oft in einem solchen Kleid abbilden. Semiramis spürte die Zuversicht in ihrem Körper, wenn sie das Kleid zu Ehren der Göttin und den Gürtel zum Gedenken an ihre Mutter trug. *Sehen sie mich jetzt?*, fragte sie sich und blickte hinauf zum wolkenverhangenen Himmel. *Habe ich richtig entschieden?*, stellte sie ihre Frage lautlos in die Dunkelheit. Es kam keine Antwort. Ihr Blick wanderte wieder zu den Tontafeln und der Arbeit, die heute noch vollendet werden musste.

Sie hörte Sargon aus der Tür schreiten und erkannte ihn sofort an seinen großen Schritten. *Keiner der Höflinge kann mit ihm mithalten*, dachte die amüsiert. Wie sehr hatte er sich heute zusammengenommen, nachdem sie ihm die Soldaten entrissen hatte. *Ach Sargon, es ist eine Ironie des Schicksals, dass ich mich in meiner eigenen Stadt am meisten auf den Anführer des Volkes verlassen kann, mit dem wir im Krieg liegen. Im Krieg lagen,* korrigierte sie sich. *Diese Zeiten sind vorbei, auch wenn mein Stadtrat anders denkt. Addad hat unser Schicksal zusammengeführt. Von ihm droht die wirkliche Gefahr. Aber was geschieht, wenn diese Gefahr überwunden wird oder ganz ausbleibt?* Einsamkeit und Verantwortung lasteten auf der Königin, und die vertraute Dunkelheit bot ihr diesmal keinen Trost.

„Senezon hat den Befehl empfangen", sagte Sargon, als er sie erreichte. „Er wird die Übungen umstellen und die verbleibende Zeit nutzen, sich mit den Straßen in Ninive vertraut zu machen."

„Ist viel dabei zu Bruch gegangen?", fragte sie und drehte sich zu ihm um. Er sah das leichte Lächeln auf ihren Lippen.

„Nichts, was sich nicht ersetzen ließe", antwortete er und setzte sich neben sie. Sein Blick wanderte über die Stadt und dann zum Himmel hinauf, wo sich die Wolken türmten. Seit der Fahrt auf dem Fluss hatten sie nicht mehr zusammen die Nacht betrachtet. Er fuhr fort.

„Senezon ist nun mal sehr stolz auf seine Arbeit und auf das, was er mit deinen Truppen erreicht hat. Er hat Sorge, dass sie alles wieder vergessen haben, wenn Addad uns unvorbereitet angreift."

„Es sind unsere gemeinsamen Truppen, Sargon", erinnerte sie ihn. Das Lächeln war verschwunden. „Daran hat sich heute nichts geändert."

„Du hättest nach Bedenkzeit fragen können, um dich mit mir unter vier Augen abzustimmen", warf er ein. Seine Enttäuschung war deutlich herauszuhören. „Samše hat nun die Truppen wieder unter ihrer Kontrolle."

„Sie dient der Stadt und die Stadt dient mir"„ stellte Semiramis fest. Er verstand nicht die Symbolik. Das war aber wichtig. Geduldig versuchte die Königin, ihm ihr Verhalten zu erklären.

„Als Vertreterin der Göttin muss ich die Entscheidungen der Stadt vor ihren Augen treffen. Jedes Zögern wäre als Schwäche ausgelegt worden. Der Handel ist wichtig für diese Stadt. Außerdem brauchen wir die Metalle für die Waffen."

Sie legte eine Hand auf seinen Waffenarm, der auf seinem Knie ruhte.

„Sargon, wir beide kennen das Risiko. Wenn dies unser schwacher Moment wird, so wird Addad Ninive in den nächsten neun Tagen angreifen. Wir dürfen in unserem Vertrauen zueinander nicht schwach werden." Da war er wieder, dieser eindringliche Blick in ihren tiefgründigen Augen. Sargon fühlte ihre Hand auf der seinen. Er wusste, dass sie recht hatte. Verzögerung würde die Wehrhaftigkeit gegen Addad schwächen. Eine Zwietracht zwischen ihnen würde sie völlig zerstören. Der Akkader seufzte.

„Und nach den neun Tagen? Können wir dann wieder normal üben oder plant deine Stadthalterin noch einen Garten, einen Turm oder andere Bauwerke?" Das Lächeln hatte ihr Gesicht wiedergefunden.

„Ninive ist über tausend Jahre alt. Solche Bauwerke können sicherlich etwas warten." Ein warmes Gefühl umfing ihre Lenden, als auch er lächelte und sie seine Zustimmung spürte. Ischtar war nahe.

„Die ganze Stadt ist ein einziger Krämerladen", stellte Senezon fest, als sie sich ihren Weg durch die Gassen bahnten. Gusur konnte dem nicht widersprechen und wich einem Träger aus, der tönerne Krüge auf ein Gerüst stellte, wo sie Käufer anlocken sollten. Sie hatten für die Erkundung der Wege zunächst die Nordkaserne als Ausgangspunkt gewählt in der Hoffnung, sich aufgrund der kürzeren Distanz zur Stadtmauer im Norden und Osten besser zu orientieren. Aber schon nach zwei Häuserblöcken schwand ihr Orientierungssinn in dem Gewusel von Händlern, Sklaven, Trägern, Tierherden und Menschenmassen, die sich stetig durch die Großstadt schoben. Zwei Schreiber begleiteten die beiden Männer, um ihnen Auskunft zu geben, aber auch, um jede ihrer Anweisungen genau zu notieren. Senezon runzelte die Stirn. *Hört das denn nie auf?*, fragte er sich, wenn ein Schreiber wieder einmal eine neue Tafel nahm, um Notizen zu machen. *Man kann hier keinen Furz machen, ohne dass sie es in ihre Tafeln kratzen?* Er wusste nie, was diese Zeichen bedeuteten. Semiramis hatte ihm einmal die Zusammenfassung seines Exerzierens vorgelesen. Senezon war schockiert gewesen, wie penibel alles, sogar unwichtige Kommentare, aufgezeichnet worden war. Man sprach davon, dass es im Palast sogar Lagerräume gäbe, in denen diese Tontafeln geordnet und aufgehoben würden. Senezon würde um nichts auf der Welt sein Schicksal mit dem eines Sklaven tauschen wollen, der den Tag damit verbrachte, Tontafeln zu stapeln und zu ordnen.

Gusurs Aufmerksamkeit wurde derweil von der Auslage eines Stands geweckt, an dem Felle verkauft wurden. Sie waren ähnlich wie jene, die er bei den Jägern gesehen hatte. Sofort war der Verkäufer an seiner Seite. „Wundervolle Felle, nicht wahr? Es sind die besten in Ninive, das schwöre ich Euch. Seht nur diese Struktur! Fühlt einmal über die Oberfläche. Es trägt sich wie eine zweite Haut. Genau das Richtige, um als Šagana den nötigen Respekt zu bekommen."

„Von mir bekommst du nichts, wenn du dir so einen Lappen umhängst", knurrte Senezon. „Wir müssen weiter." Der Verkäufer sah sein Geschäft schwinden und hielt Gusur, der sich gerade umwenden wollte, fest. „Ihr seid doch der Reiterführer? Es wäre mir eine Ehre, wenn Ihr mein Fell tragt. Ihr bekommt es für nur zwei Minen Kupfer." Gusur bemühte sich, den Mann höflich abzuweisen. „Vielen Dank, aber nein."

„Eine Mine und dreißig Schekel", verbesserte der Verkäufer sein Angebot. Gusur schüttelte seinen Kopf und folgte Senezon, der schon ein paar Schritte weiter war. „Eine Mine und zehn!", rief der Mann verzweifelt und eilte ihm nach, das Fell vor sich haltend. Gusur erwiderte nichts. „Eine Mine. Dafür habe ich sie eingekauft." Senezon wurde es nun zu viel. Er zog seinen Dolch und hielt die Spitze dem Mann an die Kehle. „Noch ein Wort und dein Stand hat ein neues Fell im Angebot: dein eigenes!", zischte er. Der Mann wurde blass und stammelte: „Aber, aber ..."

„Kein Aber. Nimm deinen Lappen und scher dich zurück in deinen Schuppen, bevor ich wirklich schlecht gelaunt werde." Der Verkäufer hatte eine Erwiderung auf seinen Lippen, entschied sich aber anders, als er Senezons entschlossenen Gesichtsausdruck sah, und trollte sich.

„Ninive ist ein einziger Krämerladen", seufzte der Kämpfer. „Sagte ich das schon?"

„Schon dreimal, seit wir aus der Kaserne kamen", lachte der Gefragte. Gusur war trefflich gelaunt und in seinen Gedanken immer noch bei dem Reitermanöver vom Vortag. Er war stolz auf seine Reiter, die den Stadtbewohnern ein beeindruckendes Pferderennen geboten hatten. Der König hatte jedem Einzelnen die Hand geschüttelt und zu der guten Leistung gratuliert. Die ganze Stadt sprach heute von nichts anderem als den Pferderennen, und der Prinz wurde wie ein Held bewundert. Die Laune seines Freundes wurde indessen aber nicht besser.

Der Weg, auf dem sie gingen, kreuzte nun eine Straße, die einen dunklen, festen Untergrund hatte. Sie war auch breiter, sodass es zwischen den gegenüberliegenden Ständen genügend Platz gab, dass auch zwei entgegenkommende Karren aneinander vorbeifahren konnten, ohne sich zu behindern. Die Stadtoberen hatten ihnen erläutert, dass Ninive drei verschiedene Arten von Straßen hatte: Die breiten Prachtstraßen wie jene, welche vom Šibaniba-Tor bis zum Tempel führte, waren mit gebrannten Ziegeln gepflastert. Händler mussten ihre Stände entlang dieser Straßen auf den Seitenstreifen aufbauen. Die nächste Art war mit dunklen Steinschichten gepflastert, die auch bei Regen nicht aufweichten. Auf einer solchen waren sie nun angelangt. Die übrigen Wege waren mit Lehm bedeckt und für schwere Karren nur in trockenen Jahreszeiten befahrbar. Senezon winkte einen der Schreiber zu sich. „Wenn wir die Soldaten schnell zur Mauer bringen sollen, müssen wir schnellstens eine Straße erreichen können. Welche Straße liegt der Kaserne am nächsten?", fragte er. Der Schreiber aus Ninive überlegte.

„Das dürfte die Straße sein, die am Weberbrunnen vorbeiführt. Sie ist sehr lang. Im Norden geht sie bis zur Prozessionsstraße und im Süden bis an die Brücke über den Koshr."

Der Akkader nickte. „Das klingt gut. Das kann unser Weg zur Nordmauer sein. Wie kommt man am schnellsten von der Prachtstraße aus der Stadt?", wollte er noch wissen.

„Von der Prachtstraße zweigen zu allen Toren der Nordmauer Straßen ab, die wie diese befestigt sind", antwortete der Mann.

„Und an die Ostmauer? Welche Straßen führen dorthin?", fragte Senezon weiter.

„Die Prachtstraße durchquert die Stadt im Norden bis zum Šibaniba Tor."

Senezon war zufrieden. „Das ist gut. Dann brauchen wir nur noch einen Weg zum Mushalu Tor, dem ersten an der Ostmauer nördlich des Koshr", stellte der General fest. „Könnt ihr mit euren Tontafeln eigentlich auch zeichnen? Es wäre gut, das einmal aufzuzeichnen, um damit den Zugführern den Weg zu erklären." Der Gefragte war etwas unschlüssig und beriet sich mit seinem Landsmann. Schließlich erklärten sich die beiden bereit, Senezon Tontafeln mit einer Zeichnung dieser Wege zu erstellen.

„Dann macht euch sofort damit an die Arbeit", befahl Senezon. „Damit macht ihr etwas viel Sinnvolleres, als den ganzen Unsinn aufzuschreiben, den ich von mir gebe."

Die Schreiber hatten ganze Arbeit geleistet. Am nächsten Tag konnten Senezon und Ezira ihrem König den Plan für die Bewegung der Truppen aus der Nordkaserne vorlegen. Sie standen im Kreise aller Offiziere zur

Lageplanung in Sargons Quartier. Jeder hatte einen Stadtplan vor sich und konnte die Distanzen abschätzen, welche die Truppen im Ernstfall zu bewältigen hätten.

Sargon äußerte Bedenken. „Sicher, über die Prachtstraße können unsere Bodentruppen die Tore gut erreichen. Wen wir bei der Verteidigung dringender auf den Mauern brauchen werden, sind die Bogenschützen und Speerwerfer aus der Südkaserne. Sie müssen dann durch die gesamte Stadt."

Woranola, die an der Besprechung der Offiziere erstmals teilnahm, versuchte, die Sorgen des Königs zu zerstreuen.

„Herr, wir sind in dieser Stadt aufgewachsen. Meine Soldaten kennen jede Gasse. Die Straße, welche Senezons Truppen vom Weberbrunnen nehmen, führt südlich des Kushr bis zum Ashur Tor. Es gibt eine Straße direkt von der Südkaserne, welche sie kreuzt. Wir müssen uns also nicht durch irgendwelche Gassen zwängen wie Senezon. Unsere Soldaten haben auch eine viel leichtere Rüstung als eure Truppen. Wir werden schneller auf den Mauern sein, als ihr denkt." Sargon sah die junge Frau an. Auf Hofileschgus Betreiben hatte er ihr den Oberbefehl über die Bogenschützen gegeben. Neben den Verteidigungsmaschinen waren sie entscheidend, um den Feind von den Mauern fernzuhalten. Im Gegensatz zu Hofileschgu schien sie noch nicht lange im Militärdienst zu stehen. Ihren Mangel an Erfahrung machte sie durch Zuversicht und Ausdauer wett. Sie trug ihre Haare nach der neuesten Mode in Ninive mit einem schmalen Band eingefasst, das oft farbig oder gar bestickt war. Ihre Finger waren lang und mit Zeichen verziert, wie Gusur sie schon an anderen Frauen der Stadt bewundert hatte. Die jüngste Beförderung hatte ihr Selbstbewusstsein erhöht. Sie strahlte förmlich eine Aura der Unbesiegbarkeit aus. Sargon hingegen war nicht ganz überzeugt.

„Ich schätze deine Zuversicht, Woranola, aber ich fürchte, du unterschätzt die Distanz und die Hindernisse auf dem Weg."

„Dann lasst es mich Euch beweisen, großer König", entgegnete die junge Frau. „Wir sind schneller, als Ihr denkt, ganz bestimmt."

„Also noch ein Wettkampf?", fragte Sargon schmunzelnd. Nach dem Pferderennen der Jäger war jeder der Hauptleute erpicht darauf, sich zu präsentieren. „Ein Wettlauf in der Stadt?", fragte er in die Runde. Senezon wünschte sich ebenfalls, dass endlich etwas geschah, und stachelte die Frau weiter an. „Das will ich sehen, wie ihr Küken so einen Weg zurücklegen wollt. Am Ende schafft ihr dann nicht einmal die Stufen zur Mauer hinauf."

„Wir stellen Euch vorab noch ein paar Bierkannen auf, damit Ihr Euch vor der Schlacht Mut antrinken könnt", antwortete die Herausgeforderte hitzig, aber sie lächelte dabei. Sargon beendete die Auseinandersetzung.

„So ist es beschlossen. Übermorgen bekommt ihr euren Wettkampf. Wir machen eine Übung, um die Wege von den Kasernen zu den Mauern zu testen. Jede Division stellt dazu eine Einheit in voller Ausrüstung auf. Ihr gemeinsames Ziel wird eines der Stadttore im Norden sein. Ihr wisst aber noch nicht, welches. Das erfahrt ihr erst, wenn als Startsignal dort auf beiden Türmen ein Signalfeuer angezündet wird. Ihr könnt von euren Kasernen die Türme aller Tore sehen. Die Einheit, welche als letzte auf der Stadtmauer neben dem Tor erscheint, hat nächste Woche Latrinendienst."

Senezon zog den Riemen seines Helmes fester. Bei dem bevorstehenden Lauf durch die Gassen der Stadt sollte der sich besser nicht verfangen. Wie schon einige Male zuvor rief er zu dem Posten auf dem Dach der Kaserne: „Nun?"

„Nichts, Herr", antwortete der Mann. Senezon konnte ihn nicht sehen, wusste aber, dass der Posten seinen Blick nicht von der Stadt gewandt hatte. Es war seit zwei Stunden dunkel, und aus den Straßen schallte der Lärm geschäftlichen Treibens zu ihnen. Der König hatte angeordnet, die Übung nicht ankündigen zu lassen, um das Vorankommen realitätsnah zu exerzieren. Senezon war klar, dass bei einem tatsächlichen Angriff ihr Durchkommen noch schwerer sein könnte, wenn Panik die Menschen ergreifen würde. *Nicht, dass wir schon genug Hindernisse hätten*, dachte er grimmig.

Seine Einheit hatte er sorgfältig ausgewählt und zu gleichen Teilen mit Männern aus Akkad und Soldaten der Stadt Ninive bestückt. Lokale Ortskenntnis konnte nicht schaden, falls sie improvisieren und Umwege nehmen mussten. Die Soldaten wussten, was ihnen drohte, falls sie versagten und zu spät am Tor angelangten. Auf sie konnte er sich verlassen. Da erscholl ein Ruf: „Herr! Das Signal. Es kommt vom Muschalu-Tor!"

Senezon entsann sich des Stadtplans und fragte einen Soldaten aus Ninive, der zu seiner Einheit gehörte: „Das ist doch das Tor nördlich des Koshr, oder?"

„Ja, Herr. Von der Prachtstraße zweigt eine Straße dorthin ab, die nicht so stark befahren wird. Wir sollten schnell vorwärtskommen."

„Da machen wir aber einen Umweg", erwiderte der Akkader du schüttelte seinen Kopf. „Das Tor liegt genau auf unserer Höhe. Kannst du uns den Weg durch die Gassen führen?"

Der Mann zögerte. „Herr, in dem Bezirk befinden sich viele Gärten und die Werkstätten der Schafswollscherer. Man umgeht den Bereich lieber, weil die Straßen woanders besser befestigt sind."

„Dann werden uns da auch weniger Händler im Weg stehen. Also durch die Gassen!", befahl Senezon. Das Rennen hatte begonnen.

Zur gleichen Zeit hatte auch Woranola das Feuerzeichen bemerkt. „Unser Ziel ist also das Muschalu Tor", sagte sie zu ihrer Einheit. Die Frauen und Männer Ninives nickten. „Bleibt auf der Nordstraße eng zusammen! Dann sehen uns die Wagen früher und können ausweichen. Teilt euch eure Kraft ein! Auf der Prachtstraße gebt ihr dann alles. Es sind nur fünfhundert Meter, bis wir in die Muschalu Straße abbiegen. Dort werden wir uns nur langsamer bewegen können. Also los!" Mit den letzten Worten war sie bereits unterwegs in die Gassen Ninives. Ihre Soldaten folgten in enger Formation.

Senezons Lauf kam bereits wenige Schritte außerhalb der Kaserne ins Stocken, als er mit seiner Einheit in eine Gruppe von Sklaven geriet, die ihren Weg kreuzte. Die Männer und Frauen waren an den Füßen aneinandergekettet, sodass die Einheit sie erst passieren lassen musste, bevor sie ihren Weg fortsetzen konnte. Dann ging es durch die Stände der Fell- und Tuchhändler, die ihnen wilde Flüche nachwarfen, wenn sie beim Passieren der Auslagen mal einen Korb umwarfen oder sich ein Halteseil löste, weil einer der Männer darüber stolperte. *Alles ein einziger Krämerladen*, dachte Senezon zornig. Das Gewühl um die Stände erschien ihm heute besonders stark. Die Städter seiner Einheit riefen nun ununterbrochen, um die Menschen zu warnen, zur Seite zu gehen, wenn sich die Einheit näherte. Das zeigte auch etwas Wirkung, aber nicht in allen Fällen. Senezons Wortschatz an Flüchen wurde an jenem Tag reichlich angefüllt. Nun mussten sie eine Stelle passieren, an welcher der Boden schwammig und aufgeweicht war. Offensichtlich war ein Kanal übergelaufen, und die dreckige Brühe des Abwassers vermischte sich mit den Abfällen und dem Sand der Gasse. *Ist dies ein Zeichen für den drohenden Latrinendienst?*, fragte sich der Šagana bestürzt. Er war sehr abergläubisch. Seine Schuhe drangen tief in den Schlamm ein und er fühlte die schwere Rüstung wie Blei auf seinen Schultern. Die Männer hinter ihm keuchten, aber sie blieben beieinander. Senezon bemerkte kaum, wie sie über die Auslage von Schilfmatten eines Händlers eilten, vor stinkendem Schlamm nur so tropfend. Der Verkäufer hielt seine Wut aber mit Mühe zurück beim Anblick der schweren Bewaffnung und den entschlossenen Blicken der Soldaten.

Es ging weiter zwischen schreienden Marktfrauen, Hunde und Ziegen hindurch und vorbei an Kaufleuten in edlen Gewändern auf ihren Wagen, die mit Eseln bespannt waren, welche von dem Treiben überhaupt keine Notiz nahmen.

Viel später als sonst erreichten sie endlich die Straße der Weberbrunnen, welche sie gleich am Asphalt wiedererkannten. Der Weg führte verführerisch gerade und mit wenig Verkehr nach Norden. Senezon zog den Soldaten zu sich, der ihm den Weg weisen sollte.

„Welche Gasse ist es nun?", rief er. Der Mann versuchte, seinen Šagana noch einmal umzustimmen. „Herr, wir sollten wirklich auf der Straße bleiben. Diese Gassen werden nur wenig genutzt. Man nimmt sie nur, wenn man ein Ziel in dem Bezirk hat."

„Das haben wir ja", entgegnete Senezon trotzig, der den Händlern und ihren Flüchen endlich entfliehen wollte. „Du läufst voran!" Der Mann gehorchte und sie drangen in das Labyrinth aus Gässchen und Pfaden ein.

Ezira verfolgte mit seinen Speerkämpfern einen ähnlichen Plan wie Woranola. Seine Kaserne lag günstig zum Ziel, direkt an einer asphaltierten Straße. Er wählte eine Geschwindigkeit, die jeder von ihnen bei voller Rüstung dauerhaft beibehalten konnte. Dabei hielt er seine Gruppe in enger Formation stets in der Mitte der Straße. Der Startpunkt seiner Einheit lag zwischen den der beiden anderen. Solange sie nicht von den Bogenschützen überholen ließen, konnten seine Soldaten sicher sein, den Latrinendienst zu vermeiden. Ezira hatte es nicht darauf angelegt, die größte Geschwindigkeit zu erzielen. Ihm war wichtig, herauszufinden, in welcher Zeit gerüstete Soldaten kampfbereit an den Mauern sein konnten. Daher hatte er auch Mitglieder aus mehreren Einheiten ausgewählt und nicht nur seine besten Läufer.

Woranolas Einheit schritt zuversichtlich voran. Sie waren schneller als erwartet bei der Straße angelangt und eilten von dort im Gleichschritt nach Norden. Der rhythmische Klang ihrer Schritte weckte die Aufmerksamkeit der anderen Reisenden, die sofort Platz machten, als sich die Gruppe näherte. Kinder liefen ihnen lachend nach, einige Händler riefen anfeuernde Worte, wenn die Bogenschützen sie passierten. Woranola genoss den Lauf. Dies war ihre Stadt, und sie kannte jedes Haus. Gleichzeitig wusste sie aber, dass sie noch zwei Einheiten überholen musste, wollte sie den Wettkampf gewinnen. Und das hatte sie sich geschworen, sei es nur, um den aufgeblasenen Senezon zu blamieren. *Geduld,* sagte sie sich. Auf der Prachtstraße wollte sie beide Wettbewerber überholen. Bis dahin achtete sie auf ihre regelmäßige Atmung und freute sich an den Rufen der Kinder und Händler.

Senezons Einheit war inzwischen vollends stekkengeblieben. Die Gassen waren verwinkelt, und die hohen Wände verhinderten es, sich zu orientieren. Mehrmals musste der Soldat aus Ninive die Richtung ändern, wenn die Gasse eine andere Richtung nahm, als er erwartet hatte. Nun waren sie an einem Punkt, an dem die Gasse vor einem Haus endete, das nach seiner Überzeugung früher dort nie gestanden hatte. Senezon war außer sich. Er schwitzte am ganzen Körper, seine Beine trieften von Schlamm, und Mücken plagten ihn, wenn immer er zum Stehen kam.

„Was ist jetzt wieder los?", herrschte er den Soldaten an, der hilflos vor dem Haus stand, welches die Gasse abschloss.

„Der Weg ist hier zu Ende", sagte der Mann. „Das sehe ich auch", entgegnete der General zornig. „Wie kommen wir weiter, will ich wissen?"

„Dieser Weg war die kürzeste Strecke durch den Bezirk. Wir müssen zurück und schauen, wie wir das Haus am besten umgehen können." Der Mann trat den Rückweg an.

„Augenblick!", befahl sein Anführer „Du hast doch gesagt, dass dies hier ein Weg gewesen sei, der durch den Bezirk geführt habe?" Der Mann nickte.

„Dann muss er auf der anderen Seite von dem Haus auch weitergehen. Los jetzt!" Ohne auf eine Antwort zu warten, drang er in das Gebäude ein. Es war dunkel in dem Vorraum, der von einer Fackel schwach beleuchtet war. Eine Frau ließ schreiend einen Krug fallen. Der zersprang und Wasser spritzte herum. Mehr Schreie ertönten aus dem Hintergrund. Senezon gab sich nicht damit ab, sondern stürmte vorwärts in Richtung des Weges, der sich hinter dem Haus fortsetzen musste. Seine Soldaten folgten ihm. Durch einen Innenhof, in dem Webstühle aufgestellt waren, marschierten sie in das nächste Zimmer. Von dort führte eine Tür wieder ins Freie und sie fanden sich in einem Garten wieder, dessen Felder von Kanälen bewässert wurde. Eine kleine Mauer begrenzte den Garten. Dahinter war die Straße zu erkennen, die sich durch die Häuserreihen zwängte. Senezon schritt entschlossen darauf zu, über Gemüsefelder und durch Sträucher. Die Mauer war nur halbhoch und stellte für ihn kein Hindernis dar. Mit einem Sprung setze er darüber hinweg und seine Soldaten folgten ihm. Zurück blieb ein Haus in wildem Aufruhr. Steine wurden ihnen hinterhergeworfen, ohne sie allerdings zu treffen. Senezon schwor sich, mit den Stadtoberen ein ernstes Wort über die Baufreigaben in Ninive zu sprechen.

Woranolas Einheit hatte inzwischen die Prachtstraße erreicht. Mit einem Kampfschrei trieb sie die Frauen und Männer ihrer Einheit an. Wie von Dämonen gejagt stürmte die Gruppe die Straße entlang. Als sie vor sich die langsam voranschreitende Einheit mit Eziras Speerkämpfern sah, jubelte ihr Herz, und sie erhöhte ihr Tempo.

Ein Mann rief etwas und Ezira drehte seinen Kopf. Hinter ihnen sah er Woranola mit ihren Bogenschützen in hoher Geschwindigkeit die Straße heraneilen. Er erhöhte nun seinerseits das Tempo. Es war nicht mehr weit bis zu der Abzweigung. In dem größeren Gedränge würde es für Woranola schwieriger werden, seine Einheit zu überholen.

Die Anführerin der Bogenschützen dachte nicht daran, bis dahin zu warten. Immer schneller lief sie die gepflasterte Straße entlang. Schon war sie auf Höhe der Speerkämpfer. Ezira erkannte das Vorhaben und hielt seine Einheit auf der südlichen Seite der Straße, an wecher auch bald die Straße abzweigen würde, die zu dem Tor führte. Woranola musste also einen Umweg laufen. Sie nahm den Nachteil in Kauf. Selbst auf der großen Prachtstraße blieb der Wettlauf nicht unbemerkt. Die Händler sahen sie von Weitem und lenkten ihre Fuhrwerke an die Seite, um die Wettkämpfer passieren zu lassen. Als die Abzweigung nahte, waren beide Einheiten auf gleicher Höhe. Ezira drosselte das Tempo etwas, um die Grenzsteine zu überschreiten, welche die leichten Bogenschützen mit einem Sprung überwanden. Ab jetzt waren sie in Führung. Mit einem Jubelschrei trieb Woranola ihre Gruppe die Straße entlang. Nun war es nicht mehr weit bis zum Muschalu-Tor. *Aber wo war Senezon?*

Der Šagana der Bodentruppen trieb seine Einheit müde voran. Längst hatte er aufgehört zu zählen, wie oft sie heute steckengeblieben waren, entweder im Schlamm der Gassen oder in einer Schafherde. Er beachtete schon lange nicht mehr die Flüche und die zornigen Rufe der Bauern, wenn sie Felder überquerten, weil einmal wieder der Weg verbaut war. Wenigstens konnten sie das Muschalu Tor bereits vor sich sehen und damit die Aussicht auf ein Ende der Plackerei. Keine hundert Meter vor ihnen erschien die asphaltierte Straße, die wie ein Geschenk der Götter den ewigen Schlammweg ablöste. Senezon mobilisierte noch einmal seine letzten Reserven. Kurz bevor die Gruppe auf die Straße gelangte, passierte Woranola mit ihrer

Einheit in schnellem Lauf die Stelle, an der die Gasse mündete. Senezon stieß einen Fluch aus.

„Vorwärts!", trieb er seine Mitstreiter an. „Wollt ihr Latrinen putzen?" Die Männer und Frauen hatten die Gruppe auch gesehen und sammelten noch einmal alle Kräfte. Im selben Moment erreichten Eziras Speerträger die Stelle, an der die Bodentruppen wieder auf Asphalt stießen. Zornige Rufe ertönten, wenn einzelne Soldaten im Lauf gegeneinanderstießen. Gemeinsam stürzten sie zum Tor, das nun groß vor ihnen erschien. Die Bogenschützen waren bereits hoch auf den Treppenstufen, als die anderen Kämpfer ihren Aufstieg erst begannen. Mit letzter Kraft schob sich Senezon nach oben zu der Turmplattform, auf welcher sein König die Wettkämpfer bereits erwartete.

Sargon beobachtete die eintreffenden Soldaten, während die Schreiber die Reihenfolge notierten. Woranolas Bogenschützen gelangten als Erste vollzählig auf der Plattform an. Sie schienen nicht übermäßig erschöpft von dem Lauf zu sein. Die beiden anderen Einheiten trafen kurz danach fast zeitgleich ein. Eziras Speerwerfer waren den Bodentruppen Senezons knapp voraus. Der Axtkämpfer rang nach Atem und schien jeden Moment vor Zorn und Enttäuschung zu explodieren. Sargon gratulierte der Anführerin seiner Bogeneinheiten.

„Die Gruppe mit dem längsten Weg hat das Ziel zuerst erreicht", stellte er fest. „Ich gratuliere dir zu der Leistung, Woranola. Es wird auch im Angriffsfall wichtig sein, dass ihr die Ersten auf den Mauern seid."

„Wir werden Euch nicht enttäuschen", versprach die junge Frau stolz. Mit einem Seitenblick auf den erschöpften Senezon fügte sie hinzu. „Es wird auch nicht notwendig sein, seine Truppen auf die Mauern zu führen. Die Belagerungswagen werden nicht so weit kommen. Unsere Pfeile und unsere Katapulte halten sie weit zuvor schon auf."

„Berühmte letzte Worte", murmelte Senezon gereizt. Dennoch gratulierte auch er der Offizierin.

Sargon wandte sich an den unglücklichen Verlierer. „Wir sprechen morgen über die Route, die du durch die Stadt gewählt hast. Ich möchte wissen, wie es möglich war, dass es so lange dauerte." Er sollte es schon viel früher erfahren.

Siebzehntes Kapitel: Das Gelage

„Sieben Felder hat dieser Kerl verwüstet!", rief Samše aufgebracht. „Dazu hat er mit seinen Soldaten vier Händlerstände umgerannt und Krüge von mindestens drei Minen Silber Wert zerschlagen. Ganz zu schweigen von den Zerstörungen, die sie im Gut des Silberhändlers Wereken angerichtet haben. Seine schwangere Frau steht immer noch unter Schock. Vielleicht erleidet sie dadurch noch eine Fehlgeburt. Wozu das Ganze?" Zornig funkelten ihre Augen Sargon an, der vor dem Stadtrat und Semiramis erschienen war, um über die Übung zu berichten.

„Um die Verteidigung zu organisieren, müssen wir herausfinden, welches die kürzesten Wege sind und wie schnell wir unsere Truppen zu den Kampforten führen können. Solche Übungen sind notwendig, um die Stadt vor Unheil zu bewahren", entgegnete der König.

„Eure sogenannte Übung heute hat Ninive mehr geschadet als alle Angriffe der letzten fünf Jahre zusammen!", schrie die Stadthalterin. „Macht Eure Übungen in der Wüste, wie ihr es immer tut. Dort richtet ihr wenigstens keinen Schaden an. Dies ist eine Stadt. Hier können Eure Soldaten nicht einfach tun, was sie wollen."

„Wir haben unsere Kampfübungen stets nur auf den Exerzierfeldern durchgeführt, die uns der Stadtrat zugewiesen hat", beharrte Sargon auf seinem Standpunkt. „Der Wettkampf heute war die erste, bei der Truppen in der Stadt waren."

„Und es soll auch die letzte gewesen sein! Ich fordere das sofortige Verbot aller Militärübungen in der Stadt", sagte die Stadthalterin. Mehrere Stadträte nickten zustimmend.

Semiramis saß auf dem Thron vor dem Bildnis ihrer Göttin und verfolgte die Auseinandersetzung schweigend. *Ein weiterer Punkt für Samše*, dachte sie enttäuscht. *Warum hat mich Sargon nicht zuvor konsultiert? Ich hätte ihm die Idee ausgeredet. Ob er nachtragend ist, weil ich die Soldaten für den Bau des Stegs abberufen habe?* Die Südländer lebten fast zwei Wochen in Ninive, aber sie hatten sich noch nicht an die fein gesponnene Ordnung gewöhnt, die eine Großstadt verlangte, um nicht im Chaos zu versinken. Die Königin beobachtete aufmerksam, wie die Stadthalterin während ihrer Anklagen immer wieder den Augenkontakt zu den Ratsmitgliedern suchte und dort scheinbar Unterstützung fand. *Wie viele stehen auf meiner Seite?*, fragte sie sich. Die Angst vor der Bedrohung Addads schwand mit jedem Tag, den der Angriff ausblieb. Würden sie sich am Ende wieder gegenseitig bekämpfen? *Dann müsste der Gott des Sturmes nur abwarten, wer geschwächt als*

Sieger hervorgeht. So wie er es schon seit vielen Jahren mit meiner Göttin und Marduk treibt. Semiramis ahnte, dass es noch lange dauern konnte, bis der Angriff erfolgte. Solange musste Frieden in der Stadt herrschen. *Sargon wird wieder enttäuscht sein*, ahnte sie, als sie ihre Entscheidung traf. Die Königin stand auf. Augenblicklich verstummten die Gespräche im Raum und alle Blicke richteten sich auf sie.

„Der Wettkampf heute hat gezeigt, dass die Hauptstraßen die Wege sind, welche unsere Soldaten nehmen sollten, um an den Ort zu gelangen, an welchem sie gebraucht werden. Ich erwarte, dass alle Gal-ug und Zugführer diese Straßen kennen und sicherstellen, dass ihre Soldaten davon nicht abweichen." Sie machte eine kleine Pause, um die erste Zustimmung abzuwarten. „Es erscheint mir derzeit nicht notwendig, erneut einen Angriff zu simulieren. Die Gal-ug haben genug Erfahrung mit den Wegen durch die Stadt gesammelt. Nun sollen sich ihre Truppen wieder auf die Übungen in den Kasernen konzentrieren."

Samše war das allem Anschein nach nicht genug. „Herrin, wir brauchen keine Übungen mehr. Sie schaden uns mehr, als sie nutzen. Lasst die Stadt sich wieder auf den Handel besinnen. Wir leben im Frieden."

Semiramis legte ihre ganze Überzeugungskraft in ihre Worte. „Was du Frieden nennst, ist die Ruhe vor dem Sturm." Sie wandte sich an den Stadtrat.

„Es ist ein verführerischer Gedanke, dass diese Ruhe von Dauer ist. Viele scheinen die Hoffnung zu haben, dass es nur Einbildung war oder dass ein Missverständnis vorliegt. Ninive hat viele Jahre des Friedens genossen. Warum sollte Addad ihn brechen, mögt Ihr Euch fragen. Die Antwort habt Ihr selbst erlebt: Weil wir Menschen uns selbst schwächen, indem wir streiten und gegeneinander kämpfen. Wir sagen, wir wollen das Beste und dazu muss der andere aus dem Weg geräumt werden, den wir für den einzig Richtigen halten. Addad lacht über uns. Er wird warten, bis wir einander wieder an die Hälse gehen. Dann wird er zuschlagen, und Ninive wird ihm nichts mehr entgegenstellen können."

Zu Sargon gewandt sagte sie: „Hab bitte ein Auge auf deine Offiziere und Soldaten, wenn sie durch Ninive ziehen. Es sind heute wieder alte Feindschaften aufgekommen, die wir hinter uns lassen wollten. Halte deine Šagana an, die Stadt und ihre Menschen besser kennenzulernen. Wenn deine Soldaten nicht das Vertrauen der Bürger haben, werden sie niemals rechtzeitig durch die Stadt gelangen."

Sargon war verärgert darüber, wie wenig dieser Stadtrat verstand. Semiramis merkte, dass er zu einer Erwiderung ansetzte, und schüttelte leicht ihren Kopf. Der König atmete tief ein und behielt seine Antwort für sich.

Samše war mit dem Ergebnis zufrieden. Mit honigsüßer Stimme wechselte sie das Thema.

„Große Königin, in drei Tagen erwarten wir den nächsten Vollmond. Ich plane, ein Bankett zu Ehren unserer Göttin zu geben, und würde mich geehrt fühlen, alle Anwesenden als Gäste in meinen bescheidenen Räumen zu begrüßen." Zu Sargon gewandt ergänzte sie mit unterwürfigem Blick: „Unsere Königin ist weise, wenn sie rät, dass Eure Getreuen die Sitten unseres Landes studieren mögen. Ich möchte die Einladung auch für Eure tapferen Šaganas ausweiten, wenn Ihr es gestattet."

Semiramis nahm das Angebot an der Stelle der Akkader an, bevor der König etwas erwidern konnte. „Das ist sehr großzügig, Samše. Ich freue mich darauf, wenn der Vertreter Marduks und seine Šagana dieses Fest mit uns feiern." Sargon erkannte, dass damit das Thema beendet war. Er antwortete schlicht: „Stadthalterin, wir danken Euch für das großzügige Angebot und nehmen die Einladung an. Möge das Fest uns näherbringen."

„Sitzt mein Umhang auch richtig?", fragte Gusur seinen Waffenbruder. Senezon grunzte. „Wenn du damit meinst, ob er an der richtigen Person hängt, dann kannst du beruhigt sein." Er war gereizt. Stundenlang hatte er stillsitzen müssen, während die Friseurmeisterin seine langen gewellten Haare mit feinen Lederriemen gebändigt und anschließend der Barbier seinen Bart nach der Mode Ninives mit Öl massiert hatte. Nun lief dieser in perfekt eckiger Form geriffelt auf seine Brust zu. Der König hatte sie angewiesen, sich für das Festessen bei der Stadthalterin zurechtzumachen. Auf dem Markt hatten sie Stoff für neue Gewänder erhalten, der dann von Schneidern verarbeitet worden war. Sargon hatte zudem darauf bestanden, dass sie sich ihre Haare flechten und die Bärte herrichten ließen, wie es in Ninive Sitte war.

Sargon selbst trug über einer Toga einen Umhang aus dunklem Stoff, den eine schwere Kette zusammenhielt. Aus dem Gürtel ragte ein kleiner Dolch, der in einer mit Edelsteinen besetzten Scheide steckte. Das Gewand reichte bis zu seinen Knöcheln und gab nur kurz vor dem Boden den Blick auf seine mit Sandalen bekleideten Füße frei. Er musterte seine Offiziere aufmerksam und gab zufrieden mit deren Aussehen das Zeichen zum Aufbruch.

Gusur blieb an Sargons Seite, während sie durch die Straßen zu dem Haus der Stadthalterin schritten. Der Stoff seines Gewands war feiner als alles, was er bisher getragen hatte. Fast fühlte er sich nackt, wenn sich das Gewebe beim Laufen leicht um seine Beine schmiegte. Senezon, der neben Ezira seinem Herrn folgte, vermisste seine schwere Streitaxt. Dazu drückten ihn die Bänder in seinen Haaren, als hätte er Kopfschmerzen. Er hatte sich nach langen Diskussionen bereiterklärt, zu dem Fest einen Umhang aus Flachs anzulegen. Die Wolle von Schafen war ihm nach dem Wettlauf durch den Stadtteil der Wollhändler zuwider. Das Tuch war einfarbig, aber in einem feinen Muster gewebt, welches das Licht in immer neuer Form reflektierte, wenn man sich bewegte. Im Gegensatz zu seinen Begleitern trug Senezon auch heute Stiefel. Gleichwohl hatte er sich zu dem Anlas neue anfertigen lassen. Er ärgerte sich über das Geld, das er für diesen Firlefanz ausgeben hatte. *Aufgeplustert wie die Pfauen sind wir*, dachte er. *Echte Männer sollten damit nicht ihre Zeit verschwenden.* Sein König hatte das so gewünscht, und er hatte dem Wunsch Folge zu leisten. *Aber nur für heute Abend*, versprach er sich, als sie sich dem mit Fackeln erleuchtetem Haus der Stadthalterin näherten.

Sargon war schon oft an diesem Bauwerk vorbeigekommen, das nahe dem Tempelbezirk lag. Von außen unscheinbar strahlte es im Inneren in farbiger Pracht. Die Wachen an der Tür ließen sie ohne Probleme einschreiten, wobei einer zu seiner Hausherrin eilte, um ihr die Ankunft der Gäste anzukündigen. Sargon und seine Vertrauten waren ihnen wohlbekannt.

Der Vorraum des Hauses war hell erleuchtet. An den Wänden bildeten bunte Stifte gleichmäßige Muster in Weiß und Rot. Aus zahlreichen Wandnischen schienen Standbilder von Gottheiten die Ankömmlinge zu inspizieren. Deren Schritte hallten auf dem mit Platten bedeckten Boden wider, während Musik aus den vor ihnen liegenden Räumen vom Fest kündete. Die Herrin des Hauses erschien, um ihre Gäste zu begrüßen. Samše trug ein blaues Gewand mit einem Muster aus Spitze. Die helle Haut des großen Ausschnitts strahlte förmlich über ihrem Busen. Drei lange Perleketten lagen auf ihren Schultern. Den Hals schmückte zudem ein enges, mit goldenen Platten besetztes Halsband. Auf dem Kopf trug die Stadthalterin ein mit farbigen Bändern gewebtes Stirnband. Goldene Blätter bedeckten ihre Stirn wie das Laub der Bäume den Herbstboden. Glänzende Ohrringe umspielten wie Früchte das schmale Gesicht, dessen makellose Haut der Trägerin den Anblick eines jungen Mädchens gab. Sie verneigte sich so tief vor ihren Gästen aus Akkad, dass Gusur ihre kleinen, aber wohlgeformten Brüste unter dem weiten Gewand deutlich erblicken konnte.

„Willkommen, hohe Herren", begann sie feierlich. „Eure Anwesenheit verleiht meinen bescheidenen Räumen Glanz und Ehre." *Nicht, dass es an Glanz fehlt*, dachte Sargon. Laut aber sagte er:

„Stadthalterin Samše, ich danke Euch auch im Namen meiner Getreuen für die Einladung und für Eure Gastfreundschaft. Es ist uns eine Ehre, Eurem Fest beizuwohnen."

„Bitte gewährt mir die Freude, Euch persönlich zum Festsaal zu führen, König Sargon", bat sie. „Hofileschgu und Woranola erwarten Eure Gefährten bereits im Garten, den ich für unsere tapferen Offiziere habe vorbereiten lassen. Mein Hofmeister wird sie hinführen." Sie deutete auf einen jungen Mann, der nach ihr den Vorraum betreten hatte und vor ihnen auf die Knie ging. Sargon war einverstanden.

Sie nahm seinen Arm, um den König in den Innenhof zu führen. Die drei Männer folgten den beiden durch den Hof, bogen dann aber nach links zum Garten ab, während ihr König von ihrer Gastgeberin in den großen Saal geleitet wurde, der sich auf der anderen Seite des Hofs befand. Senezon bemerkte, dass die Aufteilung jener des Hauses entsprach, welches sie beim Wettlauf durchquert hatten. Im Garten fanden Sie fünf Liegen um einen Brunnen herum drapiert. Tische trugen Kelche sowie tönerne Schalen mit Früchten für die Gäste. Im Hintergrund spielten Musikanten auf Lauten und Flöten. Die Offiziere Ninives blickten ihnen entgegen.

„Senezon!", rief Woranola erstaunt aus. „Was ist denn mit dir geschehen? Du siehst heute richtig zivilisiert aus." Der Akkader war nicht sicher, ob sie dies als Kompliment oder ironisch gemeint hatte. Er entsann sich dem Befehl seines Herrn, heute einen vollkommenen Eindruck zu hinterlassen, und bemühte sich: „Es ist nur ein kleiner Versuch, um deinem strahlenden Anblick gerecht zu werden, liebreizende Woranola." Sie akzeptierte seine Schmeichelei gut gelaunt und bat ihn, sich auf die Liege neben sie zu legen. Ezira bekam den Platz neben Hofileschgu zugewiesen, während Gusur es sich den beiden Frauen gegenüber bequem machte. Der Anblick Woranolas zog ihn magisch an. Sie trug ein langes, gelbes Kleid mit Fransen, das ihr linkes Bein wie der Flügel eines Vogels bedeckte. Ihr rechtes Bein blieb ab der Hüfte gänzlich unbedeckt. Die nackten Füße, von zierlichen ledernen Sandalen nur spärlich verhüllte, weckten die Fantasie in dem jungen Mann. Die sanfte Musik und das Zirpen der Grillen verliehen dem Abend etwas Bezauberndes, das ihn die Welt um sich herum schnell vergessen ließ. Wortlos verfolgte er die Gespräche, seine Umgebung mit allen Sinnen genießend.

Samše trug ihr Kinn hoch erhoben, als sie mit Sargon durch das Tor zum Festsaal schritt. Alle Blicke waren auf die Stadthalterin gerichtet, als sie den hohen Gast vorstellte.

„Willkommen, Sargon, Herrscher von Akkad und Vertreter Marduks auf Erden. Ihr erhellt mein bescheidenes Heim durch Eure Anwesenheit. Möge Ischtar jeden Eurer Schritte segnen!" Sie verneigte sich tief. Sargon nickte ihr freundlich zu und sagte:

„Ich danke Euch für die Einladung, Samše, Stadthalterin der wunderbaren Stadt Ninive. Es ist eine große Ehre, die Ihr mir bereitet. Ich grüße auch die Hohepriesterin und den Rat der Stadt. Möge Ischtar Euch auf allen Wegen begleiten und vor Schaden bewahren." Samše führte ihn zu einem der Ehrenplätze am Kopf einer langen Tafel und stellte ihm dann die Gäste vor, obgleich er die meisten bereits kannte. Der Platz zwischen ihm und der Stadthalterin war leer. Die Königin war offenbar noch nicht zu dem Fest erschienen.

Wenig später erschien ein Diener, um Samše das Eintreffen der Majestät zu verkünden. Bevor sie jedoch aufstehen konnte, betrat Semiramis schon den Saal. Die Gespräche verstummten, selbst die Musikanten unterbrachen ihr Spiel. Wie das Licht des Mondes strahlte das lange Kleid der Königin in den Raum. Auch heute hatte Semiramis auf auffälligen Schmuck verzichtet und trug nur das kleine Stirnband über den dunkelbraunen Haaren, die seidig über ihren Rücken fielen. Das Gewand umhüllte ihren schlanken Körper in vielen übereinanderliegenden dünnen Schichten. Eine lange Schleppe folgte ihr, während die Königin den Saal betrat. Sargon hatte sich sofort erhoben, als Semiramis erschienen war. Alle Gäste sprangen auf, um sich vor der Königin zu verneigen. Samše richtete sich ebenfalls auf, wenn auch etwas verzögert. Sie hatte den Auftritt anders geplant und war verärgert, weil der Haushofmeister den wichtigsten Gast schon in den Saal gelassen hatte, ohne wie vereinbart auf sie zu warten.

Mit lautlosen Schritten, sanft wie eine leichte Brise vom Fluss entlang seinem Ufer schien die Königin gleichsam an den Reihen der Gäste vorbeizuschweben, bis sie den Ehrenplatz am Kopfende der Tafel erreichte. Sie nickte ihrer Gastgeberin freundlich zu, und dann wandte sie sich strahlend Sargon zu, der sich stumm verbeugte. Ihre Eleganz und Schönheit verschlugen ihm wieder einmal die Sprache. Semiramis erhob ihre Stimme, die hell in jede Ecke des Raumes drang und die Herzen aller berührte, die sie vernahmen.

„Gepriesen seist du, Göttin Ischtar, die du uns heute im Frieden zusammenführst. Wir danken dir für diesen Abend und für den letzten Monat, der unserer Stadt viel Segen beschert hat. Siehe, wir haben neue Freunde gewonnen, die wir einst für unsere Feinde hielten. Heiße auch sie zu deinem Fest willkommen." Lange ließ sie ihren Blick auf Sargon ruhen, um dann an die Stadthalterin gewandt fortzufahren:

„Dank sei dir, Samše, dass du uns heute in deinem Hause zusammenführst. Du dienst deiner Göttin gut, möge sie es dir vergelten." Und zum Stadtrat gerichtet sagte sie: „Dank sei Euch, Ihr Damen und Herren, die Ihr unsere Stadt wohl geleitet. Möge Ischtar Eure Entscheidungen auch im kommenden Monat leiten." Die Hohepriesterin, die neben Samše stand, rief laut aus: „Hoch der Ischtar! Hoch unserer Königin! Hoch unserer Gastgeberin! Möge sie tausend Jahre leben!"

„Hoch, hoch, hoch!", erwiderte die Gesellschaft. Semiramis ließ sich nieder und gab damit den anderen das Signal, es ihr gleichzutun. Die Musik setzte wieder ein. Das Fest begann.

Im Garten verbesserte sich Senezons Laune zunehmend, während das Essen voranschritt. Als Vorspeise hatten sie einen kräftigen Eintopf erhalten, ganz nach seinem Geschmack mit Ziegenfleisch, Lauch und Zwiebeln. Das Brot war frisch gebacken, knusprig und mit feinen Kräutern gewürzt. Sein Bierkrug wurde von Dienern immer wieder nachgefüllt, bevor sich zu viele Brocken am Boden des Gefäßes sammeln konnten. Das Bier war kühl und schmeckte nicht zu süß. Genussvoll nahm er einen Zug durch seinen langen Strohhalm. „Das muss man eurer Stadthalterin lassen, die Frau versteht etwas vom Essen." Woranola, die sich den Krug mit ihm teilte, musste lachen. „Eigentlich wolltest du sagen, sie versteht etwas vom Bierbrauen, oder?" Er war heute großherzig. „Das kommt noch dazu. Seltsam, dass sie keinen Ehemann hat."

„Willst du ihr einen Antrag machen?", schlug Hofileschgu amüsiert vor. „Mit deinem Appetit würdet ihr beide euch doch gut ergänzen." Der Axtkämpfer hob abwehrend die Hände „Ich wäre mir meines Lebens nicht mehr sicher. Sie würde mich entweder einsperren oder umbringen lassen, nur um ihre Krämerstände vor mir in Sicherheit zu bringen. Nein, so jemand ist eher etwas für unseren Gusur. Der will den Frauen gefallen." Der Angesprochene wurde sofort rot im Gesicht. Woranola blickte jetzt interessiert zum Prinzen und spielte mit ihrem Kleid. Etwas regte sich bei ihm, als der Stoff langsam über ihre hellen Beine glitt. „Wie gefallen Euch denn die Frauen von Ninive, Prinz Gusur?", wollte sie wissen. „Sie sind zart und duften wie die Blumen", konnte er nur sagen. „Außerdem wissen sie, was sie wollen", fügte sein Freund Ezira lächelnd hinzu. „Und das bekommen wir auch", ergänzte Hofileschgu und zog den Bierkrug, den sie sich mit dem Šagana teilte, näher zu sich heran. „Im Gegensatz zu euch Männern." Ezira protestierte, als er in gespielter Verzweiflung versuchte, den Krug wieder zu sich zu ziehen. Alle lachten über das Schauspiel. Der nächste Gang wurde serviert.

Im Festsaal wurde für die Ehrengäste nach der rituellen Reinigung der Hände eine Suppe gereicht. Sargon betrachtete staunend die Teller, welche aus blauem Glas gefertigt waren und goldene Muster am Rand besaßen. Blau war offensichtlich eine bevorzugte Farbe der Stadthalterin. Semiramis erläuterte ihm das Material. „Unsere Handwerker haben vor einigen Jahren einen Weg gefunden, Glas anzufertigen, das wie der Lapislazuli schimmert. Seitdem sind wir nicht mehr auf die Lieferung der teuren Steine angewiesen."

„Sie verstehen ihr Handwerk vortrefflich", musste der König zugeben. Gemächlich tunkte er sein Brot in die Suppe. „Wir liefern auch gerne nach Akkad", sagte die Stadthalterin. „Wenn Ihr in Silber zahlen könnt", fügte sie noch hinzu. Sargon ging nicht auf die Spitze ein. Semiramis nahm das Thema auf, von dem sie wusste, dass es auch den Stadtrat interessierte.

„Ein Handel zwischen unseren Ländern wäre in der Tat ein großer Gewinn für beide Seiten."

„Welche Handelsgüter könnt Ihr anbieten?", wollte einer der Stadträte wissen, der an Sargons anderer Seite saß.

„Auf unseren Märkten werdet Ihr viel Leder und Edelsteine finden", antwortete der König. „Genauso Weihrauch, Zinn, Kupfer und Elfenbein, das aus fernen Ländern stammt." Die Wolle und Stoffe seiner Heimat erwähnte er nicht, da sie sich nicht mit der Qualität der Tücher in Subartu messen konnten.

„Metalle und Elfenbein sind in Ninive immer gefragt", antwortete der Stadtrat. „Ich würde das gerne weiter mit Euch besprechen." Sargon war einverstanden. Das Eintreffen der Künstler unterbrach das Gespräch.

Vier Frauen und vier Männer betraten den Raum. Die Frauen trugen lange Ketten und Schellen an Händen und Füßen, die bei jedem Schritt erklangen. Als Instrumente hatten die Männer eine Leier, Flöten und Trommeln mitgebracht. Sie begannen langsam, eine rhythmische Melodie zu spielen, zu der die Tänzerinnen den Saal durchquerten. Das Tempo wurde schneller, die Rasseln lauter und die Köpfe der Zuschauer nickten im Takt. Einige klatschten begeistert, wenn die Tänzerinnen grazil über die Tische sprangen. Semiramis beobachtete zufrieden, wie sich die Gesichtszüge Sargons allmählich entspannten. Er schien immer noch ernst, aber nicht mehr so verbittert wie zu Beginn des Abends. Nach dem letzten Verweis seiner Soldaten hatten sie nicht die Gelegenheit gefunden, vertraulich miteinander zu sprechen. Auf der Reise nach Ninive war es so einfach gewesen, einen Moment zu erhaschen, in dem sie sich ohne Zuhörer austauschen konnten. Im Stadtpalast hatten alle Wände Ohren. Sie durfte sich ihm gegenüber nicht zu offen zeigen, um nicht das Vertrauen der Bürger zu verlieren. Der Krieg zwischen ihren Ländern wurde zwar fern von Ninive ausgetragen, aber die Geschichten der angeblichen Gräueltaten seiner Männer waren wegen der Distanz eher schlimmer geworden. *Dass meine Händler bereit sind, für den Profit des Handels diese Bedenken beiseitezulegen, ist schon ein Erfolg*, dachte sie dankbar.

Im Garten nahm der angetrunkene Senezon einem Musiker die Laute aus der Hand und stimmte ein Trinklied an. Er war vortrefflich gelaunt. Zu dem Wildbraten hatte man ihnen einen kostbaren Wein gereicht, der schnell zu Kopf stieg. Die Frauen kicherten, als der Kämpfer zu den Musikern stolperte und dort das Instrument in seine großen Hände nahm. „Ezira, nimm dir die Trommel!", befahl er seinem Freund. Der Angesprochene nahm einen tiefen Schluck aus dem Kelch und gesellte sich zu ihm. Laut schallte das Lied in die Nacht. Der Šagana hatte eine geübte, sonore Stimme, die trotz seiner Trunkenheit klar und melodisch war. Begeistert klatschten die Frauen im Takt. Die Musiker erholten sich von ihrem Schreck und begannen, das fremde Lied zu begleiten. Eziras Trommel gab einen schnellen Rhythmus vor, der die Möbel im Garten vibrieren ließ. Gusur stimmte in den Gesang seiner Heimat mit ein. Der Wein hatte seine Zurückhaltung besiegt. Munter schmetterte er den Refrain und tanzte dazu zwischen den Bänken. Die Frauen gesellten sich zu ihm und feuerten tanzend ihre Sänger an. Geschwind zog die Dienerschaft die Tische mit den Speisen beiseite, um das Geschirr vor dem ausgelassenen Treiben in Sicherheit zu bringen. Nur der Wein wurde immer weiter nachgeschenkt. Die Kehle eines Sängers war groß, genauso wie sein Fundus an Liedern.

Im Festsaal vernahm Sargon den Gesang seines Generals, als die Künstler eine Pause einlegten. Ein neuer Gang wurde serviert. Semiramis sagte lächelnd zu ihm: „Hofileschgu und Woranola können sich glücklich schätzen. Senezon zeigt sich heute von seiner besten Seite." Sie hatte im Vorbeigehen die Gruppe im Garten bemerkt. Die Königin hob ihren Becher, der ebenfalls wie die Teller aus blauem Glas gefertigt war. „Trinken wir auf die glücklichen Momente im Leben." Er tat es ihr nach und trank. Der Wein war gut und schwer. In Akkad hatten sie vor langer Zeit damit begonnen, Trauben zum Keltern anzubauen. Die Ergebnisse waren allerdings nicht so weit gelungen, dass sie auf die Zugabe von Honig in dem Getränk verzichten konnten. Der Wein, der ihnen heute ausgeschenkt wurde, war rein und übertraf alles, was der König bisher genossen hatte. Samše hatte zuvor erläutert, dass er nicht aus Ninive stamme, sondern mit den Karawanen vom Mittelmeer zu ihnen gelange. Sie gab offensichtlich ein kleines Vermögen aus, um heute ihre Gäste zu bewirten. Sargon wurde den Verdacht nicht los, dass sie dabei eine andere Absicht verfolgte, als nur die perfekte Gastgeberin zu sein. Bisher konnte er nichts entdecken, was seinen Verdacht bestätigte, und seine Anspannung lockerte sich mit Fortschreiten des Fests. Samše genoss die anerkennenden Worte für die Leistungen ihrer Köche und die staunenden Blicke auf das teure Geschirr. Dieser Abend würde noch lange Gesprächsthema in Ninive bleiben und bei jeder Wiederholung immer mehr ausgeschmückt werden. Ihre Herrin hatte Eindruck beim Betreten des Raumes gemacht, aber der würde mit der Erinnerung an das Bankett und an die Künstler verblassen. Der singende Šagana im Garten war dazu eine originelle Zugabe. Ihr Hausmeister hatte Samše versichert, dass dort keine zu teuren Möbel und Geschirr zu Bruch kommen könnten. Für genug Wein sei gesorgt. Alles war unter Kontrolle.

Als der Morgen nicht mehr fern war, beschloss Semiramis, dass es an der Zeit wäre, das Fest zu beenden. Da sie die höchste Vertreterin Ischtars war, würde kein Gast es wagen, vor ihr die Feier zu verlassen. Sie erhob sich, dankte noch einmal ihrer Gastgeberin und der Hohepriesterin und verließ den Saal. Sargon folgte ihr kurz darauf und schlug ebenfalls den Weg in Richtung des Palastes ein, in welchem sich seine Gemächer befanden.

Im Garten war Senezon zum Oberhaupt der Gruppe der Šaganas angewachsen. „Hoch die Becher!", rief er und schwang seinen Kelch in die Höhe. „Trinkt noch einmal zum Abschied. So jung kommen wie nie mehr zusammen!" Er lehrte seinen Becher in einem Zug. Die Frauen und Männer taten es ihm nach. Hofileschgu nahm Ezira zur Seite. „Nimm Senezon mit dir in die Kaserne. Wir sollten ihn in dem Zustand besser nicht allein durch Ninive laufen lassen." Der General nickte und hakte sich bei seinem Freund ein. „Auf, du großer Held. Es wird Zeit, dass wir unserer Gastgeberin ihren Garten wieder zurückgeben."

„Wozu?", lallte der Kämpfer. Der Wein tat seine Wirkung. „Die scheinen sich doch in ihrem Loch sehr wohlzufühlen." Aber er wehrte sich nicht, als Ezira ihn zum Tor führte. Woranola schritt voran. „Findet Ihr Euren Weg ins Lager?", fragte Hofileschgu Gusur. Der Prinz nickte. „Von hier ist es einfach. Ich muss nur der Straße zum Nergal Tor folgen. Von dort sehe ich die Fackeln des Lagers." Sie verabschiedeten sich von ihrer Gastgeberin und gingen ihrer Wege, Hofileschgu zur Nordkaserne, Gusur zum Tor. Sein Herz war leicht wie lange nicht mehr. Der Wein und der Gesang hatten seine Sinne berauscht. Er meinte, die Wärme von Woranolas Körper zu spüren, der ihm beim Tanz sehr nahegekommen war. Der Duft ihrer Haut lag noch in der Luft. Das erste Mal wünschte sich Gusur, doch lieber in der Kaserne als im Lager zu schlafen. Er folgte der langen Straße, die zu dieser Zeit menschenleer war. Einzelne Sterne leuchteten durch die Wolken, als er am

Tempelbezirk der Ischtar vorbeischritt. Da vernahm er Musik und heiteres Lachen aus der Ferne. Er blickte hinauf zu der Zikkurat, wo der weiße Tempel der Göttin vor dem dunklen Blau des Himmels strahlte. Der Platz vor dem Gebäude war hell erleuchtet. Die Musik scholl von der obersten Plattform zu ihm herab. Der Wein und der muntere Abend hatten ihn unternehmungslustig gemacht. Kurzentschlossen verließ er die Straße und überquerte den Vorplatz des Heiligtums. Sein Vater hatte ihnen aufgetragen, sich mit der Stadt vertraut zu machen. Der Platz und auch die lange Treppe zum Tempel hinauf waren so leer wie die Straße, von der er abgebogen war. Nur auf der obersten Plattform schienen Menschen zu sein. Von dort konnte er die Musik und das helle Lachen einiger Frauen nun deutlich hören.

Erwartungsvoll eilte er hinauf, zwei Stufen auf einmal nehmend. Auf der ersten Plattform machte er eine kurze Pause und blickte hinab auf die Dächer der schlafenden Stadt. In der Ferne sah er die Signallampen der Türme. Auf der einen Seite erkannte er den Fluss entlang der Stadtmauern, auf der anderen die hügelige Steppe und die fernen Berge, in denen Addad herrschte. Irgendwo dazwischen waren seine Jäger unterwegs. Sie waren ihm ans Herz gewachsen, die tapferen Reiter und ihre Pferde. Flötentöne und das Klappern von Rasseln holten ihn wieder zurück in die Wirklichkeit. Eilig sprang er die Stufen zu der obersten Plattform herauf, dem verlockenden Klang folgend. Licht strahlte aus den großen Toren des weißen Tempels der Ischtar weit in die Finsternis hinein. Das Himmelshaus leuchtete wie der Mond in sternklarer Nacht. Die Musik und das Lachen waren nun ganz nahe. Neugierig trat der Prinz durch das Tor aus der Nacht in den Raum, der in gleißendes Licht getaucht war. Der Anblick verschlug ihm fast den Atem: Frauen und Mädchen, in weiße Gewänder gekleidet, tanzten wild durcheinander im Takt von Trommeln und Flöten, ihre Körper immer wieder aneinanderreibend. Die Münder waren weit geöffnet, und ihre tiefdunklen Augen ekstatisch groß. Die Tänzerinnen waren nur nur spärlich begleidet. Ihre Busen lagen bloß oder zeichnete sich unter den dünnen Stoffen deutlich ab. Und da waren wieder diese Hände, mit feinen Mustern geschmückt, die sich auf langen weißen Armen fortsetzten. Gusur konnte seinen Blick nicht abwenden und starrte wie verzaubert auf das Schauspiel. Da spürte er, wie sich Finger sanft auf seine Schultern legten und von dort seinen Rücken entlangglitten. Weitere Hände kamen hinzu und streichelten ihm über Arme und Kopf. Zarte Finger mit roten Mustern bemalt zogen ihn in den Raum, und er ließ sich willenlos treiben. Die Hände fanden den Weg zu seiner Brust und strichen seinen Mantel zur Seite. Jemand führte seine linke Hand zu einem nackten Busen, der sich willig gegen den Druck seiner Finger schmiegte. Auf seinem Rücken spürte er ebenfalls die Rundungen voller Brüste, während die Finger leicht wie Federn auf seiner Brust an seinem Körper entlang zu seinen Lenden strichen. Sie fanden das Körperteil, bei dessen Berührung er zusammenzuckte. Gusur hatte jeden Willen verloren und ließ sich von den Mädchen des Tempels treiben. Zungen fuhren ihm heiß die Brust und den Rücken entlang. Er blickte in die tiefbraunen Augen eines Mädchens. Es schien ihm, als ob diese Augen ihm in die Seele blicken würden, und er versank in dunklen Pupillen voller Verheißung. Gusur beugte sich herab und hob das Mädchen auf den Altar hinter ihr. Gehorsam spreizte sie ihre Beine, als er ihr Gewand zur

Seite schob und seine Hände auf ihre kleinen Brüste legte. Gierige Blicke schauten ihn erwartungsvoll an. Er nahm sie fest, tief drang er ein und stieß nach vorne, während sie sich unter seinen Berührungen wandte. Immer schneller und tiefer wurden seine Stöße, als sein Glied einen Widerstand ihres Körpers überwand. Das Mädchen stöhnte auf. Da verstummte auf einmal die Musik und zornige Rufe ertönten vom Tor. Die Hohepriesterin stürmte in den Raum, gefolgt von den Wachen des Tempels. Kraftvolle Hände rissen Gusur von seiner Begleiterin weg. Sperma und etwas Blut flossen über seine Oberschenkel und tropften auf den Boden, wo sie Flecken auf den hellen Platten formten. Ein Schlag in die Magengrube ließ ihn zusammensacken. Jemand schrie laut auf. Eine Frau? Ein weiterer Hieb, diesmal auf seinen Hinterkopf, ließ ihn das Bewusstsein verlieren. Er fiel zu Boden und rührte sich nicht mehr.

Die Hohepriesterin warf einen verachtenden Blick auf den Eindringling, der das Heiligtum entweiht hatte. Sie schickte die Musikanten und die Tänzerinnen fort. Dem Mädchen auf dem Altar befahl sie: „Wasche dich und lass dich von einer Ärztin untersuchen. Wir müssen sehen, ob er mehr als deine Unschuld beschädigt hat. Dann komm zu meiner Amtsstube!" Zu den Wachen sagte sie: „Verständigt sofort unsere Stadthalterin darüber, was hier geschehen ist, und werft den Kerl in eine Zelle. Mir ist egal, was ihr dabei mit ihm macht, aber lasst ihn noch am Leben, bis ich mein Urteil gesprochen habe."

„Und ihr reinigt den Altar. Sofort!", wies sie ihre Messdiener an. „Es widert mich an, diese Schande in Ischtars Räumen zu sehen."

Mit schweren Gedanken schritt Sargon durch die Straßen Ninives zum Tempelbezirk. Die Sonne stand hell über der Stadt und die Häuser warfen nur kurze Schatten. Die Gassen waren leer, wie es in Ninive üblich war, wo die Menschen das Licht Marduks scheuten. Man hatte dem König gemeldet, dass einer seiner Offiziere dabei festgenommen worden sei, weil er den Tempel der Ischtar verwüstet habe. Wer es war und was genau vorgefallen war, wusste der Bote nicht. Der König hatte sofort nach seinen Šaganas schicken lassen, konnte aber nicht mehr auf deren Meldung warten. Mit zwei seiner Leibwachen hatte er sich auf den Weg gemacht. Das Licht seines Gottes hätte ihm an anderen Tagen die Seele gewärmt. Heute konnte es ihn nicht beruhigen. Was war geschehen? Nach Auskunft des Boten würde noch vor dem Abend das Urteil über den festgenommenen Akkader gesprochen werden. Das war ungewöhnlich für ein Volk, das stets die Nacht abwartete.

Im Tempelbezirk wandte er sich zu dem Haus der Hohepriesterin, an dessen Tor Wachen standen. Schirme schützten die Soldaten vor dem gleißenden Licht Marduks. Sargon hieß seine Begleiter, hier auf ihn zu warten, und trat ein. Man führte ihn höflich, aber nicht herzlich durch den Innenhof in den Empfangsraum. Das Gemurmel vieler Gespräche kam ihm entgegen. Der Raum war gefüllt mit Priesterinnen und Vertretern des Stadtrats. Er sah die Stadthalterin in energischem Austausch mit der Hohepriesterin, die auf einen hohen Stuhl neben einem Bildnis der Ischtar saß. Die Göttin war nackt, aus weißem Glas dargestellt, mit Rubinen in den Augen, auf ihrem prallen Busen und zwischen ihren Beinen. Goldene Ketten schmückten Hals, Ohren und Arme der Gottheit, die eine Hörnerkrone trug.

Der eine Arm des Standbildes war angewinkelt, sodass die Handfläche nach oben zeigte, als würde die Göttin ihm einen Sachverhalt erklären, dachte der König. Er verneigte sich höflich. Die Frauen unterbrachen ihr Gespräch und die Hohepriesterin begrüßte ihn kühl. „Ich grüße Euch, König aus Akkad. Ihr kommt zu spät. Wir haben unser Urteil über den Frevler bereits gefällt. Seine Hinrichtung findet noch heute Nacht statt." Sargons Gedanken überschlugen sich. Frevler, Hinrichtung? Was war passiert? Wo war Semiramis in diesem Moment? Vorsichtig sondierte er die Lage.

„Würde die Hohepriesterin bitte die Güte haben, mit mitzuteilen, was geschehen ist, das Euch zu dem Urteil veranlasst? Mir ist nur bekannt, dass es einen Vorfall im Tempel gegeben habe."

„Ihr solltet Eure Männer besser im Auge haben", zischte Samše. „Offensichtlich gebt Ihr ihnen zu viel Freiheit, was sie ausnutzen, um Hilflose auszubeuten. Ihr hättet wissen sollen, dass man diesen Triebtäter nicht angetrunken allein auf die Stadt loslassen kann. Er drang in den Tempel ein und vergewaltigte vier Jungfrauen, die dort fromm zu unserer Göttin beteten." Sie blickte zu dem Standbild hinauf und verbeugte ich vor der Göttin. Die roten Augen der Statue schienen im Zorn zu glühen. Sargon war verwirrt. „Da muss ein Missverständnis vorliegen, hohe Dame. Ich weiß sicher, dass Senezon sowohl von Ezira als auch von Woranola bis zu der Kaserne begleitet worden ist. Er kann Eure Frauen nicht belästigt haben."

„Senezon!", rief Samše verächtlich. „Der Trunkenbold hätte in der Nacht seinen Schaft nirgendwo mehr hineinstecken können, so betrunken, wie er war. Ich spreche von dem da!", sagte sie und deutete in eine Ecke. Gusur lag zwischen zwei Wachen, verdreckt und aus vielen Wunden blutend. Sargon traute seinen Augen kaum, als er seinen Sohn wie ein Häufchen Elend am Boden liegen sah. Langsam schritt er zu ihm und kniete nieder. Der Junge war wach und blickte seinen Vater mit reuigen Augen an. Wortlos legte der König ihm eine Hand auf die Schulter. *Warum nur, Gusur?*, dachte der König traurig. *Warum hast du das getan?*

„Herr, bitte verzeiht mir", stammelte der junge Mann. Blut quoll ihm dabei aus dem Mund. „Ich habe Euch Schande gemacht. Ich weiß nicht, was letzte Nacht in mich gefahren ist. Sie zogen mich zu sich hin und ich konnte nicht anders."

„Lügner!", donnerte die Hohepriesterin ihn an. „Deine lüsternen Blicke verfolgen doch jeden Rock. Wie viele von uns hast du noch bestiegen?"

„Nur die, die es darauf angelegt haben", beantwortete Semiramis mit ruhiger fester Stimme die Frage. Die Königin stand in der Tür. Alle Blicke richteten sich auf sie, während die Vertreterin Ischtars zu dem Bildnis ihrer Göttin schritt. „Verteidigt Ihr etwa den Übeltäter, Herrin?", fragte die Hohepriesterin entsetzt. Semiramis begegnete ihrem Blick.

„War er Täter oder war er ein Opfer?", wollte sie wissen. Sie kannte die Riten des Ischtar Tempels, wo sich junge Frauen im Dienst der Göttin willig jedem Mann hingaben, der sie begehrte. Im Moment der Vereinigung fühlten die Liebenden die überirdische Kraft der Göttin, die alles erschuf, jedoch auch zerstörte. Die Männer, welche an dem Akt beiwohnten, waren großzügige Spender, nicht nur für die Frauen, sondern auch für den Tempel. Gusur hingegen sollte seine Teilnahme mit dem Leben zahlen. Sargon war nicht bereit, seinen Sohn diesem Schicksal auszuliefern. Er hörte aus Semiramis' Worten heraus, dass sie seine Schuld anzweifelte. Der König stand auf und stellte sich demonstrativ vor ihn.

„Gusur ist Akkader und ich bin sein König. Niemand sonst soll ein Urteil über ihn sprechen als ich."

„Er muss gesteinigt werden, so wie es unsere Gesetze verlangen", sagte die Stadthalterin.

„Nicht, solange ich lebe", entgegnete Sargon und zog sein Schwert.

„Ihr wagt es, mich zu bedrohen?", rief die Stadthalterin mit gespieltem Entsetzen. Semiramis sah es an der Zeit, einzuschreiten, bevor die Situation weiter eskalieren konnte.

„Das Schwert bedroht Euch nicht, Stadthalterin. Es ist das Symbol des Richters", sagte sie lächelnd. Sie trat zwischen die beiden und sprach zu Sargon.

„Führe Gusur in dein Lager zum Richterspruch und nimm all deine Männer mit. Die Bürger Ninives sind dankbar, dass ihr mit uns gegen die Feinde der Stadt kämpfen wollt. Aber davor darf es nicht zum Streit zwischen uns kommen, nur weil wir die Sitten des anderen nicht befolgen. Ich möchte, dass deine Männer von nun an nur noch in Begleitung unserer Soldaten die Stadt betreten. Gleiches gilt für unsere Bürger, die dein Lager aufsuchen."

Sargon wollte protestieren, doch der bestimmende Blick Semiramis' zeigte ihm, dass sie ihr Urteil gesprochen hatte. Er half Gusur auf, und gemeinsam verließen sie das Haus. Marduks helle Sonnenstrahlen schienen auf die Akkader. Ihr Gott sah auf sie herab und leuchtete ihren Weg.

Achtzehntes Kapitel: Der Bund in Gefahr

Der König legte die Tontafel zur Seite und blickte in das Zelt. In der Mitte des Raumes knisterte ein Feuer, zu dessen Seiten die Liegekissen kreisförmig angeordnet waren, wie er es von zu Hause schätzte. Zu Hause. Diese Worte erfüllten ihn mit Schwermut. Seit zwei Monden waren sie nun unterwegs, zunächst den Tigris entlang, dann per Schiff nach Norden, wo sie vor fast vier Wochen in Ninive angekommen waren. Ninive, die Stadt, deren Größe all seine Erfahrungen übertroffen hatte. Nicht nur die Straßen hatten sich als verschachtelt herausgestellt, sondern auch die Verbindungen der Händler, die geschriebenen und ungeschriebenen Regeln der Stadt sowie der Einfluss des Tempels und des Stadtrats, der wiederum von den Kaufleuten beeinflusst wurde. Und dann waren da noch die endlosen Schriftstücke, wie jenes, das nun vor ihm lag. Der König hatte in den letzten vier Wochen mehr Tontafeln gelesen als in seinem ganzen Leben zuvor. Scheinbar wurde hier alles schriftlich festgehalten. So auch die Anordnungen für die künftigen Militärübungen. „Nach Wiederherstellung der Zielstärke und Einübung der neuen Manöver werden die Übungen auf einmal pro Woche reduziert", hieß es auf der Tafel. Das Wort *einmal* war besonders tief eingedrückt, als hätte der Schreiber es betonen wollen. „Die Hauptleute übernehmen die Aufsicht ihrer Einheiten und versammeln sich alle zwei Wochen zum Rapport bei dem Oberbefehlshaber. Der Stadtrat wird dieser Versammlung bei Bedarf beiwohnen." Sargon hatte keinen Zweifel daran, dass die Stadthalterin ohne sein Einverständnis entscheiden würde, wann dieser *Bedarf* gegeben wäre. Er würde also nicht mehr erfahren, was bei den Truppen in der Zwischenzeit wirklich geschah. Der König seufzte, als er nach einer zweiten Durchsicht der Anordnung die Tontafel auf dem kleinen Tisch ablegte. Von dem Altar blickte das Bild Marduks zu ihm herüber. Sargon hatte es auf der Reise nur zum Gebet ausgepackt. In seinem Haus in Ninive hatte er einen Alkoven leeren lassen, um seinem Gott durch Opfergaben näher zu sein. Nun blickten ihn die Augen des Gottes prüfend an. „Marduk, Herr! Was willst du, das ich nun anfange?", fragte er in den Raum. „Mit dieser Anordnung kann man alles erreichen, nur keine Truppen aufeinander einspielen. Im Angriffsfall werden die Anführer erst dann ihre Rollen verstehen, wenn Addad uns bereits besiegt hat." Die ernst blickenden Augen der Statue lagen auf ihm. Sargon war der König, und er musste den Willen Marduks in der Welt ausführen. Er klingelte. Ein Diener trat ein und verneigte sich vor dem König.

„Wo sind Gusur, Senezon und Ezira?", wollte Sargon wissen.

„Prinz Gusur ist gerade von einer Inspektion zurückgekehrt. Šagana Ezira ist auf dem Wurfplatz bei der Südkaserne und Šagana Senezon liegt in seinem Zelt." Der König runzelte seine Stirn. Warum schlief der Mann am Tag? Da entsann er sich, dass die Bodenkämpfer der Stadt nur in der Nacht übten. Senezon hatte den Rhythmus auch nach dem Ausschluss aus der Stadt beibehalten. Sargon aber hatte die Gelegenheit genutzt, wieder den Tag zum Handeln zu nutzen.

„Ich möchte alle drei bei Abenddämmerung vor meinem Zelt sprechen. Es geht um die neusten Anweisungen zur Verteidigung."

Die Männer standen bereits vor seinem Zelt, als der König gegen Abend die Decke der Tür beiseiteschob, um herauszutreten. Am Horizont, weit hinter dem Fluss und der endlosen Steppe tauchte die Sonne Marduks die Welt noch einmal in goldenes Licht. Von den Bergen im Norden nahten bereits die Wolken Addads, um den Menschen Subartus auch in dieser Nacht das Licht der Sterne und den Mond ihrer Göttin vorzuenthalten. Sargon bedauerte die Nordländer, weil ihnen der vertraute Anblick verborgen war. Er hingegen genoss es, in Subartu des Tages wieder die Stärke Marduks zu spüren, wenn er seinen Körper auf einer Anhöhe in den warmen Strahlen seiner Sonne badete. Addad konnte seine Wolken während des Tages nur in Akkad am Himmel halten. Hier im Norden musste er Kräfte schonen, um die Nacht vor den Blicken Ischtars zu verschleiern. *Es tut gut zu wissen, dass auch die Kräfte eines Gottes begrenzt sind*, dachte Sargon.

Dann schaute er in die vertrauten Gesichter der Männer, die ihm erwartungsvoll entgegenblickten. Da war sein ältester Sohn Gusur, der unglücklich in die Fänge des Tempels geraten war. Er hatte seitdem seinen Eifer verdreifacht. Jeden Posten prüfte er täglich selbst, und mit jedem Reiter sah man ihn üben. Er war ein stets geduldiger Lehrer und würde einmal ein großer Anführer seiner Einheit werden. Senezon trat ungeduldig von einem Bein aufs andere. Große Reden – sofern sie nicht seine eigenen waren – und langes Warten waren nicht seine Art. Er verkörperte die Kriegsmaschine, in die er seine Truppen verwandelte; nichts dem Zufall überlassend, aufs kleinste Detail optimiert und stets todbringend. So war der Mann, und so waren seine Soldaten. Ezira führte mehr durch Beobachtung und Ratschläge. Nichts entging seinem scharfen Blick. Er war es auch, der sofort die Tontafel in der Hand seines Königs erblickte. Seine Augenbrauen zogen sich zusammen.

„Der Stadtrat hat festgestellt, dass die Truppen der Stadt eine befriedigende Größe und Kampfkraft erreicht haben", begann Sargon die Besprechung. „Befriedigend", schnaubte Senezon. „Zum Krieg sind sie aber nicht geeignet." Der König hätte in einer anderen Situation über das Wortspiel seines Šaganas gelacht. Heute war die Lage zu ernst.

„Künftig soll es daher nur einmal in der Woche Übungen geben und die Hauptleute bleiben bei ihren eigenen Einheiten." Ezira sprach die Bedenken als Erster aus. „Damit verlernen sie das Zusammenspiel wieder, das wir gerade erst eingeführt haben."

„Und jedes dieser Hühnchen wird sich wieder hervortun wollen, nur um besonders tapfer zu wirken", ergänzte Senezon. „Haben die Krämer im Stadtrat denn gar nichts verstanden?"

„Ich glaube nicht, dass der Stadtrat jemals den Anspruch hatte, den Sinn unserer Übungen zu verstehen", meinte sein König. „Dafür sind wir Soldaten zuständig."

„Dann sollen sie uns auch so üben lassen, wie wir es für richtig halten!", brüllte Senezon. „Sonst können wir das Ganze gleich bleiben lassen und wieder nach Hause gehen." Da war es wieder, das Wort von der Heimat. „Ist es das, was du willst, Senezon?", fragte Sargon. „Willst du wirklich, dass wir Addad freie Bahn geben, zuerst Ninive, danach den Rest Subartus und schließlich Akkad anzugreifen?"

„Bisher wurden wir nur von den Stadträten angegriffen", erwiderte der breitschultrige Šagana. „Ich habe nicht den Eindruck, dass sie unseren Beistand sonderlich zu schätzen wissen."

„Also schlägst du vor, unsere Zelte abzubrechen und die Menschen hier ihrem Schicksal zu überlassen? Bedenke wohl, dass sie dann gleiches tun werden, wenn Addad über unsere Stämme herfällt."

„Mit uns wird er es weit schwerer haben als mit den Weicheiern hier, die nur ihre Krämer und ihr Geld im Sinn haben", sagte Senezon überzeugt.

„Und du, Ezira? Was denkst du?", wollte der König wissen. „Ich habe zwei gute Männer an die Muskil verloren, als sie unser Lager plünderten. Addad will sie hierherführen und als unsere Krieger ausgeben. Hier sollen sie mir für den Mord bezahlen", antwortete der Krieger.

„Gusur?"

„Ich habe den Jägern mein Wort gegeben, dass ich an ihrer Seite gegen Addad kämpfen werde. Auch wenn ihr alle gehen wollt, so geht! Mein Wort werde ich nicht brechen." Der König hatte das erwartet. Sehr eng war die Verbindung, die sein Sohn zu den Jägern in Subartu entwickelt hatte. Er beschloss:

„Ich teile dem Stadtrat unsere Bedenken mit. Zwar gehe ich nicht davon aus, dass es einen Unterschied machen wird, aber sie haben hier nun mal eine Schwäche dafür, alle Entscheidungen und Kommentare zu dokumentieren. Danach spreche ich mit Semiramis."
Und dann werde ich wissen, ob es an der Zeit für unsere Abreise ist.

Im Palast ließ man den König Akkads warten, bevor er zur Königin vorgelassen wurde. *Das ist ungewöhnlich*, stellte Sargon fest. Früher hatte Semiramis alle anderen Verpflichtungen beiseitegeschoben, wenn er um ein Gespräch gebeten hatte.

Letzten Endes erschien einer der Männer, die Sargon bereits durch die gemeinsame Reise von Akkad nach Ninive kannte.

„Königin Semiramis erwartet Euch im Garten, Herr." Der König nickte dankbar. Wenn sie mit ihren Gedanken allein sein wollte, zog sich Semiramis gerne in die kostbaren Gärten rund um den Stadthalterpalast zurück.

Die Gärten waren eines der Wunder Subartus, die Sargon in Ninive kennengelernt hatte. Wasser war kostbar, und wenn man es in Akkad für Pflanzen einsetzte, so nur mit dem Ziel der Nahrungsproduktion. Auch in Ninive säumten zahlreiche Gärten mit Gemüse und Obst die Windungen des Koshr. Der Garten des Palastes allerdings hatte keinen Nutzen außer der Erbauung der Stadtoberen. An den Mauern der Umfriedung rankten blühende Sträucher mannshoch. Der Duft schmeichelte seinen Sinnen. Fort war mit einem Mal der Gestank der Stadt, in welcher sich Ausdünstungen ungewaschener Leiber von Menschen und Tieren mit dem Schmutz der Straßen und beißendem Rauch der Feuerstellen verbanden. Die Hitze der Wüste, die auch in Ninive noch bis in die Nacht von den Wänden abstrahlte, wurde aufgesogen von dem satten Grün der Wiesen. Selbst der Lärm, der in dieser Stadt nie enden wollte, schien sich in den Bäumen zu verlieren. Nichts vernahm der König auf seinem Weg außer dem Gesang einiger Vögel, das Zirpen der Grashüpfer und dem Rhythmus seiner eigenen Schritte.

Der Kiesweg, auf dem er schritt, war von Blumen gesäumt, die in allen Farben des Regenbogens leuchteten. Fackeln wiesen den Weg zu einer kleinen Wiese, auf welcher er die Königin wusste.

Er lauschte seinen Schritten auf den glatten, runden Steinen. Selbst diese waren hier künstlich angelegt worden. Mit ihrer hellen Farbe hoben sich die Steine deutlich von dem Untergrund ab, sodass selbst Sargon in der Nacht keine Fackel brauchte, um den Weg zu finden. Wenn das stetige Treiben der Händler das Geld in der Stadt jeden Tag zum Vorschein brachte, so strahlte in jener Nacht die üppige Pracht des Gartens den Reichtum Ninives aus. Viele Erzählungen hatte der Wüstenkönig zuvor über diesen Reichtum der heiligen Stadt gehört. Die Realität übertraf sie alle.

Er dachte zurück an die vielen Erkenntnisse über die Metropole, die er während der letzten Wochen erlangt hatte. Da war die perfekt geplante Kanalisation, die eine Einwohnerzahl versorgte, die Sargon den Atem verschlug. Dazu kam die Stadtverwaltung. Es war klug, eine so große Stadt in Parzellen einzuteilen und dort lokal die Ordnung zu sichern und die Steuern zu erfassen. Straßen folgten in Ninive nicht dem Zufall, sondern waren nach Wichtigkeit verbreitert und befestigt worden. Das ermöglichte es den Karawanen, ihr Ziel so schnell wie möglich zu erreichen. Markante Stelen oder Brunnen an größeren Plätzen erleichterten dem Fremden die Orientierung. Und alles wurde genau erfasst und in den riesigen Archiven für die Ewigkeit festgehalten. So war es möglich, dass in dieser Metropole nichts der Aufmerksamkeit des Stadtrats entging, wie auch Senezon bei seinen Manövern hatte feststellen müssen.

Die Manöver. Auch hier hatten die Akkader viel Neues erfahren. Die Qualität der Waffen in Subartu und
die Fertigkeit, insbesondere die der Bogenschützinnen,
übertrafen alles, was er bisher gesehen hatte. Der Mangel an Disziplin und Eigennützigkeit der Kämpferinnen blieb dem König jedoch bis heute unverständlich.
Senezon hatte es einmal trefflich damit beschrieben,
dass die Einheiten Ninives eher Ähnlichkeit mit einem
Rudel als mit einer Armee hatten. Und dennoch hatte
er sie trainiert und mit der Zeit aus ihnen mehr und
mehr eine Einheit geschmiedet, und zwar gegen allen
Widerstand der Truppe und der Stadträtin. Nun fiel
die Einheit wieder auseinander, genauso wie die Einheit zwischen den beiden Königreichen. War es an der
Zeit, das Experiment aufzugeben?

Sargon fand die Königin Subartus auf einer kleinen
Steinbank in der Mitte der Wiese. In gebührendem
Abstand, nicht sichtbar, aber in der Nähe, waren ihre
Leibwächter positioniert. Semiramis liebte den Platz,
an dem sie mit dem Himmelszelt ihrer Göttin allein
sein konnte. Sie trug das schlichte, elegante Kleid, dass
sie seinerzeit bei ihrer ersten Begegnung in seinem Zelt
getragen hatte. Mit ihren blanken Füßen an fuhr sie
über das kurz geschnittene Gras und blickte ihm lächelnd entgegen. Es war wie damals, als sie in seinem
Zelt darauf gewartet hatte, von ihm den Willkom-
menstrunk entgegenzunehmen.

Was haben wir seitdem alles gemeinsam erlebt, dachte
Sargon, als er sich ihr näherte. Semiramis schien seine
Gedanken zu erraten.

„Die Zeit vergeht schnell in deiner Gegenwart, Sargon. Eine Frau möchte die Zeit gerne anhalten, aber
du schreitest stets voran, immer dein Ziel vor Augen."

„Ich wünschte, was du da sagst, wäre wahr", antwortete er. „In Ninive scheint sich alles eher im Kreis zu drehen." Sie lächelte ihn verständnisvoll an. „Genau das hatte ich doch gemeint, Sargon. Wenn wir uns im Kreis drehen, können wir länger an der Stelle bleiben, ohne stillzustehen. Etwas gehen auch wir voran, aber erst dann, wenn wir den Kreis vollendet haben. So können alle Menschen Schritt halten."

„Du hast die Anordnung des Rates gelesen?" Es war mehr eine Feststellung als eine Frage. Semiramis seufzte. „Samše sah die Gelegenheit, den Vorschlag so zu formulieren, dass er deine Ehre und die deiner Männer tief treffen würde. Am liebsten würde sie die Übungen ganz unterbinden und euch zurück nach Akkad segeln sehen."

„Und was wünschst du?", fragte der König. Seine Stimme klang dabei etwas schärfer, als er es beabsichtigt hatte. Semiramis blickte ihn verletzt an. Mit einem Mal war ihre königliche Würde verschwunden. Eine einsame Frau schaute zu dem Mann auf, der ihr Halt gegeben hatte in einer Stadt, die eigentlich ihre sein sollte. Verblüfft sah er blanke Angst in ihren Augen. Sie streckte ihm ihre rechte Hand entgegen, doch er war zu weit entfernt, als dass sie ihn erreichen konnte.

„Sargon, bitte bleib! Er wird über die Stadt kommen. Das wissen wir beide. Addad ist ein Meister darin, seine Feinde gegeneinander auszuspielen. Selbst Ischtar und Marduk haben seine Hinterlist erst erkannt, als es bereits zu spät war. Lass uns nicht den gleichen Fehler machen. Bitte!", setzte sie fast flehend hinzu. Der Akkader sagte nichts, sondern schritt näher und setzte sich langsam an ihre Seite, seinen Blick in die Ferne gerichtet. Nach einer kleinen Weile nahm er ihre Hand, die sie ihm immer noch entgegengestreckt hielt, in die Seine, jedoch ohne die Königin anzublicken.

„Gusur hat heute zu mir gesagt, dass er, selbst wenn alle anderen jetzt zurück nach Akkad zögen, dennoch bleiben würde, um sein Wort halten, das er den Jägern gegeben hatte."

Semiramis dachte an den jungen Mann und an seine Begeisterung für Pferde, die er mit den Jägern teilte. Sie fragte:

„Es ist schön, eine Familie zu haben, auf die man sich verlassen kann. Oder, Sargon?"

Den Akkader überrumpelte die Frage. Zögerlich antwortete er: „Ja, es tut gut, wenn ich nicht bei jedem Menschen dessen Loyalität anzweifeln muss."

„Ist es nur Loyalität? Ist es nicht mehr, was euch beide verbindet?", bohrte sie nach. Als er schwieg, fuhr sie fort: „Im Tempel warst du bereit, alle Konsequenzen zu tragen, um ihn zu beschützen. Dasselbe würde er jederzeit für dich tun, denn ihr seid eine Familie." Wieder schwieg er.

„Es ist schön, Familie zu haben, oder, Sargon?" Er antwortete mit einer Gegenfrage. „Wie ist es für dich, Semiramis? Hast du eine Familie, auf die du dich verlassen kannst?" Sie blickte herauf zu der Stelle, wo der Mond hinter den Wolken schimmerte.

„Ich habe eine Tochter, Ataliya. Auf ihr lastet alle Erwartung, eines Tages das Reich zu regieren. Ihr Vater starb kurz nach ihrer Geburt. Bis heute wissen wir nicht, ob es ein Unfall war oder ob man ihn ermordete. Seitdem sind wir nur zu zweit. Nun ist Ataliya in dem rechten Alter, um selbst eine Familie zu gründen. Ich frage mich oft, wie sie den richtigen Partner finden kann, wenn sie noch nie einen Vater oder Brüder erlebt hat."

„Sanherib aus deinem Gefolge hat einen guten Eindruck bei mir hinterlassen", warf Sargon ein. Sie nickte: „Sanherib wird sicher ein guter Ehemann. Aber auch er musste ohne einen Vater und ohne eine Schwester aufwachsen. Ich wünsche ihr einen Mann, der diese Erfahrung hat und eine Familie zusammenhält, in der sie getragen wird." Sie seufzte. „Wir haben zu wenig gute Männer in Subartu."

„Gusur hat drei jüngere Geschwister", antwortete Sargon. „Die Mittlere ist eine Schwester. Sie ist mindestens genauso vernarrt in Pferde wie ihr Bruder. Er ist ihr großes Vorbild." Seine Gedanken wanderten zurück zu dem Tag, an dem er im Lager hatte Abschied nehmen müssen. Es schien ihm, als wären seitdem Jahre vergangen. Aus dem Augenwinkel gewahrte er ein Spielbrett neben der Königin auf dem Stein. Zu seiner Überraschung kannte auch Semiramis das Reiterspiel der Könige aus der fernen Stadt Ur. Auf ihrer Fahrt nach Ninive hatten sie sich in zahlreichen Partien gemessen. Diesmal schien die weiße Partei einen deutlichen Vorsprung gegenüber dem schwarzen Gegner zu haben. Zwei Spielsteine, die Pferde symbolisierten, waren nur noch zu platzieren, und die weiße Mannschaft hatte bereits drei Positionen auf dem Weg zum Hof belegt. Semiramis folgte seinem Blick.

„Ig-na-til hat eine gute Vorlage geliefert, bevor sie die Wache ablösen musste. Wollen wir zusammen die Partie beenden?" Gerne nahm er die Herausforderung an, auch um das Thema zu wechseln, und setzte sich an die andere Seite des Spielbretts. Bereitwillig überließ Semiramis ihm die weißen Steine, die deutlich in Führung lagen. Mit dem ersten Würfelwurf reduzierte sie den Vorsprung auf 2:1, wobei sie eines seiner führenden Pferde aus dem Rennen warf, sodass es neu beginnen musste. Sargon sah seine Chance in der offenen Flanke, welche die Spielfigur am unteren Ende des Bretts bot. Aber sein Wurf ergab nur drei Punkte. Das war zu wenig, um die Figur zu schlagen. Ihm blieb die Wahl, entweder eine strategische Position auf dem Feld aufzugeben oder ein neues Pferd ans untere Ende zu setzen. Dort jedoch war die Wahrscheinlichkeit, geschlagen zu werden, am größten. Seinem Naturell folgend blieb der König Akkads im Angriff und wählte diesen Weg. In der nächsten Runde hatte Semiramis erneut das Würfelglück auf ihrer Seite. Sie zog 2:2 nach und hatte fortan mehr Figuren auf der mittleren Rennbahn. Stirnrunzelnd warf Sargon die Würfel. Er vermochte noch nachzuziehen, konnte aber den Vorsprung der schwarzen Figuren nicht aufholen. Letztendlich war es Semiramis, die als Erste ihre Pferde ans Ziel brachte.

„Ein früher Vorsprung ist keine Garantie zu gewinnen", resümierte er. Semiramis nickte. „Und ein einzelnes Pferd entscheidet kein Spiel. Wenn alle zusammenhalten, lässt sich jeder Vorteil einholen." Sie räumte die Steine weg.

„Gusur ist ein guter Mann", stellte sie fest. „Irgendwann werden die Menschen in Ninive erkennen, dass sie ihn verkannt haben. Und sie werden es bereuen." Sargon nickte und sprach:

„Irgendwann werden sie auch erkennen, dass sie die Warnung ihrer Königin nicht ernst genug genommen haben. Auch das werden sie bereuen." Nach einer kurzen Pause fügte er hinzu. „Und wenn das passiert, will ich dabei sein."

Ein fahler Lichtschein fiel auf sie herab, als ein Windstoß für einen kleinen Moment die Wolken auseinanderschob und das Licht des Mondes auf die Steinbank mit den Königen leuchten ließ. Semiramis sog den Moment mit einem tiefen Atemzug in sich auf. Neue Kraft durchströmte ihren Körper. Sie spürte, wie sich ihr Rückgrat aufrichtete und die schwere Last von den Schultern fiel, die sie seit seinem Abschied aus dem Palast getragen hatte. Mochte Addad seine Ränke schmieden. Ischtar war ihr nahe.

Neunzehntes Kapitel: Angriff auf Ninive

Der Reiter jagte seinem Posten entgegen, in dem die Wachen sich ahnungslos ausruhten. Immer wieder blickte er sich um, doch er konnte seine Verfolger nicht sehen. Weit konnten sie aber nicht sein. Immer weiter trieb er sein Pferd an. Er bildete sich ein, die Horde der Kampfstiere schon hinter sich zu hören. Sehen konnte er sie nicht, denn der dichte Nebel machte es unmöglich, mehr als einen Speerwurf weit zu blicken. Er betete zu Anniut, dass er auf dem richtigen Weg zur Stadt war. Da sah er vor sich das Zelt des Außenpostens, vor dem die beiden Wachen aufgesprungen waren, als sie die Hufe des nahenden Pferdes hörten.

„Für Marduk gen Norden!", rief der Reiter ihnen die Parole zu.

„Gebt Alarm und bringt euch sofort in Sicherheit. Eine Armee naht, und wilde Stiere sind mir dicht auf den Fersen."

Augenblicklich griff einer der Wächter zum Horn und blies zweimal einen langen Ton, der durch den Nebel bis zur fernen Stadt dringen sollte. Der Reiter stürmte weiter, ohne sich erneut umzublicken. Nachdem er vorüber war, spürten die Wächter ein unheimliches Beben unter ihren Füßen, als würde sich ihnen ein Riese mit schnellen Schritten nähern. Ein Grollen wuchs aus dem undurchsichtigen Nebel, als würden schwere Felsen von einem Berg herabgewälzt werden. Angestrengt blickten die Wachen in die Richtung, aus welcher der Reiter gekommen war und in der noch die Hufspuren im Sand zu erkennen waren. Weißer Nebel verdeckte den Horizont wie eine Wand. Doch der Nebel war nicht überall weiß. Dunkle Flecken erschienen nun dort, wo sich Himmel und Erde trafen. Die Flecken wurden größer und verschwommen ineinander, als schöbe sich eine dunkle Wolke zwischen Sandboden und Nebel, nur dass es keine Wolke war.

„Die Stiere!“, schrie einer der Wächter. Er eilte zu seinem Pferd. Sein Kamerad sprang ihm hinterher. Die Pferde zerrten bereits wild an ihrem Zaumzeug. Sie hatten die Gefahr schon längst bemerkt und sträubten sich in Panik davor, die Männer aufsteigen zu lassen. Wertvolle Sekunden verstrichen, während die Stiere, nun deutlich erkennbar, immer näherkamen. Endlich gelang es den Wächtern, aufzusteigen und ihre Pferde zum Lager anzutreiben. Doch es war schon zu spät. Die Wucht des Aufpralls warf sie aus ihren Sätteln, während ihre Pferde von den mit Eisen beschlagenen Hörnern aufgeschlitzt wurden. Die Herde galoppierte weiter, über die zerfetzten Körper hinweg, dem Lager der ahnungslosen Akkader entgegen.

Sargon stand gerade vor seinem Zelt, als er das Warnsignal des Postens hörte. Er blickte zum Hügel im Osten der Stadt. Von dort sah er einen Reiter den Hang förmlich herabfliegen. Es war ihm, als hörte er einen Donner aus der Richtung.

„Ezira!", rief der König kurzentschlossen. Augenblicklich erschien der General neben ihm.

„Bemannt das Bollwerk zum Osten mit den langen Lanzen!" Er verfluchte diese Gegend, in der sie kein richtiges Holz für vernünftige Barrikaden hatten finden können. Die Männer eilten auf die angewiesenen Stellungen. Bogenschützen gesellten sich zu ihnen, während der ferne Donner nun immer deutlicher zu vernehmen war. Dann hatte der Reiter das Lager erreicht. Er sprang vom Pferd und warf sich vor Sargon auf den Boden.

„Stiere, Herr!", rief er. „Hunderte von ihnen. Sie werden angetrieben von den Muskil. Und dahinter folgt eine Armee. Es waren zu viele, als dass ich sie hätte zählen können. Sie bringen schwere Maschinen mit sich."

Da schrie eine der Wachen auf und deutete zum Hügel, von dem der Reiter erschienen war. Wie eine düstere Welle zog sich dort eine endlose Linie aus Körpern den Kamm des Hügels entlang. Sargon verwarf den Plan zur Verteidigung des Lagers augenblicklich. Ihre lächerlichen Barrikaden würden diese Herde nicht aufhalten. Hier draußen waren die Akkader einem solchen Angriff hoffnungslos unterlegen.

„Rückzug in die Stadt!", rief er.

„Senezon, Gusur, ihr deckt die Flanken! Lasst alles zurück, was ihr nicht gerade in der Hand haltet!" Die Männer sprangen aus den Stellungen und liefen der Stadt entgegen, deren Tore wie immer geschlossen waren, seitdem die Akkader hier ihr Lager hatten. Sargon schätzte den Abstand zum Tor, das er durch den Nebel nicht sehen konnte, und die Geschwindigkeit der Stiere, die nun den Hügel herabstürmten. *Es ist zu weit*, dachte er grimmig. *Die Stiere werden uns vor dem Tor einholen.*

In der Stadt wurde Semiramis von einem Traum jäh aus dem Schlaf gerissen. Es war noch früh. Die Nacht würde erst in zwei Stunden erscheinen. Seitdem die Akkader nicht mehr in Ninive lebten, fegten des Tages oft Sandstürme über die Gegend und verbargen sie auch vor Marduks Augen. Addad war erneut stärker geworden, wenn er nun auch den Tag beherrschen konnte. Etwas ist heute anders als nur ein Sandsturm, dachte Semiramis und lauschte in die verschleierte Welt. Die Stadt ruhte friedlich unter dem Fenster ihres Palasts. Semiramis verließ ihr Lager und trat aus ihrem Gemach. Sofort eilte eine Tempeldienerin zu ihr.

„Was ist mit Euch, Herrin?", fragte sie besorgt. „Ist Euch nicht wohl?" Semiramis las die Sorge in dem jungen Gesicht und lächelte sie beruhigend an.

„Mir fehlt nichts, Syczintia", sprach sie und streichelte dem Mädchen eine widerspenstige Strähne aus dem Gesicht. „Ich will die Mauern inspizieren", sprach sie zu den Wächtern, die zwischenzeitlich neben sie getreten waren. „Draußen kann Euch Gefahr drohen, Herrin", warf einer der Wächter ein. „Stadthalterin Samše befahl, dass wir Euch im Schutz bewahren."

„Dann solltet ihr mich am besten begleiten", stellte sie verstimmt fest. Die Stadthalterin zog ihre Kreise immer kleiner. War es wirklich nur ihr Misstrauen gegen Sargon und seine Männer? Semiramis vermisste nun Sanherib an ihrer Seite. Der Gal-ug hätte es nicht zugelassen, dass jemand die Königin in die Schranken wies. Nur fünf der Getreuen, die sie seit Akkad begleitet hatten, waren ihr noch verblieben. Stets war einer von ihnen in der Nähe. So auch diesmal. „Ich wünsche, dass du mich auch begleitest!", rief sie ihm zu. Damit fühlte sie sich den beiden Wachen nicht mehr ganz so sehr ausgeliefert.

Die kleine Gruppe bestieg den breiten Wehrgang der Mauer, welche mit 16 Metern Höhe die Stadt umspannte. Streitwagen standen bereit, um sie zu den fernen Wachtürmen an der Nordmauer zu bringen. Semiramis wählte den Turm als Ziel, welcher in nordöstlicher Richtung den äußersten Punkt markierte, der zu dem Lager von Sargon und seinen Männern deutete. Dort angekommen stieg Semiramis die Stufen zum Turm hinauf, ohne um Einlass zu bitten. Einer Königin stand der Zutritt zu jedem Ort im Reich zu. Die kleine Gruppe folgte. Auf der Plattform blickte sie in Richtung des Lagers und versuchte, die Zelte der Akkader auszumachen. Vergebens. Der aufgewirbelte Sand war zu dicht. *Das ist ungewöhnlich*, dachte sie. *Addad spart sonst seine Kräfte für die Nacht.* Warum sollte er den Himmel bedecken, wenn noch alle schliefen? Was hatte er zu verbergen?

„Es ist alles ruhig dort drüben, Herrin", sprach die junge Frau der Wache, die der Königin ihre Wachsamkeit beweisen wollte. „Die Wüstenfüchse halten sich von der Stadt fern."

„So wie wir es von ihnen verlangt haben", murmelte Semiramis vor sich hin. Irgendwie fühlte sich diese Entscheidung heute falsch an. Der helle Ton eines Horns aus der Ferne erreichte ihr Ohr. Sie kannte den Ton, aber nicht aus ihrer Heimat. Semiramis fragte einen ihrer Begleiter: „Metozun! Hast du auch dieses Horn gehört?" Seine gerunzelte Stirn gab ihr die Bestätigung, noch bevor er sprach.

„Ja, Herrin. Es kam aus der Richtung des Lagers."

„Du kennst das Signal?", fragte sie ihn, um sicherzugehen, dass sie es richtig erkannt hatte.

„Es ist das Warnsignal der Akkader. Es entstammt einem großen metallenen Horn, dessen Ton weit trägt."

„Wenn das Horn im Lager geblasen worden wäre, hätten wir es lauter hören müssen", stellte Semiramis fest, die Distanz des Lagers und die Wirkung des Nebels einschätzend.

„Vielleicht hat der Bläser geübt oder war in einem Zelt", vermutete eine der umstehenden Wachen schulterzuckend. Semiramis schüttelte ihren Kopf. Der Ton schallte erneut zu ihnen herüber. Es war wie ein klagender Ruf aus der Ferne. *Nein*, dachte sie, *das ist keine Übung*.

„Mit einem solchen Horn lässt König Sargon nicht üben, wenn er sich auf fremden Boden befindet. Gebt sofort Alarm!" Die Gewissheit in ihrer Stimme traf die Männer. Ein Alarm? Semiramis hatte ihren Entschluss gefasst.

„Ugula! Lasst sofort die Tore öffnen! Aus den Bergen droht Gefahr! Wir müssen König Sargon und seine Soldaten sicher hinter die Mauern bringen, bevor die Angreifer heran sind."

„Gefahr besteht vielleicht für diese Wüstenfüchse, aber wohl kaum für unsere Stadt", tönte eine Stimme von hinten. Stadthalterin Samše hatte ebenfalls die Plattform betreten und schritt langsam auf die Gruppe zu. Zwei Wachen folgen ihr. *Also lässt du mich bei jedem Schritt beobachten*, dachte Semiramis. Laut aber sagte sie:

„Wenn König Sargon angegriffen wird, ist auch Ninive in Gefahr. Habt Ihr vergessen, dass unsere Stadt Addads eigentliches Ziel ist und nicht irgendein Lager?"

„Herrin, davon sprecht Ihr ohne Unterlass, seit Ihr in die Stadt gekommen seid. Und ich versuche Euch zu erklären, dass Addad überhaupt keinen Grund für einen Angriff hat. Wir leben seit Jahren im Frieden. Die Wüstenfüchse sind es, von denen uns Gefahr droht. Wahrscheinlich haben sie sich mit ein paar Schafhirten angelegt, die nun Rache nehmen wollen."

Semiramis entging der Hohn nicht, mit dem die Stadthalterin offensichtlich die Vorstellung genoss, dass sich Sargon mit Schafherden abgeben würde. Sie beschloss, Samše dafür später zu maßregeln. Jetzt gab es Wichtigeres zu tun.

„Stadthalterin Samše, im Namen der Göttin verlange ich, dass Ihr augenblicklich Alarm gebt, die Tore öffnet und die Männer des Zeltlagers in die Stadt holt!" Ihre Stimme hatte etwas Eisiges angenommen. Samše zitterte vor Wut. Einen ausdrücklichen Befehl abzulehnen, wäre Verrat. Mit zu Fäusten geballten Händen verneigte sie sich.

„Wie Ihr wünscht, meine Königin. Ich kehre zurück in den Palast und gebe die nötigen Anweisungen." Damit verließ sie die Plattform wieder.

„Und eilt Euch dabei gefälligst!", rief sie der Frau nach. Samše tat, als hätte sie es nicht gehört.

Sargon stand zwischen den Zelten, um den Rückzug seiner Soldaten zu koordinieren. Die Akkader hatten ihre Speere noch auf die Angreifer geworfen und eilten nun der Stadt zu. Senezon und Ezira führten sie an. Die Stiere hatten bereits die Hälfte des Weges vom Hügelkamm hinter sich gebracht und rannten mit zunehmender Geschwindigkeit auf die Gruppe der Flüchtenden zu. Sargon konnte nun auch einzelne Muskil erblicken, die zwischen den Stieren galoppierten. Die meisten waren mit Bögen bewaffnet, aber einige trugen auch Schwerter. Sargon hätte nie gedacht, dass es so viele von ihnen geben könnte.

„Vater, Ihr müsst nun auch gehen!", drängte Gusur neben ihm. Er trug lediglich ein Schwert mit sich. Sargon wusste, dass sein Sohn recht hatte. Hier konnte er nichts mehr erreichen. Da fiel sein Blick auf eine Feuerstelle, über der ein Topf hing.

„Feuer, Gusur!", rief Sargon, als ihm eine Idee kam. „Feuer kann die Stiere von uns ablenken. Kippt Öl zwischen diese Zelte und setzt sie in Brand. Damit gewinnen wir wenigstens noch etwas Zeit!"

Gusur hatte verstanden. Er nahm eine der Ölkaraffen und goss die zähe Flüssigkeit in eine Spur, die zum nächsten Zelt führte. Ein anderer Kämpfer tat das Gleiche mit dem gegenüberliegenden Zelt. Sargon stand am Feuer in der Mitte und wartete, bis die Vorbereitungen abgeschlossen waren. Die Stiere hatten die äußeren Zelte gerade erreicht, als er brennende Holzscheite in die Ölspur warf. Eine lodernde Wand aus Feuer richtete sich vor ihm auf, die augenblicklich auch die Zelte erfasste. Die Stiere in der vordersten Reihe schreckten sofort zurück und stießen dabei gegen die nachkommenden, welche nicht schnell genug umdrehen konnten. Selbst einige der Muskil kamen ins Straucheln. Die Herde lief in Panik wild durcheinander. Dicke Rauchschwaden versperrten den Blick. Der Angriff kam ins Stocken. Sargon sprang eilig von der Hitzewand zurück.

„Zur Stadt!", rief er den wenigen Gefährten zu, die noch mit ihm im Lager waren. Und nun rannte auch der König Akkads um sein Leben.

„Feuer im Lager!", rief die Wache.

Semiramis zuckte zusammen. Der Nebel verhinderte eine klare Sicht auf das Lager, aber es war erkennbar, dass dort mindestens ein Zelt in Flammen stand. Außerdem sah sie, wie zahlreiche Schatten aus dem Sandsturm auf die Stadt zu rannten.

„Das sind die Akkader!", rief sie. „Wir müssen sie hereinlassen."

Die Wachen sahen sich unschlüssig an.

„Die Tore sind noch geschlossen, Herrin", sprach der eine. „So wie Ihr es angeordnet habt, um die Stadt zu schützen."

Semiramis war entsetzt. War sie die Einzige in Ninive, die sich für die Männer dort draußen einsetzte? Dann würde auch niemand die Tore öffnen, egal welches Gemetzel sich davor abspielte.

„Mistinar", sprach sie zu ihrem verbleibenden Gefolgsmann. „Du und deine Männer, ihr folgt mir zum Tor!" Eilend verließ sie die Plattform, auf welcher sie erleichterte Wachen zurückließ. Hier wollte niemand zwischen ihrer Stadthalterin und der Königin Stellung beziehen.

Senezon war inzwischen am Tor angelangt und hämmerte wild gegen die Holzbohlen.

„Wacht auf, ihr Hurensöhne! Wollt ihr uns hier verrecken lassen?" Drinnen blieb es still. Er sah sich um und gewahr Ezira mit seinen Speerkämpfern herannahen. „Wo ist der König?", fragte er seinen Gefährten.

„Er ist mit Gusur noch im Lager. Sie haben eine Feuerwand errichtet. Aber lange wird das die Stiere nicht aufhalten."

„Wir werden uns hier auch nicht lange halten, wenn diese Schlafmützen von Krämern nicht gleich das Tor öffnen."

Semiramis und ihre Getreuen waren den Turm herabgeeilt und stürmten zum Tor, wo zwei Wachen unschlüssig auf die geschlossenen Bohlen blickten. Von draußen tönten Schläge gegen das Holz.

„Öffnet das Tor!", rief die Königin noch im Lauf. Eine der Wachen trat ihr entgegen. „Es tut mir leid, Eure Hoheit, aber die Befehle des Rates verbieten es uns, ohne ausdrückliche Anweisung bei Gefahr die Tore zu öffnen." Bevor Semiramis etwas erwidern konnte, war Mistinar bereits an ihr vorbei und gab der Frau eine schallende Ohrfeige.

„Da hast du deine Anweisung", knurrte er. Die andere Wache verzichtete auf Widerstand. Gemeinsam hoben sie die schweren Bolzen an, die die Stadttore sicherten.

Senezon bemerke das Knarren von Holz auf Holz als Erster. Sie standen nun dicht gedrängt vor dem Tor. Ezira und seine Speerkämpfer bildeten die Außenlinie. Ihnen war klar, dass sie dem Ansturm der Stiere nicht viel entgegenzusetzen hatten. Doch nun öffnete sich das Tor. Senezon schob seine Männer hinein. „Macht euch bereit, die Tore sofort wieder zu schließen", rief er ihnen zu. Er selbst blieb vor dem Tor und blickte seinem König entgegen, der mit den verbleibenden Soldaten dem rettenden Tor entgegeneilte. Es war zu spät. Die Stiere würden sie kurz vor dem Tor einholen. Neben ihm war Ezira zu der gleichen Erkenntnis gekommen. Entschlossen nahm er seinen Wurfspeer und stellte sich in Wurfposition. Die Männer seiner Einheit taten es ihm nach. „Senezon, geh gefälligst hinein!", schnauzte er seinen Freund an. „Und sieh zu, dass deine Freundin Woranola schleunigst ihre Bogenschützen auf die Mauern schickt." Senezon wollte etwas erwidern, doch dann nickte er nur und verschwand hinter dem Tor. Das Donnern der Herde wurde lauter.

Sargon sah, wie sich vor ihnen das Stadttor öffnete. Dahinter waren sie in Sicherheit. Er rannte um sein Leben. Seine Garde folgte dicht neben ihm, Gusur bildete mit einzelnen Soldaten die Nachhut. Ein Mann stolperte neben ihm und fiel zu Boden. Der Prinz hatte keine Zeit, sich umzudrehen, um mitzuerleben, wie der Mann zertrampelt wurde. Pfeile zischten neben ihnen durch die Luft. Ein Mann ging getroffen in die Knie. Immer größer baute sich das rettende Tor vor ihnen auf. Oben auf der Rampe sah er, wie Ezira mit seinen Speerwerfern Position bezog. Die Entfernung wurde abgeschätzt und die Männer warfen in perfekter Koordination. Dann zogen sich auch seine Soldaten schnell hinter die schützenden Stadttore zurück. Eine Wand aus Speeren erhob sich von der Rampe. Steil stiegen sie in die Luft und flogen über die Köpfe der Flüchtenden hinweg auf die Stiere. Furchtbare Schreie ertönten dort, wo die Speere ihr Ziel trafen. Stiere stolperten über Kadaver, aber nicht alle wurden aufgehalten. Gusur wurde klar, dass sein Vater nicht rechtzeitig durch das Tor gelangen würde. Kurzentschlossen drehte er sich um und stellte sich den heranstürmenden Stieren entgegen. Zwei von ihnen konnte er niederstrecken, da stieß ihm einer ein Horn in die Brust und wirbelte ihn in hoch in die Luft. Galoppierende Hufe war das letzte Geräusch, das der Prinz Akkads vernahm. Dann ging er in die ewige Leere, als Fremder in dem fremden Land, als Jäger, der hier seinesgleichen gefunden hatte.

Drinnen warfen sich die Akkader mit aller Kraft gegen die schweren Tore, nachdem die letzten Flüchtlinge hereingetaumelt waren. Knirschend trafen sich die Enden der Flügel, als sich die Tore endlich schlossen. Schweren Bolzen fielen krachend in ihre Halterungen. Die Schläge von außen ließen allmählich nach. Sargon blickte sich um. Senezon rief bereits seine Anweisungen, um die Truppen aus der Nordkaserne antreten zu lassen. Ezira stieg mit seinen Speerträgern die Treppen hinauf. Und Gusur? Der König konnte seinen Sohn nirgends erblicken. Da trat Semiramis an ihn heran. „Gusur hat das Tor nicht erreicht", sagte sie leise, als hätte sie seine Gedanken erraten. „Ein Stier erwischte ihn, bevor er die Rampe betreten konnte."

Gusur ist tot?, durchzuckte es Sargon. Das kann nicht sein! Noch einmal sah er sich im Kreis der Überlebenden um. Sein Sohn war nicht darunter. Gusur? Eine furchtbare Gewissheit stieg in ihm auf wie die eisige Kälte der Nacht. Tot? Wieder blickte der König Akkads in die Runde, in der Hoffnung, seinen Sohn übersehen zu haben. Da traf sein Blick Semiramis' Gesicht, das Mitleid und Trauer ausdrückte. Wie ein Schlag kam die Gewissheit über ihn. Gusur ist tot. Sargon taumelte kurz. Das Gewicht seines Schwertes zog seinen rechten Arm zu Boden, als wollte es ihm sagen: Lass ab, es ist vorbei! Tausend Augen schienen den König anzustarren, der sich wünschte, weit weg und ganz allein zu sein. Gusur? Mit einem Mal fühlte er sich sehr alt. Was mache ich hier? Was hilft das alles? Die Kälte fuhr ihm bis in die Fußspitzen. Wie geisterhafte Schatten durchzuckten düstere Gedanken den König. Sargon war zu keiner Bewegung mehr fähig. Wie zu einer Salzsäule erstarrt verharrte er inmitten der Soldaten, während die wilden Rufe der Angreifer vor den Toren anschwollen. Besorgt verfolgte Semiramis die Veränderung an ihm. Sie trat näher zu dem Akkader und sagte eindringlich: „Sargon, Gusur konnte noch sehen, wie sein Vater sicher durch das Tor gelangte. Er starb in Gewissheit, dass du leben wirst." Mühevoll wandte er sein Gesicht der Königin zu. Sein Blick wanderte über ihre von Sorgen gefurchte Stirn, bis sie von der Tiefe ihrer blauen Augen wie magisch angezogen wurden. Die dunkle Farbe des Nachthimmels, durchzuckte es ihn. Semiramis blickte ihm tief in die Augen. Sie sah die Trauer, bemerkte seine Erstarrung. Kurzentschlossen sammelte sie alle Energie, um sie ihn ihren Blick zu legen, wie damals, als sie sich zum ersten Mal getroffen hatten. Diesmal war Sargon ein anderer. Fort war der heiße Sonnenstrahl seiner Augen, der ihr damals fast das Gleichgewicht geraubt hatte. Dieser Sargon war erstarrt wie ein verdorrter Baum, dem das Wasser genommen wurde. Die Königin atmete tief durch und begann, mit ihren Blicken die seinen hineinzuziehen in die Tiefe der Nacht, zum Wasser. Sargon konnte seinen Blick nicht mehr von ihr abwenden. Er zögerte, doch sie ließ nicht ab. Sanft legten sich ihre Gedanken über sein verletztes Herz, ein jeder wie die hauchdünnen Tücher, welche die Königin Subartus kleideten. Er wehrte sich nicht mehr. Immer tiefer nahm sie seine Blicke in sich auf. Da entdeckte Sargon noch etwas anderes. In der Dunkelheit ihrer Augen funkelte ein Stern auf, kurz darauf ein Zweiter. Sargon gab den Widerstand vollends auf. Seine Neugier war geweckt wie bei einem kleinen Kind. Gehorsam ließ er sich von Semiramis in die Tiefe der Nacht führen, in das Reich der Ischtar. Bald nahm er in der Dunkelheit nichts mehr wahr, außer kleine funkelnde Sterne. Sie formten sich zu Bildern und Symbolen. Alles war fremd, aber nicht bedrohlich für den Akkader. Sargon fühlte sich leicht, als würdes ein Körper sanft vom Wasser getragen würde. Aus der Ferne hörte er eine Stimme flüstern: „Lebe, Sargon! Die Lebenden brauchen jetzt einen lebenden Anführer! Überlass die Toten den Göttern!" Sargon konnte in der Dunkelheit niemanden erkennen. Semiramis? „Lebe Sargon! Überlass die Toten den Göttern!" Die Stimme wurde lauter. Sargon fühlte sich angehoben, spürte wie seine Reise aus dem Reich der Ischtar ihn in die Welt der Menschen zurückführte. „Lebe Sargon!", schallte es laut in sein Ohr. Da bemerkte der König, dass seine Augen geschlossen waren. Er schlug sie auf und fand Semiramis' Gesicht dicht über dem Seinen. Ihr Blick hatte etwas Kaltes, Eisernes angenommen wie der Schimmer des gezückten Schwertes in ihrer Hand. Dumpfe Schläge gegen das Stadttor und grölende Schreie der Belagerer vor den Mauern brachten den König endgültig zurück in die Gegenwart. Energisch schüttelte er die schweren Gedanken ab wie den Sandstaub der Wüste nach einer langen Reise. Darunter fuhr das Sonnenfeuer seines Gottes wieder durch jede Ader des Körpers. Sargon bemerkte seinen Hauptmann, der gerade die Stufen zum Turm heraufeilte, und rief ihm hinterher: „Ezira! Bleib mit deinen Leuten hinter euren Verschlägen und achtet auf die Bogenschützen!" Der Angesprochene drehte sich um und bestätigte den Befehl mit einem Nicken. Er hatte verstanden.

„Die Stiere können den Mauern nichts anhaben. Spart Eure Munition für die Armee dahinter auf", ergänzte sein König.

„Welche Armee?", fragte ihn Semiramis mit prüfendem Blick.

„Ein Reiter meldete uns, dass diese Stiere nur die Vorhut seien. Eine Armee mit Belagerungsmaschinen folgt ihnen aus dem Norden." Zu einer Wache sagte er. „Holt mir sofort die Bogenschützen und sagt Hofileschgu, ihre Soldaten sollen sofort die Verteidigungsmaschinen besetzen. Dann bringt viel Wasser, um die Dächer der Häuser in der Nähe der Mauer zu befeuchten." Die Männer eilten davon, um seine Befehle auszuführen.

Inzwischen war ganz Ninive erwacht. In wilder Aufregung liefen die Menschen auf den Straßen durcheinander. Die Nachricht von dem Angriff breitete sich wie ein Lauffeuer aus. Schon strömten Neugierige zum Tor und wollten auf die Mauern, um die Muskil mit eigenen Augen zu sehen. Senezon musste Wachen aufstellen, um die Bürger Ninives davon abzuhalten, die Treppen zu erklimmen. Sargon bestieg den Turm neben dem Stadttor. Auf der obersten Plattform traf er auf Ezira, der angestrengt in die Umgebung spähte.

„In diesem Sandsturm kann man kaum etwas erkennen", meinte der Šagana zu seinem König. „Sie scheinen sich aber von den Mauern wieder zurückzuziehen."

„Wo sind sie jetzt?", fragte Sargon.

„Seht! Dort!", rief ein Mann, der nach Westen blickte. In der Ferne konnten sie im Licht der untergehenden Sonne dunkle Schatten gewahren, die sich entlang der Stadtmauern Richtung Fluss bewegten.

„Die Dörfer!", rief Sargon. „Sie haben es auf die Dörfer vor den Mauern abgesehen!" Eilend verließ er mit Ezira die Plattform und lief den Wehrgang der Mauern entlang nach Westen.

Die Stiere und ihre furchtbaren Anführer überrannten die Zelte und Hütten zwischen den großen Stadtmauern und dem Fluss. Männer, Frauen und Kinder, die sich nicht rechtzeitig ans andere Ufer retten konnten, wurden niedergetrampelt oder erschlagen. Der Lärm von verzweifelten Schreien, brechenden Balken und klagenden Tieren vermischte sich mit dem Galoppieren der Hufen zu einer schaurigen Melodie, die zu den Mauern Ninives schallte. Hilflos mussten die Soldaten dem grausamen Schauspiel zusehen, das sich zwischen ihnen und dem Fluss abspielte.

In der Kaserne wurde Woranola von dem Alarm aus dem Schlaf gerissen. *Ein Angriff?*, fragte sie sich, als sie sich eilig anzog. Auf dem Exerzierplatz standen ihre Bogenschützeneinheiten bereits vollzählig bereit. Da erschien die Stadthalterin auf dem Platz. Sie trug ein mit Metallplatten verstärktes Gewand sowie Helm und Soldatenstiefel wie eine Angehörige der Truppen. Soldaten folgten ihr.

„Kampfstiere!", rief sie Woranola von Weitem zu. „Muskil treiben sie an und verwüsten unsere Dörfer am Fluss. Ihr müsst sie sofort aufhalten!"

„Wo ist der König?", fragte die Gal-ug. Trotz der Gefahr behielt sie den Überblick.

„Der Akkader ist mit seinen Soldaten am Nordtor in Sicherheit", antwortete die Stadthalterin. „Von dort haben sich die Stiere bereits zurückgezogen. Sie verwüsten die Dörfer hier. Ihr müsst etwas unternehmen, bevor sie auch die neuen Händlerstege niedermachen. Sofort!" Die junge Frau zögerte. König Sargon war immer noch offiziell der Oberbefehlshaber. Sie hatte die klare Anweisung, Befehle nur von ihm anzunehmen. Der war aber im Norden der Stadt und hatte ihr noch keine Order übermittelt. Sie traf ihre Entscheidung.

„Hatuti!", rief sie eine Frau der ersten Einheit heran. „Teile König Sargon mit, dass wir die Westmauern im Süden der Stadt besetzen, um von dort die Stiere zu bekämpfen. Er soll uns die Speerkämpfer senden. Dann können wir einen gemeinsamen Vorstoß wagen."

„Dazu ist es dann zu spät!", rief die Stadthalterin. „Vom Nordtor werden sie erst in einer Stunde hier sein. Bis dahin ist unser Anlegesteg vollends zerstört. Wir müssen jetzt handeln."

„Herrin", sagte Woranola bestimmt. „Wenn es wirklich die Stiere des Addad sind, die von den Muskil

141

angeführt werden, haben unsere Bogenschützen keine Chance. Ohne Deckung durch Bodentruppen werden sie auf dem offenen Feld dahingeschlachtet werden."

„Ihr seid nicht ungeschützt", entgegnete die Stadthalterin hitzig. „Wie Ihr seht, habe ich meine beiden persönlichen Einheiten bei mir." Die junge Frau musterte kurz die Truppen.

„Es sind nur zwei Einheiten, davon nur eine mit Speeren", entgegnete sie dann. „Die Muskil werden leichtes Spiel mit ihnen haben."

„Ich verstehe", erwiderte die Stadthalterin kühl. „Ihr fürchtet Euch, einmal in Kontakt mit echten Gegnern zu kommen. Offensichtlich braucht die Stadt bessere Anführer."

Demonstrativ schritt sie an ihr vorbei zu der Anführerin der ersten Einheit.

„Zickla! Ich bin sicher, du wirst unsere Bürger nicht im Stich lassen." Die Augen der Angesprochenen funkelten. Sie ging auf die Knie. „Herrin, was ist Euer Befehl?"

„Hiermit ernenne ich dich zur Šagana lú ti, zur Oberbefehlshaberin aller Bogenschützen in Ninive. Lass uns gemeinsam diese Wilden vertreiben."

Woranola schritt ein. „Herrin, bei allem Respekt, unsere Königin hat König Sargon damit beauftragt, die Offiziere auszuwählen. Wir schulden ihm Gefolgschaft."

„Der Wüstenfuchs kann froh sein, dass er überhaupt noch am Leben ist. Seine Männer wurden hoffnungslos überrannt. Was kann er uns schon bringen? Wir hätten sie nie in unsere Reihen lassen sollen." Zu der Anführerin der ersten Einheit sprach sie: „Zickla, im Namen des Rates frage ich dich, was sind deine Anweisungen, Šagana lú ti?"

Nun, da sie am Ziel ihrer Wünsche war, zögerte die ehrgeizige Frau. Gegen Stiere und Reiter waren ihre Bogenschützen leicht verwundbar. Sie würden nicht rechtzeitig alle aus dem Tor gelangen, bevor die Stiere sie angriffen.

„Woranola!", sagte sie barsch, um ihre Unsicherheit zu verdecken. „Nimm du die Einheiten fünf bis neun. Besetze die Mauern entlang des Kasernentors und gib uns Deckung. Ich nehme meine Einheit sowie zwei und vier mit mir. Die Einheiten zehn, elf und zwölf bilden die Reserve. Wir zahlen es diesen Schlächtern heim."

In der Zwischenzeit war Hofileschgu mit ihren Einheiten an der Nordmauer angelangt. Während die Truppen die Verteidigungsmaschinen in Position brachten, suchte sie König Sargon auf, der inzwischen wieder auf der Plattform des Nordtors Position bezogen hatte. Der Sturm hatte etwas nachgelassen, aber Wolken verdeckten wie immer den Himmel der Nacht. Aus den Dörfern am Fluss stieg dunkler Rauch auf, wo die Stiere wüteten. Königin Semiramis stand in seiner Nähe an den Zinnen und versuchte, die Hütten zu erspähen, in denen Männer, Frauen und Kinder starben. Der Blick des Königs war jedoch in die andere Richtung zum Gebirge gerichtet. Hofileschgu folgte seinem Blick, konnte aber dort nichts erspähen, was die Aufmerksamkeit wert war.

„Die Stiere sind nur der Anfang", sagte der König nach der Begrüßung. „Addad macht keine Kinderspiele nur zum Erschrecken." Seine Worte holten Semiramis aus den Gedanken. Sie drehte sich um und stellte sich neben ihn. Hofileschgu ging vor ihrer Königin auf die Knie. Mit einer Handbewegung lud sie die Gal-ug der Verteidigungsanlagen ein, ihre Einschätzung zu teilen.

„Was erwartet Ihr, wird geschehen?", fragte Hofileschgu und ließ dabei offen, an wen der beiden Königlichen die Frage gerichtet war. Sargon sprach, aber es war deutlich, dass seine Gedanken auch die ihrer Herrin waren.

„Die Stiere sollen uns ablenken, sodass wir unsere Truppen von den Mauern abziehen", stellte Sargon fest. „Schon bald wird seine Armee aus dem Sandsturm vor dem Tor auftauchen. Genau hier, am Nordtor, erwarte ich den Angriff."

Die Frau sah sich um. „Wo ist Woranola mit ihren Bogenschützen?", fragte sie.

„Ich habe nach ihnen rufen lassen. Sie sollten auf dem Weg hierher sein." Von der Seite ertönte ein Schrei.

„Herrin, dort!", rief eine Wache, die den Blick nach Norden gerichtet hatte. Sargon eilte zu den Zinnen. Er konnte nichts erkennen. Die Menschen aus Subartu hatten bessere Augen.

„Sie kommen", stellte Semiramis fest. Hofileschgu ergänzte. „Ich zähle vier Belagerungstürme. Herrin, wir haben nur drei Verteidigungsmaschinen im Norden. Ich fürchte, mindestens einer der Türme wird die Mauern erreichen."

„Dann sorge dafür, dass es nicht mehr werden", entgegnete ihr Sargon und zog die Schnalle an seinem Helm fest. „Wir kümmern uns um den, der durchkommt." Sie eilte von der Plattform herab zu ihren Einheiten. Wo blieb bloß Woranola?

Urta klopfte ihrem Pferd sanft auf den Hals, um es zu beruhigen. Das Tier witterte die Gefahr, die sie in der Ferne sehen konnte. Ihre Gefährten verfolgten ebenfalls grimmig das Schauspiel, wie die Stiere das Lager der Akkader dem Erdboden gleichmachten.

Dort ist auch Prinz Gusur, dachte sie verzweifelt. *Und wir sind hier draußen und sehen nur zu.* Sie konnten die Muskil erblicken, jene Wunderwesen halb Mensch halb Pferd, von denen die Alten erzählten. Als Kind hatte sie sich schon vor ihnen gefürchtet. Später hatte sie sich damit getröstet, dass diese Wesen wohl nur in Sagen die Steppe beherrschten. Nun sah sie mit eigenen Augen, dass die Sagen wahr waren.

Urta hatte vor ihrem Einsatz noch bei dem Südposten geruht, als das Alarmsignal ertönte. Sofort waren sie gemeinsam von ihrem Posten aufgebrochen. Die Stiere kamen unglaublich schnell heran und hatten ihnen im Nu den Weg zum Lager abgeschnitten. Daraufhin hatten die Jäger kehrtgemacht und waren in die Steppe geeilt, um im weiten Bogen die Herde zu umreiten. Rechtzeitig aber gewahrten sie in einer Staubwolke, die den Stieren folgte: die Armee Addads. Hohe hölzerne Belagerungstürme, von Ochsen gezogen, näherten sich den Mauern Ninives. Gedrungene Kämpfer mit Äxten und Speeren schritten dahinter im fahlen Licht der untergehenden Sonne. Noch nie hatte Urta eine solch große Armee gesehen.

Da hatte man die Reiter bemerkt. Einheiten schneller Speerträger eilten zu dem Hügel, von dem aus sie mit ihren Gefährten das Schauspiel verfolgt hatte. Sie wendeten ihre Pferde, noch bevor die Kämpfer des Donnergottes in Wurfweite kamen, und galoppierten zurück nach Süden in die Nacht. Niemand folgte ihnen. Ihr Angriff galt Ninive. Als sie außer Reichweite waren, hielt Urta ihre Gruppe an.

„Maxima, Telemach, reitet in die Wälder und holt alle Jäger, die ihr finden könnt. Wir sammeln uns an der Stadtmauer südlich des Koshur.“

Am Kasernentor hatten sich inzwischen die beiden Einheiten der Stadthalterin formiert. Sie waren bereit zum Ausfall. Samše stand davor und gab der Šagana ihrer Bogenschützen die letzten Anweisungen.

„Wir bilden eine Phalanx zwischen den Stieren und dem Anlegesteg. Der Steg liegt höher als das Ufer. Ihr bezieht dort mit euren Bogenschützen Stellung. Die Reserve stellt sich auf der Rampe vor dem Tor auf. Gemeinsam mit den Einheiten auf der Mauer fallt ihr den Biestern in den Rücken."

„Dürfen wir Brandpfeile einsetzen?", fragte Zickla. „Durch sie könnten die Stiere in Panik geraten."

„Zu gefährlich", lehnte die Stadthalterin ab. „Die Hütten der Dörfer sind nur aus Stroh. Sie würden vollends niederbrennen." Die frisch ernannte Oberbefehlshaberin wollte erwidern, dass die Hütten bereits verloren wären, hielt es aber für besser, zu schweigen. Woranola war ihr Widerspruch nicht gut bekommen.

Auf ihren Befehl öffneten sich die Stadttore. Samše und die Einheiten stürmten hinaus. Die Bogenschützen folgten ihnen. Von den Hütten rannten ihnen Menschen in wilder Panik entgegen. Samše ließ sie passieren, damit sie die Sicherheit der Stadt erreichten. Sie selbst blieb mit ein paar Bogenschützen vor dem Tor. Indes eilten Zickla und die Bogenschützen zum Anlegesteg. Von den Stieren war in der Dunkelheit und dem dichten Rauch über den Hütten nichts zu sehen. Nur das Beben des Bodens zeugte davon, dass sie nicht weit sein konnten. Ungehindert erreichten sie den Anlegesteg, der unversehrt in den Fluss ragte. Auf den Booten machten sich Ruderer zum Ablegen bereit, um auf der anderen Seite des Flusses in Sicherheit zu gelangen. Zicklas Bogenschützen nahmen Fässer und

Körbe, um ein Bollwerk nach Norden zu errichten, hinter dem sie sich verschanzen konnten.

Dann kamen die Stiere. Es waren große schwarze Tiere. Weit ragten ihre Hörner hervor. Wie eine todbringende Welle strömten sie der Gruppe entgegen. Von den Muskil war aber nichts zu sehen. Zickla signalisierte ihren Bogenschützen zu warten, bis sie das Signal gäbe. Gerade hob sie ihren Arm, als eine Bogenschützin neben ihr zusammenbrach. Zwei Pfeile steckten in ihrem Rücken. Erschreckt fuhr Zickla herum. Von der Südseite kamen die Zentauren herangesprengt. Ihre Pfeile fällten die Soldaten auf dem Steg, noch bevor diese sich umwenden konnten. Im selben Moment war auch die Herde der Stiere heran und wälzte sich über die Einheiten der Stadthalterin auf den hölzernen Steg, der krachend nachgab. Keiner der Soldaten, die ausgerückt waren, kehrte lebend in die Stadt zurück.

Hilflos musste Woranola von der Stadtmauer aus mitansehen, wie die Truppen am Steg abgeschlachtet wurden. Addad hatte den Sturm abklingen lassen, als wollte er ihnen das Grauen zeigen, das er für die Stadt bestimmt hatte. Ihre Pfeile reichten auch von den Mauern nicht ganz bis zum Fluss. Sie erlegten zwar einzelne Stiere, aber was war das wert gegen den Verlust am Ufer?

Sie rief die Stadthalterin mit den Bogenschützen der Reserve von der Rampe vor dem Tor zurück und ließ die Tore sichern. Aus den Hütten kamen keine Menschen mehr. Die Stiere wandten sich nun den Getreidefeldern zu, die südlich der Straße lagen. Woranola schätzte ihre Verluste. Etwa die Hälfte der Soldaten hatte ihr Leben lassen müssen für diesen sinnlosen Ausfall. Trauer und Wut befiel die junge Frau. Sie ertappte sich bei dem Gedanken, Rache zu nehmen und selbst herauszustürmen. Da trat ein Mann zu ihr, den sie noch von den Übungen kannte. Er war schweißbedeckt und zitterte am ganzen Körper. Offensichtlich war er mit aller Kraft eine weite Strecke gerannt.

„Herrin!", begann er. Wie seltsam es klang, diese Anrede wieder so selbstverständlich zu hören, nachdem sie kurz zuvor ihrer Aufgabe entzogen worden war. „König Sargon erfordert Euch und alle Einheiten sofort am Nordtor. Eine Belagerungsarmee ist im Anmarsch." Erschreckt blickte sie über die Dächer der Stadt hinweg zu den fernen Toren im Norden. Signalfeuer waren dort entzündet worden. Rauch brennender Häuser stieg in der Ferne aus der Stadt auf. Der Feind war bereits an den Mauern, und wieder war sie viel zu weit weg, um etwas dagegen unternehmen zu können.

Die Boten unterrichteten Urta von den Vorgängen an den Stadtmauern Ninives. Über sechsunddreißig Jäger waren bereits eingetroffen, und laufend kamen weitere hinzu.

„Die Muskil und ihre Stiere sind jetzt am Südtor", berichtete der Mann. „Sie haben die Dörfer am Fluss verwüstet."

„Was machen die Städter?", wollte Urta wissen.

„Sie konnten die Stiere nicht aufhalten. Ich sah, wie ihre Soldaten am Anlegesteg vollkommen aufgerieben wurden. Auf den Zinnen stehen Bogenschützen, aber die Muskil halten sich außer Reichweite."

„Warum stehen ihre Bogenschützen überhaupt im Süden?", fragte sie erstaunt. „Der Angriff erfolgt doch im Norden."

„Vielleicht haben sie das noch nicht bemerkt", vermutete der Mann. „Ninive ist groß. Es kann dauern, bis die Befehle in den Kasernen ankommen."

„Wir müssen sie warnen", entschied die Jägerin und eilte zu ihrem Pferd. „Wir reiten zum Shamash Tor. Von dort ist es nur ein kurzer Weg durch die Stadt, bis wir bei dem Kasernentor sind. Die Bogenschützen müssen an die Nordmauer oder Ninive ist verloren."

Zufrieden schloss Hofileschgu die Inspektion der Verteidigungsmaschine ab. Sie und auch die anderen im Norden waren bereit. Die Gal-ug hatte klare Anweisungen gegeben, wer welchen Belagerungsturm auszuschalten hatte. Die Angreifer hatten vier Türme aufgeboten. Hofileschgu hatte beschlossen, zunächst den Turm zu ignorieren, der am weitesten im Norden anrückte. Falls der durchkam, konnten sie die Angreifer auf den Mauern in die Enge nehmen. Die Gal-ug selbst übernahm die Steuerung der Maschine zwischen dem Nordtor, durch das Sargon mit seinen Männern in Sicherheit gelangt war, und dem Hallahu Tor, das die äußerste Spitze der nördlichen Stadtmauer bildete. Sie musste den ersten Schuss abgeben, denn dieser Turm kam der Stadt am nächsten. Dieser Schuss musste auf jeden Fall treffen. Ihr Versagen würde die anderen unsicher machen. Noch einmal schätzte die Schützin die Entfernung zum Ziel, dann gab sie das Signal. Der Haltebolzen wurde zurückgezogen und der Balken mit dem Felsen schnellte in die Höhe. In weitem Bogen flog der Brocken über die Mauer sowie die nahenden Truppen und schlug krachend in die Konstruktion des Belagerungsturms ein. Seiner Stützbalken beraubt fiel der meterhohe Turm in sich zusammen. Schreie und Schläge tönten vor den Mauern. Die Soldaten an der Maschine jubelten. Hofileschgu stieß die Luft aus, die sie gespannt angehalten hatte, während der Stein seinem Ziel entgegengeschossen war. Hastig machten sie sich daran, die Maschine neu zu laden, bevor der vierte

Turm herankommen konnte. Hofileschgu wusste aber, dass ihnen dazu nicht genug Zeit blieb. Die Zugleiterin an der Maschine südlich des Nordtors hatte laut gejubelt, nachdem sie den Treffer ihrer Gal-ug gesehen hatte. Nun war die Reihe an ihr. Der Belagerungsturm, welchen sie als Ziel zugeteilt bekommen hatte, näherte sich auf der Straße zum Tor. *Es ist fast eine Beleidigung, sich so bequem an die Stadt heranzumachen*, dachte die Frau. Unzählige Male hatte sie mit Zielen auf der Straße geübt. Sie zweifelte keinen Moment, dass sie den Turm treffen würde. Noch einmal warf sie einen abschätzenden Blick auf ihr Ziel, dann ließ sie kurzentschlossen die Ausrichtung der Maschine noch einmal leicht verändern und gab den Befehl zum Schuss. Der Balken krachte gegen das Gestell und der Felsen flog dem Belagerungsturm auf der Straße entgegen. Zunächst schien es, als würde er sein Ziel knapp verfehlen, dann aber durchschlug er die Wände und Pfeiler an der Südseite des Turms. Die Plattform an der Spitze mit den Bogenschützen neigte sich und stürzte auf die neben dem Turm heranrückenden Truppen. Die Straße war nun für die folgenden Truppen durch die Trümmer versperrt.

Der Zugleiter an der dritten Maschine stellte befriedigt fest, dass die beiden anderen ihre Ziele zerstört hatten. Er war der einzige Mann unter den Offizieren und hatte die schwerste Aufgabe von allen. Seine Maschine stand am Nergal Tor, weit weg von den Angreifern. Er musste sein Ziel dicht an die Mauern heranlassen, um es mit dem Felsen erreichen zu können. Die Bogenschützen vom Turm waren schon lange in Reichweite und schossen mit brennenden Pfeilen auf die Stadt, während er die letzte Ausrichtung vornahm.

„Jetzt!", rief er den Befehl zum Abschuss. Summ betete er zu Ischtar, richtig gezielt zu haben. Der Felsen flog die Mauern entlang auf sein Ziel zu. Er traf den Belagerungsturm an den Rädern kurz vor dem Boden. Der Aufschlag war stark genug, die Schildplatten zu durchschlagen und einige Stützen zu durchtrennen. Der Turm kippte zur Seite und schlug im Wüstensand auf, eine Staubwolke aufwirbelnd. Wütende Schreie ertönten von den Feldern vor der Stadt. Die Frauen und Männer an den Maschinen lagen sich jubelnd in den Armen. Aber ein anderer Turm im Norden bewegte sich immer noch unbehelligt auf die Stadt zu.

Zwanzigstes Kapitel: Die Mauern fallen

Nach dem zweiten Versuch gab Hofileschgu es auf, die Maschine erneut schussbereit zu machen. Es dauerte einfach zu lange. Der Anführer an dem verbleibenden Turm schien zu wissen, dass die Verteidigungswaffen Ninives nicht mehr rechtzeitig einsetzbar sein würden. Er steuerte ihn etwas weiter südlich, um genau die Stelle an der Mauer zu erreichen, die ihm für den Angriff am besten geeignet schien. Die Offizierin blickte nach Süden in der Hoffnung, dort endlich Woranola und ihre Bogenschützen zu erspähen. Da fiel ihr Blick auf die Verteidigungsmaschine an der Ostmauer, etwa dreihundert Meter weiter südlich. Schlagartig wusste sie, wie sie den Turm noch aufhalten konnte. Ohne zu zögern, sprang sie vom Gerüst und befahl ihrer Einheit, ihr zu folgen. Sie eilten entlang der Mauern, stets Dekkung zwischen den Zinnen suchend, während bereits Pfeile über sie hinwegflogen. Die Einheit war nicht besetzt worden, da von dieser Seite kein Angriff gedroht hatte. Gemeinsam drehten sie das schwere Gestell und richteten die Maschine nach Nordwesten aus, auf die Mauer zielend, hinter der sich der Turm näherte.

„Herrin", flüsterte eine der Frauen neben ihr. Sie diente bereits sehr lange und hatte erraten, was ihre Vorgesetzte vorhatte. „Ich hoffe, Ihr wisst, was Ihr tut. Die Distanz ist viel zu groß. Wir werden von hier sehr wahrscheinlich nicht den Turm, sondern die Mauer treffen." Hofileschgu nickte grimmig und erwiderte: „Nicht, wenn wir das Gewicht verringern. Schlag ein Stück von dem Felsen ab, um ihn um ein Viertel zu verkleinern. Das sollte reichen." Die Frau hatte verstanden und machte sich sofort an die Arbeit. Hofileschgu wusste, dass sie sich auf sie verlassen konnte. Gemeinsam stemmten die Frauen den bearbeiteten Felsen auf die Wurfpfanne. Die Gal-ug schätzte die Entfernung. Der Turm näherte sich stetig der Mauer. Auf der Spitze machten sich bereits Krieger bereit, eine Falltür auf die Zinnen zu schlagen.

„Mit Ischtar, jetzt!", rief die Gal-ug. Der Felsen wurde von der Maschine emporgeschleudert und flog mit großer Geschwindigkeit der Mauer entgegen. Wie um Haaresbreite überflog er die Zinnen, durchschlug das sich öffnende Falltor und drang tief in den Turm ein. Auch mit geringerer Größe hatte die Waffe nichts von ihrem Effekt verloren. Stützpfeiler knickten ein und auch dieser Turm erreichte sein Ziel nicht.

Von seinem Aussichtspunkt über dem Stadttor verfolgte Sargon die Verteidigung mit wachsender Zuversicht. Die Durchschlagskraft der Verteidigungsmaschinen und die Fertigkeit ihrer Einheiten beeindruckten den König von Akkad. Nach dem Verlust ihres letzten Turmes hatten sich die Angreifer von der Mauer zurückgezogen. Sie machten sich daran, die Straße zum Nordtor von den Trümmern freizumachen, um den Weg für den folgenden Rammbock zu ebnen. *Wo bleiben nur die Bogenschützen?*, dachte Sargon. *Woranola müsste schon längst hier sein.*

Auf den Feldern hinter den belagernden Truppen erschienen neue Fahrzeuge. Sie waren etwas kleiner als die Belagerungstürme, ein jedes hatte einen runden Turm auf dem Dach und trug eine große eiserne Stange voran, die im Takt der Schritte pendelte. Ein schweres metallenes Gewicht ragte an deren Spitze in Richtung der Mauern. „Das sind Breschenpanzer", stellte Semiramis grimmig fest. „Addad wusste, dass unsere Maschinen nicht schnell nachgeladen werden können. Die Belagerungstürme haben ihnen den Weg frei gemacht, damit sie die Mauern einreißen können." Hilflos mussten die Verteidiger Ninives mitansehen, wie sich die mächtigen Panzer ungestört den Mauern näherten.

Urta und ihre Jäger passierten zur selben Zeit das Stadttor und galoppierten die lange Straße herunter zum Kasernentor. Niemand hielt sie auf. Die Bürger kannten die Jäger gut von den Wettkämpfen, die jede Woche zu Ehren der Annuit durchgeführt worden waren. Urta und ihr unübertreffliches Pferd waren mittlerweile in ganz Ninive berühmt. Die Menschen machten Platz, wenn sie das Geräusch der Hufe vernahmen. Urta erreichte das Kasernentor sprang vom Pferd und die Stufen hinauf zu der Plattform, auf welcher sie die Zugführer der Bogenschützen vermutete. Während sie die letzten Stufen nahm, erblickte sie Woranola, die gerade nach Norden sah, wo der Angriff erfolgte.

Die junge Gal-ug fuhr herum, als sie die schnellen Schritte von der Treppe vernahm. Sie kannte die berühmte Jägerin. Prinz Gusur hatten sie nach dem ersten Wettkampf miteinander bekannt gemacht. Anstelle einer Begrüßung rief Urta:

„Addad greift an! Ihr müsst sofort zum Nordtor!"

Woranola nickte. „Eben bekam ich die gleiche Nachricht von König Sargon. Addad hat uns überlistet. Er wollte, dass die Stiere unsere Bogenschützen im Süden der Stadt binden."

„Wie schnell könnt Ihr am Nordtor sein?"

„Wenn alles gut geht, können wir in einer halben Stunde dort ankommen."

„Auch wenn die Straßen verstopft sind?", fragte die Jägerin. „Auf der Straße des Gerberbrunnens ist kein Durchkommen. Die Menschen fliehen in den Südteil der Stadt." Woranola überlegte.

„Wir können die Straße umgehen, doch damit verlieren wir Zeit." Senezons Erfahrung war ihnen noch als warnendes Beispiel in Erinnerung geblieben. Die Jägerin blickte nach Norden, wo der Rauch brennender Häuser immer dichter wurde. Dabei fiel ihr Blick auf die Stadtmauer.

„Ist der Wehrgang überall so breit wie hier?", fragte sie.

„Ja, das ist er", antwortete die Gal-ug zögerlich. „Es ist aber ein Umweg, wenn wir den Wehrgang nehmen."

„Dafür ist er frei", entgegnete die Jägerin.

„Trotzdem! Wir werden über eine Stunde brauchen, um von hier das Nergal Tor zu erreichen. Und die Schlacht findet noch weiter im Norden statt."

„Nicht, wenn wir die Pferde nehmen", entgegnete die Jägerin. „Teilt eure Leute in zwei Gruppen. Wir haben über 36 Reiter. Jede von uns kann eine von euch mitnehmen. Eine Gruppe reitet die Westmauer entlang, die andere nimmt vom Shamash Tor die Ostmauer. Sobald wir die ersten abgesetzt haben, holen wir die anderen. Los jetzt!" Gemeinsam eilten sie die Treppenstufen hinab zum Wehrgang.

Laut dröhnten die Schläge der Breschenpanzer gegen die Mauer. Die wenigen Bogenschützen auf der Mauer konnten den mächtigen Gefährten nichts anhaben. Immer wieder wurde der Stab mit dem eisernen Gewicht an der Spitze zurückgezogen und dann mit großer Gewalt gegen die Mauer geschleudert. Am Nordtor hatte auch der Rammbock sein Ziel erreicht und warf sich gegen die Hölzer des Stadttors. Drinnen hatte Sargon seine verbleibenden Soldaten in drei Gruppen eingeteilt, um sich den Feinden zu stellen, sobald die Mauern fallen würden. Senezon stand mit seinen Einheiten südlich des Tors, Ezira und die Speerkämpfer erwarteten die Reiter am Stadttor. Der König selbst führte die Verteidiger im Norden an, dort, wo die größte Streitmacht zu erwarten war. Semiramis hatte ebenfalls eine Rüstung angelegt und stand gewappnet mit Schwert und Schild neben dem König von Akkad. Hinter ihr stieg beißender Rauch von Häusern auf. Er sprach zu ihr:

„Einst wurde mir prophezeit, ich würde dir auf dem Schlachtfeld begegnen. Damals dachte ich allerdings, dass wir gegeneinander und nicht miteinander kämpfen würden."

„Orakel sind meist schwer zu deuten, aber sie sind immer wahr, Sargon." Sie reichte ihm die Hand. Er nahm sie in seine und sprach:

„Du bist eine beeindruckende Frau und eine weise Königin. Es war mir eine Ehre, deine Truppen anzuführen."

Sie lächelte ihn an und in ihren Augen sah er wieder die Tiefe des nächtlichen Himmels glänzen.

„Wir sind noch nicht am Ende, Sargon. Addad irrte sich, als er dachte, er könnte uns gegeneinander ausspielen. Und jetzt soll er sich erneut irren, wenn er Ninive für wehrlos hält."

Mit einem berstenden Laut durchdrang das metallene Rohr des Brechenpanzers die Stadtmauer. Große Ziegelbrocken fielen herab. Im Wehrgang hoch oben bildete sich ein Krater, der weitere Stücke der Mauer mit sich riss. Von draußen ertönten Jubelrufe. Sargon stellte sich in die Mitte seiner Truppen gegenüber der Stelle, an welcher die Mauer in sich zusammenstürzte. Immer neue Stücke wurden herausgebrochen, bis eine Breche entstand, die etwa drei Meter breit war. Ein Kämpfer mit Hörnerhelm und mit einem zotteligen Fell bekleidet erschien in der Öffnung. Hoch schwenkte er seine Axt und schrie seinen Kampfruf in die Stadt. Hunderte Kehlen hinter ihm antworteten auf seinen Ruf. Die Mauern bebten förmlich. Sargon packte sein Schwert fester und stürmte auf die Bresche zu. Semiramis und ihre Soldaten folgten ihm. Da vernahm der König aus der Ferne einen pfeifenden Ton, der immer lauter wurde. Sargon kannte nur eine Person, deren Pfeile diesen Ton sangen.

Nintinugga?, dachte der König verwirrt. *Ihr Götter, spielt ihr schon mit meinen Sinnen? Träume ich etwa?* Das Pfeifen wurde immer lauter, bis es mit einem Mal verstummte. Der Kämpfer mit dem Hörnerhelm zuckte zusammen und stürzte kopfüber aus der Maueröffnung in die Stadt. Ein Pfeil ragte ihm aus dem Genick. Auf einer Anhöhe weit hinter den Angreifern stand eine schlanke Gestalt auf einem Streitwagen. Ihren Bogen hielt sie hoch erhoben. Der Wagenlenker neben ihr hielt die Pferde still. Weitere Streitwagen erschienen auf beiden Seiten, bis sie die gesamte Anhöhe vor der Stadt überspannten. Die Armee aus Mari hatte Ninive erreicht.

Es hatte einige Mühen gekostet, die Pferde über die langen Treppen auf den Wehrgang zu führen. Doch nun galoppierten sie gen Norden, auf den langen Mauern. Woranola hielt sich mit beiden Armen an Urta fest, die ihr Pferd zu wildem Galopp antrieb. Von Zeit zu Zeit stieß die Jägerin in ihr Horn, um die Posten auseinanderzutreiben, die in ihrem Weg standen. Nachdem sie das Mashki Tor passiert hatten, sahen sie nun deutlich vor sich die Rauchschwaden aus der Stadt aufsteigen. Der Angriff konzentrierte sich auf die Mauer zwischen den drei Nordtoren.

„Bring uns zum Nergal Tor!", befahl Woranola der Jägerin. Die Frau nickte.

Sie bogen um die Ecke auf den Wehrgang der Nordmauer. Nun sah Woranola erstmals die angreifenden Truppen. Das Ausmaß verschlug ihr schier den Atem. Noch nie war Ninive von einer solch starken Armee angegriffen worden. Die Bodentruppen der Stadt wären auf offenem Feld hoffnungslos unterlegen. *Wir sind nicht auf offenem Feld*, dachte die Gal-ug grimmig. Endlich erreichten sie die Türme am Nergal Tor. Woranola sprang vom Pferd und eilte die Treppen zur Plattform des Nordturms empor. Ihre Einheit folgte. Urta und die anderen Jäger eilten bereits wieder zurück nach Süden, um die nächsten Kämpferinnen abzuholen.

Über die engen Treppen sprang die junge Frau hinauf, zwei Stufen auf einmal nehmend. Auf der Plattform angekommen zwang sie sich zu langsamen Schritten, um ihren Puls wieder unter Kontrolle zu bekommen. Drei Bogenschützen waren bereits auf den Zinnen und begrüßten die Verstärkung mit freudigen Rufen. Woranola blickte auf die Mauer herab, die zum nächsten Tor führte. Ein Breschenpanzer stand in unmittelbarer Nähe zum Tor. Das schwere Stemmeisen schlug immer wieder auf das Mauerwerk ein. Schon bildeten sich Risse auf dem Wehrgang. Hinter der Mauer erblickte Woranola einige Einheiten der Stadt. Senezon führte die Truppe an. Die junge Frau erkannte seinen Gang und seine Körperhaltung sofort. *Addads Truppen werden sich wundern, wenn sie glauben, mit den Mauern alle Hindernisse überwunden zu haben,* dachte sie. Aber dazu wollte sie es gar nicht erst kommen lassen. Ihre Soldaten hatten bereits ein Feuer entfacht, um Brandpfeile einzusetzen.

„Konzentriert euch auf den Breschenpanzer. Ohne den kommen sie nicht durch." Ein Pfeilhagel ging auf das schwere Fahrzeug nieder. Der Wagen war aber mit schweren Platten verstärkt. Die Pfeile prallten ab oder blieben wirkungslos in der Verschalung hängen. Umgekehrt bemerkten die Angreifer nun die neue Gefahr, die ihnen vom Turm drohte. Wellen aus Pfeilen gingen auf die Plattform nieder und zwangen Woranola und ihre Gefährten, Deckung zu suchen. Ohne Unterlass schlug das Stemmeisen des Bergepanzers auf die Stadtmauer ein. Mit einem Krachen löste sich schließlich ein Mauerstück des Wehrgangs und fiel nieder. Der Panzer vergrößerte die Breche methodisch, ohne sich von dem Pfeilhagel ablenken zu lassen, der auf ihn niederging. Schließlich war die Breche breit genug, und der schwere Wagen wurde zurückgezogen, um den nachrückenden Truppen den Weg freizumachen. Augenblicklich wechselten die Bogenschützen ihre Munition und nahmen nun die Truppen ins Visier, die, von großen Schilden geschützt, zur Breche in der Mauer voranrückten. Unten hatte Senezon bereits den stärkeren Beschuss vom Turm bemerkt. Dankbar winkte er zu Woranola hinauf. Sobald die Breschenpanzer zurückgezogen worden waren, stürmte er mit seiner Einheit in die entstandene Lücke, um dort die Angreifer abzufangen. Die Soldaten Ninives bildeten eine Mauer aus Schilden und Schwertern, wie sie es von ihm gelernt hatten. Nun zahlten sich die unzähligen Übungen aus, die der gedrungene Kämpfer aus Akkad ihnen abverlangt hatte. Niemand sprang aus der Reihe oder wich von seinem Platz. Jede deckte die Kämpferin neben sich, und wenn jemand getroffen zu Boden ging, nahm eine andere sofort deren Stellung ein. Woranolas Bogenschützen wiederum konzentrierten ihren Beschuss auf die Reihen unmittelbar vor den Verteidigern, um die Schilde der Angreifer nach oben zu lenken und diese so den Bodentruppen Senezons auszusetzen. Die fallenden Angreifer behinderten die nachfolgenden Truppen. Der Angriff kam so fast zum Stillstand. Aber es standen noch viele Truppen vor Ninive. Irgendwann würden sie auch den letzten Verteidiger überwunden haben. *Nicht, solange ich noch lebe*, dachte Woranola. Eine weitere Einheit von Bogenschützen traf ein. Neue Pfeile wurden ihnen gereicht. Unten färbte sich der Boden rot vom Blut der gefallenen Soldaten.

Eziras Einheit hatte dem Rammbock am Stadttor keine Bogenschützen entgegenzusetzen. Hilflos mussten die Verteidiger mitansehen, wie der Rammbock immer wieder gegen die hölzernen Tore gestoßen wurde. Vor der Stadt warteten bereits die Reiter Addads darauf, in Ninive einzufallen. *Ob sie wieder die Stiere einsetzen?*, fragte er sich. Ein erneuter Schlag riss ihn aus seinen Gedanken. Der Sport des Rammbocks hatte das Tor durchschlagen und ragte nun drohend durch das klaffende Loch in den Balken in die Stadt. Weitere Stöße zerschlugen das Holztor vollends. Ezira verzichtete darauf, seinen Speer gegen den Rammbock zu schleudern. Einfache Speere würden der mit Metall verstärkten Verschalung nichts anhaben können. Sobald der Rammbock zurückgezogen worden war, füllten seine Soldaten sofort die entstandene Lücke. Pfeile gingen wie Regen auf die Verteidiger nieder. Sie trafen die großen Schilde, zwischen denen nur die Speere herausragten. Da griffen die Reiter an. Die Krieger Addads trieben ihre Pferde auf die Mauer von Schilden und Speeren zu. Schreie, Wiehern und Schläge, wo Eisen auf Eisen traf, hallten durch die Nacht. Immer wieder stürmten die Reiter Addads gegen die Soldaten Ninives an, die tapfer standhielten. Ezira beobachtete, wie seine Gruppe von Verteidigern immer kleiner wurde, während ohne Unterlass neue Reiter vor dem Tor erschienen.

Mit einem Mal aber brach der Angriff ab. Pfeile gingen weiterhin auf die Soldaten nieder, aber keine Reiter stürmten mehr heran. Ezira war zu misstrauisch, als dass er an das Ende der Schlacht glauben wollte. Da rief ein Mann vom Turm über dem Tor:

„Šagana Ezira, wir bekommen Hilfe aus den Bergen!"

Augenblicklich verließ der General seinen Platz am Tor und stieg auf die Aussichtsplattform, auf welcher der Mann aufgeregt nach Nordwesten deutete. Auf der Anhöhe hinter den Angreifern konnte der Šagana eine lange Reihe von Streitwagen erblicken. Ezira erkannte, dass auch die Angreifer die eingetroffenen Truppen bemerkt hatten und sich neu formatierten. Die Reiter vor dem Tor nahmen Stellung an den Flanken ein. Auch der Angriff im Norden des Tores, wo sein König und Semiramis die Verteidigung befehligten, war zum Stillstand gekommen. Senezon schien die Situation an der Stadtmauer im Westen des Tors unter Kontrolle zu haben. Ezira bemerkte zudem die Bogenschützen auf den Türmen des Nergal Tors. Weitere Bogenschützen erschienen gerade bei seinen Truppen und eilten in die Türme, um die Schießscharten zu besetzten.

„Haltet die Stellung und achtet mir auf die Pfeile!", rief er nach unten. „Die Handwerker sollen jetzt das neue Tor anbringen!"

Von der Anhöhe beobachtete Nintinugga, dass die Angreifer von den Mauern abließen und sich ihnen zuwandten. Sanherib lächelte ihr zu.

„Wenn es dir je an Aufmerksamkeit gemangelt hat, so sollte dieser Durst nun gestillt sein, mein Herz."

„Schön, dass dich meine Wünsche so beschäftigen. Deine Blicke sind mir aber lieber als das, was da von unten auf uns zukommt."

Vor mehr als einer Woche hatten sie Mari verlassen, um ihrem König in Ninive zu Hilfe zu kommen. Zunächst waren sie dem Flusslauf weiter aufwärts gefolgt, entlang dem Chabur bis zu der alten Stadt Chagar Bazar, die im Grenzgebiet zu Semiramis' Reich lag. Nur noch wenige Menschen lebten in der einst so großen Stadt. Die Reisenden konnten aber dort ihre Vorräte auffüllen, um die Etappe durch die Wüste bis zum Tigris anzutreten. Nach zwei Tagen hatten sie den Fluss erreicht und bei Tarbisu übergesetzt. Die Menschen dort waren panisch aus ihren Häusern geflüchtet, als sie das Heer der Wüstenkämpfer gesehen hatten. Sanherib war es schließlich gelungen, sie davon zu überzeugen, dass sie auf dem Weg waren, Ninive beizustehen.

Pferde und Soldaten hatten die Gelegenheit genutzt, sich zu stärken, bevor sie weiter nach Ninive gezogen waren. Um künftige Zwischenfälle zu vermeiden, hatte ihm die Stadthalterin von Tarbisu eine Standarte mit dem Wappen der Ischtar überreicht, die er an seinem Wagen befestigt hatte. Diese Standarte flatterte nun im Wind, als sich die Truppen Addads vor ihnen formierten. Eine Phalanx aus Speerkämpfern bildete die Vorhut, die sich den Streitwagen auf dem Hügel näherten. Dahinter machten sich die Bogenschützen bereit. Die Reiterei war auf dem Weg, die Flügel zu decken. Nintinugga wollte gerade das Zeichen zum Angriff geben, als ein Felsen über die Stadtmauer geflogen kam und auf die Truppen niederfuhr. Ein zweiter und ein dritter folgten und rissen Löcher in die vorrückenden Reihen der Speerkämpfer. Hofileschgu war es nach vielen Versuchen endlich gelungen, die Verteidigungsmaschinen Ninives zum zweiten Schlag gegen die Angreifer vorzubereiten.

„Jetzt oder nie!", rief die Bogenschützin und gab das Zeichen zum Angriff. „Für Marduk und Ischtar!" Sanherib trieb die Pferde mit der Peitsche an. Wie eine Flutwelle donnerten die Streitwagen aus Mari den Hügel hinab. Die Anführer der Speerkämpfer bemühten sich noch, die Ordnung wiederherzustellen, da waren die Streitwagen bereits heran und über sie hinweg. Die Kämpfer Maris trieben ihre Wagen durch die angreifenden Truppen und teilten diese entzwei. Schreie, brechende Hölzer und Schläge von Eisen auf Eisen vermischten sich mit dem Wiehern der Pferde und Rumpeln der Wagen. Die Bogenschützen versuchten verzweifelt, ihre Ziele zu finden, die durch die Reihen brachen, um schließlich vor den Stadtmauern zu wenden. Vom Turm über dem Stadttor aus sah Sargon, wie sich die Lage zu ihren Gunsten wendete. Nun war es Zeit, die Streitwagen zu unterstützen.

„Ezira!", rief er nach unten. „Du und Senezon, nehmt eure Einheiten und stoßt in der Mitte vor. Die Streitwagen decken die Flanken." Der Angesprochene winkte als Zeichen, dass er verstanden hatte. Das behelfsmäßige Tor wurde zur Seite geschoben und die Truppen rückten aus. Sanherib sah die Bewegung am Stadttor und lenkte seinen Wagen zu dem Šagana an der Spitze der Truppen Ninives. Ezira erkannte die beiden sofort. Er strahlte.

„Deckt ihr uns die Flanken, während wir durch die Mitte stoßen!", wies er sie an. „Wir haben nur noch neun Einheiten übrig. Haltet uns vor allem die Reiterei vom Leib." Nintinugga signalisierte, dass sie ihn verstanden hatte. Sanherib wendete den Wagen, um die Befehle an die anderen Streitwagen weiterzugeben. Vom Ufer näherte sich eine neue Gefahr. Die Muskil waren zurückgekehrt. Staub wirbelte auf, als sie durch die Trümmer der Hütten am Fluss galoppierten. Ihrem Anführer war aufgefallen, dass die Bogenschützen Ninives von den Stadtmauern im Süden abgezogen worden waren. Er schloss richtig, dass sie den Truppen im Norden zu Hilfe kamen, und zog nach. Sie kamen zwar zu spät, um den Sturm der Streitwagen durch die Truppen zu verhindern, formierten sich aber nun, um die verbleibenden Einheiten von der Flussseite gegen die Verteidiger Ninives und ihre Helfer anzuführen. Die Präsenz der sagenhaften Gestalten gab den Kämpfern Addads neuen Mut. Entschlossen warfen sie sich gegen die Bodentruppen Ninives, die sich tapfer wehrten. Die Muskil konzentrierten ihr Feuer auf die Streitwagen und bewiesen dabei ihre Meisterhaftigkeit, für die sie berüchtigt waren. Jeder Pfeil traf und holte einen

Lenker vom Wagen, der dann herrenlos in die eigenen Reihen raste. Sanherib, der seinen Wagen etwas abseits hielt, um den Überblick zu behalten, musste sich neu orientieren.

Da wurde er einer Bewegung auf der Straße nach Norden gewahr. Staub stieg dort auf, von vielen Stiefeln aufgeworfen, die sich im Gleichschritt der Stadt näherten. Neue Truppen rückten gegen Ninive. Kurzentschlossen lenkte er seinen Wagen den Neuankömmlingen entgegen. Als sie näherkamen, erkannte der Subartuner ein vertrautes Wappen auf den Standarten: den Adlerkopf der Stadt Nemrik. Er hob zum Zeichen das Banner der Ischtar und lenkte ihren Wagen zu den Anführern, die den Truppen voranritten. Die Stadthalterin führte ihre Gal-ug persönlich an. Sie erkannte Sanherib auf dem Wagen der Akkader. Er grüßte:

„Nadot-kil, Herrin von Nemrik! Ischtar sei Dank, Ihr kommt gerade recht. Ninive und unsere Königin sind in großer Gefahr."

Sie erwiderte seinen Gruß.

„So haben sich die Befürchtungen unserer Herrin erfüllt. Kommt an meine Seite und erläutert mir die Lage, während wir weiter vorrücken." Zu den Truppen ihrer Stadt rief sie:

„Tapfere Frauen und Männer Nemriks, dies ist euer Tag. Zeigt Addad, was es heißt, unsere Göttin Ischtar herauszufordern. Für Ninive!" Die letzten Worte rief sie laut den Soldaten hinterher.

Die frischen Truppen stürmten die Straße entlang und stürzten sich auf die Kämpfer Addads, die nun von mehreren Seiten bedrängt wurden. Bogenschützen beschossen sie von den Stadtmauern mit Brandpfeilen, was zum weiterem Chaos beitrug. Unzählige Muskil fanden den Tod. Der Anführer der Einheiten Addads erkannte die Aussichtslosigkeit ihrer Lage und gab das Zeichen zum Rückzug. Die Soldaten Nemriks setzten den Flüchtenden nach, die weiterhin von den Mauern unter Beschuss genommen wurden. Nur wenige von denen, die ausgezogen waren, um für ihren Gott Addad Ninive einzunehmen, verließen das Schlachtfeld lebend. Die aufgehende Sonne Marduks beschien ein Feld vor der Stadt, welches mit Leichen übersät war. Ninive hatte – mithilfe ihrer neuen Waffenbrüder – auch diesem Ansturm standgehalten.

Während sich die Ärzte um die Verletzten kümmerten, suchte Sargon seine Offiziere auf. Senezon war von Kopf bis Fuß mit Blut bedeckt. Er selbst aber hatte nur leichte Verletzungen davongetragen. Ezira war wegen seiner umsichtigen Art auch dieses Mal unversehrt geblieben, wie auch Nintinugga. Der König stellte insgeheim die vertrauten Blicke fest, welche die junge Frau mit ihrem Wagenlenker aus Subartu tauschte. Er ahnte, dass ihr Leben einen neuen Platz gefunden hatte, und wunderte sich über sich selbst, weil er einen Schmerz des Abschieds in sich aufsteigen fühlte. Dieser Schmerz wurde sofort von einem größeren überlagert, als man ihm Gusurs Leiche brachte. Ein Horn war dem Jungen durch die Brust mitten ins Herz gestoßen worden. Dem König versagten bei dem Anblick die Knie. Tränen füllten seine Augen. Seine Ohren vernahmen nicht das Geräusch der Pferdehufe, als Urta mit den Jägern der Annit erschienen. Sie knieten vor dem Mann, der als Fremder zu ihnen gekommen und als Freund von ihnen geschieden war. Schließlich war es Ezira, der seinem Herrn aufhalf. Die Leiche des Prinzen von Akkad wurde auf einen Wagen gehoben, um sie in die Stadt zu führen, die er mit seinem Leben verteidigt hatte.

Einundwanzigstes Kapitel: Der Abschied

In der großen Kammer der Stadt hielt Königin Semiramis Rat. Sie hatte seit dem Angriff keine Ruhe finden können. Ihr Kopf schmerzte von der Anstrengung,
allen Anfragen aufmerksam zu folgen. Stadthalterin
Samše hielt sich etwas abseits. Nach der misslungenen
Verteidigung des Händlerstegs lasteten schwere Vor-
würfe auf ihr. Woranola hatte der Königin berichtet,
dass die Stadthalterin sich während der Kämpfe über
die Kommandowege hinweggesetzt hätte. Bis zu einer
vollständigen Aufklärung hatte Königin Semiramis die
Stadthalterin von ihren Aufgaben entbunden. Ein Ge-
richt sollte über ihre Zukunft bestimmen.

Schließlich waren die dringendsten Aufgaben ver-
teilt und Semiramis konnte sich der Delegation aus
Nemrik widmen.

„Ich danke Euch, Nadot-kil, dass Ihr es selbst auf
Euch genommen habt, die Truppen nach Ninive zu
führen. Durch Eure Hilfe konnten wir den Sieg errin-
gen." Die Angesprochene verneigte sich dankbar.

„Doch frage ich mich", fuhr die Königin fort, „warum Ihr erst so spät eingetroffen seid. Mein Bote hätte
Euch bereits vor zwei Wochen alarmieren sollen."

„Herrin, Euer Bote hat Nemrik nie erreicht. Man
fand ihre Leiche unter Steinen nahe einem Dorf." Mit
diesen Worten reichte sie Semiramis die Kette mit der
Medaille der Ischtar. Die Stadthalterin fuhr fort.

„Ein Schäfer wurde durch seinen Hund auf die Stelle aufmerksam, an welcher die Leiche versteckt war.

Die Botin hatte einen Pfeil im Rücken. In ihren Taschen fand er Eure Tontafel. Wir brachen sofort auf, als wir die Nachricht erhielten."

Semiramis war fassungslos. Wer würde einen solchen Frevel begehen, eine Botin der Ischtar umzubringen, fragte sie sich.

„Wir glauben nicht, dass es Räuber waren", fuhr Nadot-kil fort. „Ihren Beutel mit Geld trug sie noch bei sich." Damit hielt sie einen ledernen Beutel hoch.

Semiramis schaute zu der Stadthalterin, die heute auffällig still dem Geschehen folgte. Samše hielt ihrem Blick stand und zeigte keine Regung. *Steckst du dahinter?*, dachte die Königin bestürzt. *Bist du sogar zu Mord an deinen eigenen Bürgern fähig?* Die Stadthalterin schien ihre Gedanken zu lesen. Sie sprach:

„Die Straße nach Nemrik war schon immer gefährlich wegen der Räuberbanden. Zudem hatte Addad es sicher geahnt, dass Ninive um Hilfe rufen würde, und seine Spione ausgeschickt. Es war ein Fehler, den Boten nicht mit einem Geleitschutz zu versehen."

Semiramis musterte die Stadthalterin, aber sie sagte nichts. Sie ahnte, dass diese Frau etwas zu verbergen hatte. Doch das musste nun warten. Es gab Dringenderes zu entscheiden.

König Sargon stand währenddessen wortlos neben dem Thron und blickte ins Leere. Er nahm keinen Anteil mehr an den Geschehnissen um Ninive. Semiramis ahnte, dass er lieber allein mit seiner Trauer sein wollte, doch dafür war jetzt nicht die Zeit. Sie mussten eine wichtige Entscheidung treffen. Neben ihm waren auch alle Offiziere anwesend, welche die Schlacht um Ninive geführt hatten. Nintinugga und Sanherib hielten sich etwas abseits, als wollten sie nicht die Aufmerksamkeit der anderen auf sich ziehen. Semiramis richtete das Wort an sie alle:

„Unsere Boten haben bestätigt, dass die Schlacht geschlagen ist. Die Soldaten Addads sind gefallen oder in die Wüste geflohen. Selbst wenn wir sie nicht alle finden konnten, sollten auch die Muskil ihr Leben gelassen haben. Addad hat nun keine Truppen mehr, mit denen er die Menschen terrorisieren kann."

„Und auch keine mehr, um sich gegen einen Angriff zu wehren", ergänzte Senezon grimmig. „Wir haben noch eine Rechnung mit ihm zu begleichen. Er soll für den Angriff zahlen."

„Du willst das Kämpfen weiterführen, Senezon?", fragte Semiramis, obgleich sie seine Antwort kannte. „Sind nicht schon genug Menschen gefallen?" Der Angesprochene schüttelte energisch seine Axt.

„Menschen, ja. Aber das Übel ist noch nicht beseitigt. Wenn wir ihn jetzt ungeschoren lassen, wird er sich erneut erheben. Addad muss unschädlich gemacht werden, ein für alle Mal."

Semiramis wandte sich an Sargon. „Sargon, was denkst du?", fragte sie vorsichtig. Er schien mit seinen Gedanken woanders zu sein. Zwischen zusammengebissenen Zähnen presste er hervor: „Lass ihn zahlen! Er hat die Götter viel zu lange verhöhnt. Nun ist unsere Zeit, es ihm heimzuzahlen!"

Rache, dachte Semiramis. *Ist es das, was du willst? Das wird deinen Sohn nicht wieder zum Leben erwecken. Wir haben so viel erreicht, Sargon. Willst du das alles aufs Spiel setzen, nur um Rache zu nehmen?* Sie wandte sich an die Stadthalterin, die mit ihren Truppen Ninive zu Hilfe gekommen war. „Was denkt Ihr?"

Nadot-kil war noch feurig erregt von dem Sieg vor den Mauern. Sie rief aus: „Herrin, lasst uns angreifen!

Wir zeigen Addad, was es heißt, Ischtar und ihr Volk herauszufordern. Er wird fallen."

„Hofileschgu? Was denkt Ihr?", wandte sie sich an die erfahrenste Offizierin der Truppen Ninives. Die Angesprochene nickte zustimmend.

„Hoheit, ich danke Euch, dass Ihr mich fragt. Es ist an der Zeit. Wir können den Krieg in sein Reich tragen und dort dem Übel ein Ende bereiten. Auch ich bin für einen Angriff."

„Sanherib?", fragte die Königin den jungen Mann, der so viele Jahre ihre treue Hilfe war und nun an der Seite einer anderen Frau stand. Semiramis spürte Abschiedsschmerz, wenn sie die beiden zusammen sah. Der Angesprochene verneigte sich und sagte.

„Meine Meinung ist nicht wichtig, Herrin. Entscheidet und ich werde folgen." Sie blieb hartnäckig. „Ob wichtig oder nicht, ich will deine Meinung hören." Ohne zu zögern, antwortete er:

„Šagana Senezon hat recht. Wir müssen Addad angreifen, und zwar jetzt." Nachdenklich wanderte ihr Blick von ihrem Vertrauten zu der jungen Frau an seiner Seite. *Auch du, Sanherib*, dachte sie traurig. *Du hast gerade erst begonnen, die Liebe kennenzulernen. Willst Du dein Glück so schnell wieder aufs Spiel setzen?*

Sie ließ ihren Blick in die Runde schweifen. Fast alle wollten sie den Angriff mit unbekanntem Ausgang. Nur die Stadthalterin verweigerte sich jeder Aussage. Hatten sie vergessen, dass Addad von göttlicher Herkunft war? Das Gebirge war sein Reich. Noch nie war er dort herausgefordert worden. Wussten sie denn sicher, dass er keine Truppen mehr hatte und nicht bereits darauf wartete, sie in eine Falle zu locken? Während Semiramis zögerte, hörte sie Sargon nachdrücklich sprechen.

„Addad wird diesen Tag nicht vergessen, Semiramis. Wenn du die Gefahr für dein Volk beseitigen willst, muss es jetzt sein."

Sie blickte ihn an und dachte bei sich: *Und was geschieht dann mit unseren Völkern, wenn der gemeinsame Feind besiegt ist, Sargon? Werden sie wieder übereinander herfallen?* Scheinbar erriet er ihre Gedanken.

„In Ninive haben viele Menschen erlebt, was unsere Völker erreichen können, wenn wir zusammenhalten. Sie werden es ihren Kindern weitergeben, wenn sie eines Tages gefragt werden, wie Addad besiegt werden konnte. Brechen wir den Kampf jetzt ab, dann überlassen wir sie seiner Rache."

„Einen geschlagenen Feind lässt man nicht grollend zurück!", rief Senezon energisch. „Bringen wir es zu Ende!" Damit schwang er drohend seine Axt. Die anderen folgten seinem Beispiel. Semiramis gab nach.

„So sei es! Lasst es alle wissen. Die vereinigten Truppen aus Akkad und Subartu ziehen gemeinsam gegen Addad. Doch zuvor lasst uns Abschied nehmen von denen, die ihre Leben für uns gelassen haben." *Insbesondere für einen von ihnen*, fügte sie in Gedanken mit Blick auf Sargon hinzu.

Hoch über Ninive thronte der weiße Tempel der Ischtar auf dem mächtigen Stufen der Pyramide. Steile Treppen führten jede Nacht Hunderte Gläubige zum Altar der Göttin, vor dem sie um Hilfe beteten, Opfer darbrachten, oder Rat der Priesterschaft suchten. In jener Nacht war es totenstill auf dem Zirkurat.

Vom Palast kommend schritt Samše in Begleitung dreier Männer zum Tempel. Sie waren die letzten Getreuen ihrer ehemals stattlichen Garde. Alle anderen hatten während der Schlacht den Tod gefunden. *Nichts ist mir verblieben*, dachte die Stadthalterin verbittert.

Alle Truppen Ninives unterstanden nun bedingungslos den Akkadern, die Händler hatten große Verluste erlitten und hofften nun auf Handel mit Akkad. Der Stadtrat musste Königin Semiramis eingestehen, dass er die Gefahr durch Addad unterschätzt hatte. Von ihm konnte sie keine Unterstützung mehr erwarten. Es war nur noch eine Frage der Zeit, bis man sie zum Rücktritt auffordern würde. Selbst ein noch schlimmeres Urteil war möglich. Samše war keine Frau, die untätig wartete. Sie hatte ihr Schicksal stets in die eigenen Hände genommen, und die Götter waren ihr gnädig. So würden sie auch heute ihre Entscheidung billigen.

Am Fuß der steilen Treppe zu dem Heiligtum stand eine Wache. Ninive hatte die Angreifer erfolgreich zurückgeschlagen. Dem Tempel drohte in jener Nacht keine Gefahr. Daher blieb die Wache allein. Der Mann hatte seinen Speer erhoben, ließ ihn aber gleich wieder sinken, als er die Stadthalterin erkannte.

„Du bist sehr aufmerksam, Su-kun", lobte Samše den jungen Mann, der sich brav vor ihr verneigte. „Göttin Ischtar und Königin Semiramis werden sehr zufrieden sein, dass du über den Tempel wachst." Er antwortete verlegen.

„Ich erfülle nur meine Pflicht, Herrin. Es ist keine große Tat." Sie nickte.

„Ich will mich persönlich davon überzeugen, dass alles für die Bestattung vorbereitet ist", erklärte die Stadthalterin. „Steht die andere Wache am Tempel?" Der Mann schüttelte seinen Kopf.

„Sie wurde abgezogen. König Sargon wünscht, die Nacht allein mit seinem Sohn zu verbringen. Wir sichern daher nur die Eingänge zum Tempelberg."

Samše hob eine Augenbraue.

„Es ist eine hohe Ehre, dem Akkader den großen Tempel Ischtars anzuvertrauen. Ich vermute, er hat die Ehre verdient." Der Mann traute sich nicht, etwas zu erwidern. Sie fuhr fort.

„Ich will mich zu ihm begeben, um ihm mein Beileid auszudrücken."

„Es tut mir leid, Herrin", sagte die Wache. „Ihr müsst damit leider warten. Die Anweisungen der Königin waren eindeutig."

Samše blickte zu einem ihrer Gefährten und zwinkerte unmerklich mit einem Auge. Der Angesprochene hatte verstanden und näherte sich der Wache von der Seite. Noch zwei Schritte. Die Stadthalterin musste den Mann nur ablenken.

„Kannst du mir sagen, Su-kun, wo wir morgen die Zermonie abhalten werden."

Der Mann drehte sich zum Tempel, um ihr den Platz zu zeigen. Damit kehrte er dem Gefährten Samšes den Rücken zu. Mit einem Schritt war der Mann heran, stieß Su-kun das Schwert in den Rücken und erstickte den Schrei mit einer Hand. Die Wache brach zusammen. Samše war zufrieden.

„Rasch! Sargon ist allein mit der Leiche seines Sohnes im Tempel. Wenn wir schnell sind, können wir heute die gesamte königliche Linie der Akkader auslöschen und diesen sinnlosen Angriff auf Addad vielleicht noch verhindern."

Sie wies einen ihrer Gefährten an, den Platz der Wache einzunehmen, um kein Aufsehen zu erregen. Dann verbargen sie die Leiche und stiegen die Treppe zum Tempel empor.

Die Bürger Ninives hatten Prinz Gusur auf ein hölzernes Gestell gelegt und es vor dem Altar der Göttin

Ischtar aufgebaut. Der Leichnam war sogfältig gewaschen worden. Sie hatten seine Wunden verbunden und den Körper in wertvolle Tücher gehüllt. Zu seiner Rechten hatten sie sein Schwert abgelegt und zu seiner Linken hatten die Jäger der Berge das Zaumzeug eines Pferdes platziert.

Sargon kniete einsam vor dem Holzgestell, auf dem der Leichnam seines Sohnes aufgebahrt war. Mit der Einsamkeit stieg die unsägliche Trauer in ihm empor. Wie sinnlos war alles geworden: der Kampf um Ninive, das Bündnis mit Semiramis, seine ganze Regentschaft. Wozu war das noch gut? Tränen bahnten sich ihren Weg durch die zusammengepressten Augenlider und perlten über die staubigen Wangen herab, bis sie den Bart des Königs tränkten, wie das Blut der Gefallenen die Gräser vor den Toren Ninives getränkt hatte. Sargon wollte in jener Nacht niemanden um sich haben, während er sich die vielen Momente mit Gusur in Erinnerung rief. Er dachte an das kleine Wesen, das sie ihm am Tage der Geburt gebracht hatten, wie der Junge herangewachsen war, geschickt und kräftig. Sargon dachte an den Tag, an dem Gusur zum ersten Mal allein auf dem Rücken eines Pferdes gesessen hatte. Seine Mutter hatte vor Angst um ihren Sohn gejammert, doch der Junge saß vom ersten Moment an sicher im Sattel und warf seinen Eltern einen Blick zu, als würde er sagen: Habt keine Angst um mich! Dies ist meine Welt, hier wird mir nie etwas zustoßen. Er hatte recht behalten. Solange er im Sattel saß, konnte ihm keiner etwas anhaben. Am Boden aber … Eine weitere dicke Träne quoll seine Wange herab. Sargons Hand krampfte sich um den Knauf seines Schwertes. Es war immer noch vom Blut der Kämpfe getränkt. Staub und Dreck hingen an den Kleidern des Königs von Akkad.

Sein Haar waren so zerwühlt wie seine Gedanken, in seinen großen Handflächen vermischten sich Tränen mit dem Sand der Wüste zu einer salzigen Kruste, die rau über seine Wangen schabte, wenn er sein Gesicht voller Schmerz in seinen Händen vergrub. Tiefe Trauer erfüllte den großen Saal, über den Ischtars Blicke schweiften.

Von den mächtigen Toren des Tempels aus erkannte Samše sofort den knienden König. Vorsichtig musterte die Stadthalterin den Raum. Außer Sargon war niemand zu sehen. Der König war ohne Schutz. Sie nickte ihren Gefährten zu, die lautlos ihre Schwerter zückten. Auf Zehenspitzen schlichen sie in den Tempel. Sargon war immer noch tief in Gedanken an seinen Sohn, sodass er nichts um sich herum wahrnahm. Die Gruppe schlich sich lautlos voran. Einer der Männer kam direkt hinter dem König zum Stehen. Er warf seiner Herrin einen fragenden Blick zu. Sie nickte. Das Schwert fuhr hoch, um dem König einen tödlichen Stoß zu geben, doch da verharrte es in der Luft. Ein Pfeil ragte nun aus der Brust des Schwertträgers. Er keuchte und ließ seine Waffe fallen, die scheppernd zu Boden fiel. Das Geräusch riss Sargon jäh aus seinen Gedanken.

Sein Blick fiel auf den Attentäter, der zuckend am Boden lag. Hinter ihm gewahrte der König noch einen weiteren Mann mit gezücktem Schwert. Mit einem Mal war alle Trauer vergessen. Unbändige Wut stieg in Sargon auf. Grimmig zog er sein Schwert aus der Scheide. „Habt Ihr immer noch nicht genug vom Töten?", schrie er den Unbekannten an. „Ist das alles, was Ihr könnt, Euch heimlich anzuschleichen und mich abzustechen?" Mit großen Schritten näherte sich der König dem Mann, der unsicher zurückwich. Man hatte ihm versprochen, hier einen gramgebeugten Alten vorzufinden, der in Trauer zu keiner Regung mehr fähig sei. Doch dies war ein Kämpfer, der ihm entgegentrat. Drohend schwang Sargon sein Schwert. Er hatte genug von allem, genug von den Schmeicheleien und Intrigen in Ninive, genug von gespielten Höflichkeiten und der politischen Ränkeschmiede, die sie alle wie in Tücher gewickelt hatten, um Gusur dann hinterhältig zu ermorden. Und hier stand einer der Mörder. Du oder ich, dachte Sargon grimmig. Einer von uns wird diesen Raum nicht lebendig verlassen.

Mit einem mächtigen Hieb schlug er auf den Attentäter ein. Der Mann wehrte den Schlag ab und trat einen weiteren Schritt zurück, näher an das Eingangstor. „Wehr dich, du Feigling!", schrie Sargon erhitzt. „Kämpfe oder ich lasse dir den Bauch aufschlitzen." Erneut ging ein Schlag auf den Mann nieder, der den mächtigen Streich nur mit Mühe abwehren konnte. Dann schlug er zurück. Zufrieden erkannte Sargon, dass der Mann sich ihm zum Kampf stellte. Spielerisch leicht wehrte er den Schlag ab und holte erneut aus. Der Lärm, wenn Metall auf Metall traf, klirrte durch die Säulenhalle des Tempels. Im Licht der Fackeln zuckten die Schatten der Kämpfer wie Riesen über die Wände. Unbarmherzig trieb Sargon sein Opfer durch den Raum. Er war wie im Rausch. Bei einem Schlag dachte er daran, einen treuen Kämpfer von seinen Wunden zu erlösen, und dann dachte er nur noch an Gusur. Vor seinem geistigen Auge sah er noch einmal, wie sie seinen Sohn in diesem Raum zugerichtet hatten. Die Bilder drängten sich vor seine Augen, als Samše ihn angeklagt hatte, während Gusur Hilfe für die Stadt geholt hatte, die Samše nicht aufbringen wollte. Damals hatte Sargon sein Schwert gegen sie gezückt, aber dann wieder eingesteckt. Heute würde er den Fehler nicht machen.

Der Attentäter hatte sich indes von dem Schock erholt. Seine Schläge wurden nun stärker und seine Bewegungen koordinierter. Sargon konnte mit seinem Gegner zufrieden sein. Der Mann hatte zwar nicht die Kampferfahrung des Königs, besaß aber genug Kraft in seinen Armen, um den Schlägen standzuhalten. Sargon trat etwas zurück, um seinen nächsten Angriff zu planen. Lauernd umkreisten sich die Kontrahenten. Da schwirrte ein Pfeifen durch den Raum, dem ein dumpfer Laut folgte. Ein schwarz gefiederter Pfeil ragte aus der Brust des Attentäters, der augenblicklich zusammenbrach. Sargon fuhr herum. Nintinugga trat hinter einer Säule hervor.

„Ihr wart zu dicht an ihm dran, Herr. Ich konnte es nicht riskieren, Euch zu treffen", entschuldigte sie sich trocken.

Sie schritt zu ihm, während sie aufmerksam den Saal beobachtete. Eine Gestalt rannte zur Tür hinaus. Zwei tot, einer flüchtet. Damit sind wir wieder allein, dachte sie zufrieden. Sie fiel vor ihrem König auf die Knie.

„König Sargon, bitte verzeiht, dass ich ungefragt meiner Pflicht nachgehe. Es war einfach zu gefährlich, Euch in dieser Stadt allein zu lassen."

„Du hättest um Erlaubnis fragen sollen", maßregelte er sie, obwohl er es nicht so meinte.

„Ezira hat es mir erlaubt", verteidigte sich die junge Frau. „Selbst Sanherib meinte, dass es sehr leichtsinnig von Euch war, allein in den Tempel zu gehen."

„Schon gut", entgegnete Sargon.

Langsam kehrte der König Akkads in die Wirklichkeit zurück. Er blickte auf den Leichnam seines Gegners und zu dem regungslosen Körper des anderen Attentäters. Es war vorbei. Seine Wut hatte ich gelegt. Klare Gedanken strömten ihm in den Sinn wie der sanfte Windzug, der von den Toren des Tempels zu ihnen in den Saal drang.

„Hier liegen nur zwei. Ich hätte schwören können, dass sie zu dritt waren."

Nintinugga nickte. „Der Dritte hat Reißaus genommen. Er kann noch nicht weit sein."

„Hol ihn dir!", befahl Sargon. „Aber lass den am Leben. Ich möchte wissen, wer hinter dem Anschlag steckt." Nintinugga lief eilig aus dem Tempel.

Hastig stürzte Samše die Treppenstufen hinab. Von oben sah sie ihren letzten Gefährten, den sie am Fuße des Tempelbergs als Wache zurückgelassen hatte.

„En-kan!", rief sie noch von oben. „Bring mich sofort zu den Ställen! Ich muss augenblicklich Ninive verlassen."

„En-kan wird keinen Eurer Befehle mehr ausführen", erwiderte der Mann von unten und drehte sich um. „Und Ihr werdet Ninive nicht verlassen." Es war Sanherib, der Gal-Ug aus der Garde von Königin Semiramis.

Samše kam wie vom Schlag getroffen zum Stehen. Sanherib fuhr fort:

„Bitte leistet keinen Widerstand. Euer Wachmann hat sich gut zu verstellen versucht. Leider wusste er nicht, dass die Palastwachen keine Schwerter tragen." Er winkte ihr.

„Bitte kommt herab. Königin Semiramis, wünscht Euch ein paar Fragen zu stellen."

Inzwischen hatte sich Samše wieder gefangen.

„Gal-ug Sanherib, ihr seid ein treuer Diener Subartus. Ihr müsst mich vor den Akkadern schützen." Mit gemessenen Schritten stieg sie herab. Dabei schob sie langsam ihre rechte Hand hinter ihren Rücken, wo sie einen Dolch im Gürtel trug. Samše war keine athletische Frau. Im Zweikampf hätte sie wenig Chancen gegen den muskulösen Gal-ug. Die Klinge ihres Dolchs war mit dem Gift der Natter benetzt. Schon ein leichter Schnitt wäre tödlich. Sanherib ließ sie näherkommen.

„Ihr irrt Euch. Die Akkader sind es, die uns vor der Gefahr durch Addad schützen. Wir schulden ihnen unseren Dank."

Samše war nun fast an ihn heran. Der Mann schien nichts von der Gefahr zu ahnen. Seine rechte Hand hatte er ausgestreckt, um ihr die letzten Stufen herabzuhelfen; ein nackter Arm, ohne Schutz einer Rüstung. Samše zog das Messer lautlos aus der Scheide. Da erklang ein pfeifender Ton, der immer lauter wurde, bis er mit einem Schlag erstarb. Der Pfeil traf Samše in den Rücken, bohrte sich durch ihr Herz und trat zur Brust wieder aus. Die Stadthalterin sackte zusammen.

Von oben ertönte eine zornige Stimme:

„Hat dir schon einmal jemand gesagt, dass du viel zu vertrauensvoll bist?"

Nintinugga stand mit erhobenem Bogen auf der ersten Stufe des Tempels. Sanherib bemerkte den Dolch in der Hand der toten Frau. Er schluckte.

„Königin Semiramis erwähnte einmal so etwas."
„Dann solltest du gefälligst auch auf sie hören. Du sagst doch selbst, sie sei eine sehr kluge Frau."

Er erwiderte nichts, sondern stieg die Stufen herauf, um sie in seine Arme zu nehmen.

In der folgenden Nacht schritt Sargon, gefolgt von Senezon, Ezira, Nintinugga und den Gal-ug Ninives, die Stufen zum Heiligtum der Ischtar empor. Soldaten mit Fackeln säumten die Stufen zum Tempel. Fahnen mit dem Wappen aus Subartu und Akkad wehten auf der ersten Plattform, auf welcher die vereinigten Truppen Ninives und Nemriks versammelt waren. Trom-

meln erfüllten die Nacht mit ihren Klängen und begleiteten die Schritte der Trauernden. Sonst war kein Ton
zu vernehmen in der windstillen Nacht über Ninive.
Von der ersten Plattform aus entlang der Stufen zum
oberen Plateau, auf welchem der Tempel stand, der Gusur in jener Nacht so magisch angezogen hatte und zu
seinem Unheil geworden war, hielten Tempeldienerin-
nen Fackeln. Diesmal war der Tempelberg übersät mit
Menschen, die Gusur die letzte Ehre erweisen wollten.
Sargon schritt die mit hellen Ziegeln besetzten Stufen
empor. Der weiße Tempel strahlte ihm in klarer Nacht
entgegen, vom hellen Mondlicht erleuchtet. Addad
besaß nicht mehr die Kraft, die Stadt Ischtars Blicken
zu entziehen. Sterne funkelten über den weißen Mauern des höchsten Heiligtums Ninives. Die Tore waren
weit geöffnet und helles Licht strahlte dem König und
seinem Gefolge entgegen. Links vor dem Tempel hatten sich die Jäger aufgestellt, die dem Verstorbenen so
wichtig geworden waren. Sie trugen die Fahne Annits
bei sich, wie sie es immer getan hatten, wenn Gusur
den Wettkampf zur Ehre der Göttin hatte durchführen
lassen. Er war einer von ihnen geworden. Gegenüber
befand sich ein Scheiterhaufen. Auf einem Gerüst aus
feinstem Zedernholz hatte man Gusur in sitzender
Haltung positioniert, damit er von der Welt scheiden
konnte, wie er es auf dem Rücken eines Pferdes getan hätte. Sein Gesicht war auf die Berge nach Osten
gerichtet, wo ihn die Jäger kennengelernt hatten und
wo am Horizont bald die Sonne aufgehen würde. Eine
Melodie aus Lauten und Rasseln kündigte den Zug der
Priester Ischtars an, der nun aus dem Tempel trat. Die
Hohepriesterin führte die Prozession an, an ihrer Seite
schritt Semiramis. Die Königin trug ihr langes weißes
Kleid ohne jeglichen Schmuck außer dem Stirnband

mit dem Zeichen der Ischtar. Ihr Gesicht strahlte heller denn je. Sie trug über einem Arm einen seidenen Schal, den sie dem Toten als Grabbeigabe opfern würde. Die heiligen Würdenträger folgten in ihren langen Gewändern. Jeder schwenkte ein kleines Kohlenbekken mit Weihrauch und anderen kostbaren Kräutern.

Die Prozession schritt um den Scheiterhaufen herum, bis sie an der dem Mond zugewandten Seite zum Halten kam. Die Trommeln verstummten. Die Hörner der Jäger Annits setzten ein. Leise begannen sie ihr Klagelied für den verstorbenen Krieger. Ihr Ton trug weit über die Stadt bis zu den Hügeln, die Gusur so oft mit vielen von ihnen erkundet hatte. Sargon fühlte sich von dem Lied getragen und an die vielen gemeinsamen Erlebnisse, das zuvorkommende Lächeln seines Sohnes und an dessen bedingungslose Treue und Pflichtbewusstsein erinnert. Gusur war seinem Vater überall hin gefolgt. Oft hatte er für jene eingestanden, die sich ihm anvertraut hatten.

Immer lauter stieg das Lied der Hörner empor. Sargon blickte über die Dächer der Stadt hinweg nach Osten, wo die Sonne Marduks ihre Strahlen bereits vorausschickte. Semiramis hatte sich neben den König von Akkad gestellt und blickte in dieselbe Richtung. *Ischtar ist gütig,* dachte sie, *wenn sie Marduk diesen Moment überlässt.* Und tatsächlich verschwand der Mond ihrer Göttin, als die ersten Sonnenstrahlen die fernen Berggipfel zum Glühen brachte. Der Sonnengott erschien über dem Land, das ihn zu fürchten gewohnt war. Diesmal aber kam Marduk nicht als Eroberer, sondern um einen der Seinen in Empfang zu nehmen. Immer weiter drangen die Strahlen in den Himmel über der Stadt. Die Hörnertöne wurden lauter. Die Trommeln setzten ein. Da trafen die ersten Strahlen die Giebel des

Tempels der Ischtar. Sie ließen die Zinnen erstrahlen in gleißendem Gold. Semiramis beobachtete, wie das Heiligtum der Ischtar in den warmen Farben Marduks hoch über der Stadt erstrahle. Immer weiter wanderten die Strahlen die Wände herab, bis sie auf den Scheiterhaufen des verstorbenen Helden trafen. Da zeigte sich endlich der glühende Sonnenball in voller Größer hinter den Bergen. Hörner und Trommeln übertönten jedes Geräusch.

Sargon blickte auf die Fackel, die von seiner linken Hand getragen wurde. Es war Zeit, Abschied zu nehmen. Mühsam setzte er einen Schritt vor. Sein ganzer Körper schien sich dagegen zu wehren, seinen Sohn ins Totenreich ziehen zu lassen. Er zwang sich, auch die nächsten Schritte zu machen. Senezon, Nintinugga und Ezira folgten ihm schweigend. Der König schritt weiter, jede Faser seines Körpers war angespannt. Da erreichten auch ihn die Strahlen der Sonne seines Gottes und gaben ihm neue Kraft. Sargon spürte, wie die warmen Strahlen von seinem Kopf über die Schultern zur Brust herabwanderten. Marduk war nun bereit, den Toten bei sich aufzunehmen. Nachdem der König von Akkad sich bis auf zwei Schritte genähert hatte, hob er die Fackel und steckte sie dann tief in das Gerüst, welches sofort Feuer fing. Schnell machte Sargon ein paar Schritte zurück, um nicht von den emporlodernden Flammen erfasst zu werden. Kein Windhauch störte das Feuer, dessen Rauch in einer schier endlosen Säule zum Himmel aufstieg. Noch in fernen Regionen sah man die Rauchsäule, und die Menschen wussten, dass heute ein Großer von ihnen gegangen war. Lange brannte das Feuer, während Marduks Sonne über der Stadt ihre Bahn zog. Als es schließlich erlosch, stand sie hoch über dem Tempelplatz, um die letzten Rauchwolken in sich aufzunehmen. Zurück blieb ein Haufen Asche neben einem König, auf den ein fremdes Land blickte.

Am Abend nach dem Begräbnis suchte die Hohepriesterin ihre Königin auf. Sie fand Semiramis in Anwesenheit des Königs von Akkad umgeben von unzähligen Tontafeln auf eine Karte blickend. Die Karte zeigte die Berge nördlich der Stadt, wo sie die Festung Addads vermuteten. Die Priesterin verneigte sich vor den beiden Hoheiten.

„Königin Semiramis, König Sargon, habt Dank, dass Ihr mir das Begräbnis anvertraut habt. Ich hoffe, Ihr wart mit der Durchführung zufrieden." Die ganz Stadt sprach von dem Schauspiel, wie sich Ischtar und Marduk einträchtig des toten Prinzen angenommen hatten. Nie hatte man davon gehört, dass die einst verfeindeten Gottheiten gemeinsam einer Zeremonie beigewohnt hätten. Der Tempel von Ninive hatte einem großen Schauspiel die Bühne bereitet, über das man noch in hundert Jahren sprechen würde. Sargon antwortete der Frau:

„Ich bin Euch zu Dank verpflichtet, Hohepriesterin. Gusur hätte es gewiss nie für möglich gehalten, dass Ihr ihm einmal solche Ehre erweist." Er vermied es, die Vorfälle der Nacht mit den Mädchen noch einmal anzusprechen. Sie nahm seine Worte dankbar auf und wandte sich an ihre Königin:

„Herrin, die Tempeldienerschaft wünscht, zum Gedenken an die Zeremonie eine Stele auf dem Platz zu errichten, auf welchem der Tote seine Ruhe gefunden hat. Wärt Ihr damit einverstanden? Selbstverständlich trägt der Tempel alle Kosten", fügte sie schnell hinzu.

Semiramis wog das Angebot ab. Die Berichte über die Zeremonie und wie der Rauch zu Marduks Sonne aufgestiegen war, hatten sich bereits in der ganzen Stadt verbreitet. Händler erzählten auf ihren Pfaden von dem Wunder in Ninive, bei dem ein Prinz aus Akkad von den Gottheiten Ischtar und Marduk gemeinsam aufgenommen wurde. Der Zulauf an Pilgern zu dem Heiligtum der Ischtar würde weiter ansteigen. *Und damit auch die Einnahmen des Tempels*, folgerte die Königin. Völlig selbstlos war der Vorschlag der Priesterin nicht. Semiramis sagte:

„Ich danke Euch für das großzügige Angebot. Auch ich würde es begrüßen, dem Verteidiger Ninives eine Stele zu errichten, an der unsere Bürger seiner gedenken." Sargon nickte zustimmend.

„Allerdings", fuhr die Königin fort, „möchte ich einen anderen Standort wählen, da Prinz Gusur sich niemals auf dem Tempelberg heimisch gefühlt hatte." Sie vermied es, anzumerken, dass er dort zum Tode verurteilt worden war.

„Aber er würde es sicher schätzen, wenn er auch künftig den Wettkämpfen der Reiter beiwohnen könnte. Errichtet die Stele auf dem Wettkampffeld im Norden. Ich übertrage Euch hiermit auch die Obhut eines neuen Heiligtums der Annit, das Ihr dort errichten möchtet."

Damit hatte die Hohepriesterin offenbar nicht gerechnet. Sargon lächelte amüsiert. Die Kosten für die Stele und das neue Heiligtum waren weit höher, aber der Ischtartempel war reich. Gusur hatte sich mit Annits Wettkampffeld stets mehr verbunden gefühlt als mit dem Tempel der Ischtar, mochte er noch so prächtig sein. Schließlich überwand die Hohepriesterin ihre Überraschung und stimmte freudig zu. Innerlich rechnete sie wohl schon aus, wie viele Pilger zu der neuen heiligen Stätte strömen würden. Semiramis ahnte die

Gedanken der Priesterin und lächelte amüsiert. Senezon sprach immer davon, dass in Ninive jeder wie ein Krämer rechnen würde. *Er hat damit nicht unrecht,* dachte Semiramis. Da bemerkte die Hohepriesterin den ledernen Beutel auf dem Tisch der Königin.

„Ist dies der Beutel, der bei dem Boten gefunden wurde?", fragte sie. Semiramis runzelte ihre Stirn. Was hatte die Hohepriesterin darüber erfahren?

„Er ist es", bestätigte sie. „Wir rätseln immer noch darüber, wer den Anschlag ausgeführt hat."

Die Hohepriesterin holte tief Luft. Dann sprach sie: „Es waren Männer aus Ninive."

Semiramis war wie vom Donner gerührt. Sargon war mit einem Schritt heran und blickte der Hohepriesterin in die Augen. Die Frau wand sich unter den anklagenden Blicken. Semiramis beschloss, ihr zu Hilfe zu kommen. Mit behutsamer Stimme ermunterte sie die Frau:

„Sprecht, Priesterin! Was habt Ihr in der Sache zu sagen?" Die Frau ging vor dem Thron mit dem Standbild ihrer Göttin, dessen Abbild streng auf ihre Repräsentantin in Ninive herabblickte, auf die Knie. Kaum hatte sie ihre Stimme unter Kontrolle, als sie beichtete: „Ein Mann aus dem Gefolge unserer Stadthalterin hat sein Mädchen mit Silberstücken bezahlt, die er angeblich dafür erhalten hätte, eine wichtige Botin aufzuhalten. Er sollte nur die Überbringung der Nachricht verhindern, konnte aber die Botin nur mit einem Pfeil stoppen." Sie vermied es, ihrer Königin in die Augen zu sehen. „Der Mann versuchte, sich bei seinem Mädchen wichtig zu machen, weil er so großes Vertrauen der Stadthalterin genoss, dass er mit einem solchen Auftrag betraut wurde. Das Mädchen hat mir davon berichtet."

Mit versteinerter Miene lauschte Semiramis der Aus-
führung. Sie versuchte, ihren Zorn über den Verrat zu
zügeln.

„Wo ist dieser Mann?", fragte sie.

„Er fand mit den Getreuen seiner Herrin am Anlegesteg", antwortete die Priesterin. „Ischtar hat ihn gerichtet."

„Und wie wird unsere Göttin nun über dich richten,
dass du den Frevel deiner Königin verheimlicht hast?"

„Herrin, bitte vergebt mir!", jammerte die Frau und
legte ihr Gesicht vor der Königin auf den Boden.

„Ich wusste nicht mehr, was ich denken soll. Nie zuvor hatte sich Addad unserer Stadt feindlich gezeigt.
Unsere Stadthalterin wollte ihm sogar einen Tempel
errichten. Die Akkader lagen seit Jahren mit uns im
Krieg. Wir haben so viele junge Frauen und Männer
an der Front bei Assur verloren. Wie sollten wir glauben, dass sie keinen eigenen Nutzen aus Ninive ziehen
wollten? Ihr Gott hat Ischtar so viel Unheil angetan.
Wir dachten, wir müssten Euch vor ihm und seinen
Monstern schützen."

„Die Monster, wie du sie nennst, waren nur Aus-
geburten Eurer eigenen Fantasie. Ihr selbst habt sie
so genannt, wenn sie ahnungslos gegen unsere Regeln
verstießen." Sie hatte die übertriebenen Anklagen der
Frau gegen Gusur nicht vergessen.

„Ich will es wieder gutmachen", sagte die Frau und
hob verzweifelt ihren Kopf, um Semiramis ins Gesicht zu blicken. „Herrin, Ihr hattet recht mit Addad.
Wir hätten die Akkader besser behandeln sollen. Es
war nicht richtig, Prinz Gusur vorschnell zu verurtei-
len. Damit haben wir sie Addads Truppen ausgeliefert.
Bitte, lasst es mich beweisen." Semiramis zögerte. Sie
blickte zu der Statue ihrer Göttin empor. Erst jetzt fiel

ihr auf, dass die Finger der rechten Hand Ischtars, welche erhoben war, nicht zum Schlag geschlossen, sondern geöffnet waren, als würde sie den Betrachter liebevoll segnen wollen. Ja, sie war die Göttin des Krieges, aber vielmehr war Ischtar die Göttin der Liebe.

Bevor Semiramis etwas erwidern konnte, deutete die Hohepriesterin auf die Karte und die Tontafeln. Sie fragte:

„Herrin Semiramis, König Sargon, man sagt, Ihr plant, den Kampf mit Addad fortzuführen?" Es war mehr eine Feststellung als eine Frage. Sargon seufzte.

„Nun wäre dazu der richtige Moment. Seine Truppen wurden niedergeschlagen. Einzelne Muskil konnten zwar fliehen, aber sonst sollte der Gott des Sturmes nur noch wenige Helfer in seiner Festung haben."

„Er ist aber nicht vollends schutzlos", ergänzte Semiramis. „Von der Stadt sind es wohl sechs Tagesreisen bis zu seiner Festung. Wir haben nicht genug Wagen, um unsere Truppen auf einem solch langen Weg zu versorgen. Wir können sie aus Nemrik und Nimrud anfordern, aber das würde noch Wochen dauern." Die Hohepriesterin hatte eine Idee.

„Herrin, als Vertreterin des Tempels bitte ich Euch um die Aufgabe, für den Tross Eurer Truppen zu sorgen. Wenn Ihr es wünscht, können sie übermorgen aufbrechen." Semiramis war verblüfft. Was hatte die Frau vor? Mit Genugtuung sah die Priesterin in die erstaunten Gesichter der beiden Königlichen. Dann erklärte sie ihren Plan. Sargons Züge hellten sich auf. Zum ersten Mal, seitdem die Akkader aus Ninive verlagert worden waren, hörte man sein lautes Lachen im Palast. Addads Tage waren gezählt.

Senezon beaufsichtige persönlich die Beladung der Wagen, die seine Truppen auf dem Weg zu Addads Festung in den Bergen versorgen sollten. Er hasste es, beim Feldzug erst unterwegs festzustellen, dass wichtige Vorräte fehlten. Diesmal aber war seine Sorge unbegründet. Sogar Bierfässer wurden für die Truppen geladen.

„Diese Händler haben mehr Wagen, als Ninive jemals Soldaten aufgestellt hat", stellte er fest, während er mit Ezira und Woranola durch die Kaserne schritt. „So langsam glaube ich, dass Ninive nur aus Krämern besteht."

„Was heißt hier langsam?", fragte sein alter Freund. „Den Verdacht hegst du doch schon, seit wir hier angekommen sind." Der Speerkämpfer betrachtete die Wagen, die bereits fertig beladen am Tor standen. „Ich frage mich eher, was diese Hohepriesterin ihnen allen versprochen hat, damit sie ihre Wagen hergeben. Die überschlagen sich geradezu mit Angeboten."

„Nun, da kann ich dir helfen", sagte Senezon mit einem breiten Grinsen. „Königin Semiramis hat mir die Geschichte anvertraut. Demnach wohnen unsere Helfer hin und wieder gerne selbst den Feiern mit den Jungfrauen im Tempel bei. Die Hohepriesterin hat gestern verkünden lassen, dass jeder, der dem Feldzug gegen Addad seine Unterstützung verweigert, künftig nicht mehr auf den Tempelberg gelassen wird."

„Männer!", höhnte Woranola, die neben ihnen durch die Reihen ging. „Warum könnt ihr alle nur mit dem Körperteil zwischen euren Beinen denken?"

„Da ist jemand neidisch", lachte Senezon und schlug ihr vertraulich auf die Schulter. Die Bogenschützin zuckte zusammen, lächelte ihn aber an.

Nur langsam kam der Trupp voran, der aus Ninive ausgezogen war, um die Macht des Donnergottes endgültig zu brechen. Die Vorhut bildeten die Jäger unter Urtas Führung, darauf folgten die beiden Könige mit ihren Offizieren. Die Hauptgruppe führten die Truppen aus Nemrik unter dem Kommando ihrer Stadthalterin Nadot-kil an. Dahinter kamen die schweren Transportwagen mit zwei der Verteidigungsmaschinen. Dem Tross folgen die Akkader gemeinsam mit den Fußtruppen Subartus, die teils mit Speeren, teils mit Bögen bewaffnet waren. Subartu hatte seit den großen Kriegen nicht mehr eine so große Armee auf dem Marsch erlebt. Semiramis ließ sich von dem imposanten Anblick nicht täuschen. Die frische Erinnerung an die gemeinsame Verteidigung hielt die Soldaten zusammen. *Aber Erinnerungen schwinden schnell und alte Feindschaften leben länger, als gehofft*, dachte sie. Addad müsste die Truppen nur lange genug hinhalten, dann würden die Menschen wieder übereinander herfallen.

Sie reisten bei Nacht, wie es Sitte war in Subartu. Die Straßen rund um Ninive waren breit und leicht befahrbar, sodass auch die Wagenlenker aus Mari ihre Streitwagen sicher durch die Dunkelheit steuerten. Je weiter sie sich jedoch von der Stadt entfernten, desto weniger war die Straße befestigt. Vom dritten Tag an war sie nur noch ein staubiger Feldweg, auf dem lediglich Stelen von Zeit zu Zeit darauf hinwiesen, dass er ins Gebirge führte.

Zweiundzwanzigstes Kapitel:
Ein altes Geheimnis

Es war ruhig im Feldlager, als Semiramis ihre Runde begann. Soldaten auf dem Marsch entwickelten manchmal Eigenheiten, die sie in Friedenszeiten nie annehmen würden. Die Königin hatte es sich daher schon in frühen Jahren zur Angewohnheit gemacht, ihre Truppen regelmäßig persönlich zu mustern, sobald sie eine Ruhepause einlegte. Diesmal konnte sie nichts Ungewöhnliches feststellen, außer dass die ehemals verhassten Streitwagen Akkads wie selbstverständlich neben den Ochsenkarren aus Subartu bewacht wurden. Einige Soldaten schliefen in ihren Zelten. Andere hockten am Feuer zusammen, um einander von ihren angeblichen Heldentaten zu erzählen. *Im Prahlen sind sich die Soldaten aus Akkad und Subartu gleich*, dachte Semiramis. Ein Lächeln umspielte ihren Mund. Je weiter der Feind weg war, desto größer wurde der Mut. Es tat ihr gut, heute keine anderen Sorgen zu haben. Fünf Nächte waren schon vergangen, seitdem sie Ninive verlassen hatten. Der Weg ins Gebirge stieg stetig an. Von Addad und seinen Getreuen war bisher nichts zu sehen. Der Donnergott hatte scheinbar alle ihm verbleibenden Kräfte in die Berge zurückgezogen. Das hatte Semiramis so erwartet. In den engen Schluchten, in welchen die Streitwagen nutzlos waren, würde der Widerstand dann umso größer sein. Bis dahin überließ die Königin ihre Truppen den Erzählungen über deren Heldentaten.

189

Auf dem Rückweg zu ihrem Zelt wurde sie Nintinugga gewahr, die gemeinsam mit Sanherib etwas abseitsstand und mit dem Bogen übte. Da fiel Semiramis wieder ein, dass ihr bereits in der Schlacht etwas Sonderbares an der Schützin aufgefallen war, was sie nun klären wollte. Sie schritt näher. Hinter einem Fels konnte sie die beiden unbemerkt beobachten. Tatsächlich, die junge Frau aus Akkad nutzte Sanheribs Bogen. *Die beiden müssen sich auf der Reise sehr nahegekommen sein*, dachte die Königin, *wenn der Junge ihr dieses Meisterwerk überlässt.* Mit dem Blick einer Kennerin bewertete sie die Schüsse. *Gut ist sie*, musste Semiramis zugeben. Offenbar hatte Nintinugga schon früh das Bogenschießen gelernt. Sie hat die nötige Achtung vor der trefflichen Waffe. Aber hatte sie eine Ahnung, welchen Schatz sie da in der Hand hielt?

Nintinugga hatte die Zielscheibe zehn Schritte weiter entfernt aufgestellt als die Schützen vor ihr. Sanheribs Bogen verblüffte sie immer wieder. Seine Treffsicherheit schien die Distanz zum Ziel völlig zu ignorieren. Die Scheibe war als kleiner Teller kaum noch zu erspähen, doch sie zweifelte nicht daran, sie wieder zu treffen.

Sanherib saß gedankenverloren etwas abseits und beobachtete, wie die Pfeile durch die Luft zischten. Nintinugga war zu konzentriert bei ihrer Übung, als dass sie die Königin bemerkte, die sich ihnen von hinten näherte, und zuckte zusammen, als die Frau in ihren unzähligen langen weißen Tüchern neben ihr erschien.

„Du spannst den Bogen zu langsam, Nintinugga", sprach die Königin, die wie immer lautlos über die

Felsen schritt. „Kalbabas Bogen verlangt nach einer Schützin, die sich ihrer Sache ganz sicher ist."

Sanherib war aufgesprungen, als er die Worte seiner Herrin vernahm. Er verneigte sich tief, ein wenig beschämt, dass er so unaufmerksam gewesen war, dass sie ihn überraschen konnte. Vorsichtig nahm Nintinugga den Pfeil von der Sehne und blickte die Königin an. In ihren Augen las Semiramis eine Mischung aus Misstrauen und Neugier. „Ihr kennt den Bogen, Herrin?", fragte die junge Frau. Unmerklich nickte Semiramis. „Dies ist Ulan-Nun, der Unfehlbare. Er wurde in einer Vollmondnacht vollendet, kurz vor Sanheribs Geburt", sprach die Königin leise wie zu sich selbst. Ihr Gal-ug blickte sie verblüfft an. Niemandem außer Nintinugga hatte er von dem Bogen erzählt.

Semiramis lächelte ihn an „Ich habe den Bogen damals schon erkannt, als du in meinen Dienst getreten bist. Es war sehr weise von dir, ihn nur heimlich einzusetzen. So blieb das Geheimnis deiner Mutter bewahrt." Zu Nintinugga sagte sie nun etwas lauter, mit der strengen Stimme einer Lehrerin:

„Nun zeige uns, ob du Ulan-Nun wirklich gewachsen bist! Kein Zaudern mehr, kein Abschätzen, sobald du die Sehne zu spannen beginnst." Die Königin stellte sich der Schützin gegenüber, knapp neben der Flugbahn zum Ziel. „Die Scheibe siehst du bereits, nun lerne, sie auch zu spüren. Stell dir vor, wie der Pfeil in der Mitte der Scheibe ins Ziel eindringt. Und dann nimm den Pfeil und zögere nicht mehr!"
Nintinugga sah sie an. Dann blickte sie zu ihrem fernen Ziel.

„Denk nicht daran, wie du den Bogen spannst!", fuhr die Königin fort. „Denke nur noch an dein Ziel." Nintinuggas Blick ging in die Ferne. Dann legte sie einen Pfeil an die Sehne. Kraftvoll zog sie ihn zurück, während gleichzeitig ihr linker Arm den Bogen auf Höhe des Ziels hob. In dem Moment, in dem die Sehne zum Äußersten gespannt war, hatte ihr Arm die richtige Schusshöhe erreicht und Nintinugga ließ den Pfeil los. Sie schloss ihre Augen und lauschte ihm nach. Ein dumpfer Schlag aus der Ferne signalisierte den Treffer. Nintinugga öffnete ihre Augen wieder. Der Pfeil steckte in der Scheibe, etwa zwei Finger neben der Mitte, wie sie später feststellen konnte. Semiramis schien hingegen nicht zufrieden zu sein.

„Du denkst viel zu lange über den Schuss nach, Nintinugga. Du machst dir Sorgen, wenn dein Ziel sehr klein, oder weit entfernt ist. Dabei merkst du nicht, wie du mit dem Bogen im Wettstreit liegst. Gib ihn frei! Lass ihn seine Aufgabe erfüllen! Konzentriere dich nur noch auf dein Ziel. Ulan-Nun kennt den Weg dorthin."

Nintinugga zögerte. Sie war bereits die beste Schützin der Akkader und Sanheribs Bogen hatte ihre Meisterschaft noch unterstrichen. Aber etwas fehlte, und Semiramis schien etwas über den Bogen zu wissen. Nintinugga wusste, dass sie nicht ruhen konnte, bis sie alles über den Bogen wusste. „Ich bin bereit", stellte die Akkaderin fest.

„Ich nenne dir dein Ziel, Nintinugga", kündigte die Königin an. „Es werden ihrer viele sein und ich gebe dir die Zeit, ein jedes im Gedanken zu erfassen. Und dann schieß! Vergiss alles andere! Richte deine Gedanken nur auf dein Ziel, nie auf dein Zielen!"

Nintinugga ließ sich von den Worten der Königin führen. Sie wählte sich einen Platz, von dem sie einen festen Stand haben würde. Der Bogen schwang wie schwerelos in ihrer Hand und folgte jeder Bewegung ihres Arms. Ninginugga genoss diese Folgsamkeit. Es gab ihr das Gefühl, sich immer auf den Bogen verlassen zu können. Aber heute war da noch etwas anderes. Der Bogen schien ihr leichter, fast aufgeregt in Vorfreude wie ein Rennpferd vor dem Wettkampf. Ahnt der Bogen, was ihn erwartet?

„Wundere dich nicht. Du wirst deine Pfeile in kürzerem Abstand hintereinander schießen als je zuvor, Nintinugga.", unterbrach Semiramis ihre Gedanken. „Vertrau ganz deinem Bogen, den Weg dorthin zu finden. Lass dich fallen!" Nintinugga zuckte zusammen, als sie die letzten Worte vernahm. Verunsichert blickte sie zu Sanherib herüber. Er zögerte etwas, doch dann nickte er ihr ermutigend zu.

Nintinugga stellte den Köcher mit den Pfeilen neben sich und nahm den ersten heraus, ohne hinzusehen. Semiramis deutete auf die Zielscheibe, die neben ihr stand. „Hier!" Nintinuggas Blicke schossen auf das Ziel, erfassten die geflochtenen Fasern des Strohs, auf denen die Ringe der Zielscheibe gemalt waren. Fast glaubte sie, zwischen ihren Fingern den rauen Schaft der Halme zu fühlen und den Geruch des gemähten Grases in ihrer Nase zu spüren.

Im Nu baute sich Spannung in ihrem Körper auf. Da war der Pfeil schon von der Sehne und Semiramis deutete bereits auf das nächste Ziel.

Als die Königin eine Pause einlegte, hatte Nintinugga vierundzwanzig Pfeile abgeschossen. Jeder hatte sein Ziel getroffen. Mal war es eine Zielscheibe, mal ein herabhängender Ast oder ein Vogel im Vorbeiflug. Der Bogen war unfehlbar. Nintinugga fand sich mit rasendem Herzschlag und in Schweiß gebadet. Sanherib war dem Schauspiel mit weit aufgerissenen Augen gefolgt. Semiramis lächelte nur.

„Einen Bogen musst du wie einen Mann behandeln, Nintinugga. Er hat einen starken Willen, biegt sich aber bis zum Äußersten, wenn die Richtige ihre Hand an ihn legt und ihm das Ziel zeigt. Eine kluge Frau weiß, wie sie einen Mann dazu bringt, sich ihrem Willen zu beugen, ohne ihn zu zerbrechen. Deshalb findest du so wenige Männer unter den echten Bogenschützen."

„Woher wisst Ihr das alles?", fragte Nintinugga. „Habt Ihr Meister Kalbaba gekannt?"

„Kind, ich habe ihn nicht gekannt. Ich habe ihn verehrt." Die Königin strich über den Bogen, als hätte sie nach langer Zeit einen Liebhaber wiedergefunden. „Wir Frauen haben ihn alle verehrt, den Meister mit den perfekten Händen."

Und fast hätte ich ihn für mich gewonnen, fügte sie in Gedanken hinzu. Mit knapp sechzehn Jahren war es ihr einmal gelungen, allein mit dem Meister in seiner Werkstatt zu sein. Sie trug ihr dünnstes Kleid und warf ihm Blicke zu, mit denen sie damals jeden Mann hätte verzaubern können. Semiramis saß an jenem Tag auf einem Hocker nahe seiner Werkbank und stützte sich mit einem nackten Fuß auf eine Lehne, etwas zu hoch, um unschuldig zu wirken, denn ihr Rock war dadurch hochgerutscht und hatte ein schlankes langes Bein offenbart. Kalbaba war ihr immer nähergekommen, während er an einem Holzstück gefeilt hatte. Semiramis hatte gespürt, wie seine Blicke gierig durch den Sroff um ihre Brust drangen, und sie streckte ihren Körper, sodass ihr Busen darunter noch deutlicher hervortrat. Ihre Mitte wurde feucht bei dem Gedanken an jenen Abend. Seine linke Hand war schließlich vom Holzstück geglitten und hatte sich auf ihr Bein zubewegt, als der Schrei eines Kindes beide aus der Trance gerissen hatte. Meister Kalbaba riss sich von ihrem Anblick los, als wäre er aus einem Traum erwacht, und konzentrierte sich fortan wieder ganz auf das Holzstück. Von dem Tag an hatte er dafür gesorgt, dass sie niemals mehr mit ihm allein war. *Kal, Kal,* seufzte sie seinen Kosenamen im Gedanken. *Was wäre geschehen, wenn wir uns in jener Nacht geliebt hätten? Ich hätte dich im Palast vor den Mördern gerettet.* Sie zögerte. *Hätte ich das wirklich, oder wäre ich dir nicht eher in deine Hütte gefolgt und dort genauso zum Opfer geworden? Ischtar, Herrin, deine Wege sind eigenartig, dass mir nach so vielen Jahren solche Gedanken kommen.*

Sie bemerkte, dass Nintinugga auf ihre Erklärung wartete. „Sanherib ist ihm sehr ähnlich. Breite Schultern, die gerne Verantwortung tragen, geduldige, große Hände und ein treues Herz. Menschen kommen wohl sehr stark nach ihren Großeltern." Sie drehte ihren Kopf zum Horizont im Westen, wo die Sonne untergegangen war, als suchte sie dort eine Erinnerung.

„Ich war ein junges Mädchen, als ich zum ersten Mal die Werkstatt des Meisters betrat. Meine Mutter kaufte dort oft Pfeile, manchmal einen Bogen, wenn Kalbaba gnädig war. Bei ihm konnten Kunden nicht einfach etwas bestellen. Er entschied, was für wen gefertigt wurde. Viele Fürsten wies er als Kunden ab, aber noch mehr Frauen scheiterten mit ihrem Werben. Einer blieb er treu, Wasanwa. Und sie schenkte ihm vier Töchter, eine schöner als die andere, und alle wurden Meisterinnen im Bogenschießen. Jede von ihnen erhielt ihren eigenen Bogen, ganz nach ihrem Charakter."

„Sanheribs Mutter, Hannah, war die Älteste. Für sie erschuf Kalbaba den Ulan-Nun. Er ist ein Bogen der weiten Steppe, die seine Besitzerin am liebsten auf dem Rücken eines Pferdes durchquerte. Ein Reiter im vollen Galopp kann nicht lange zielen. Deshalb ist Ulan-Nun auch für einen schnellen Schuss gebaut. Dennoch beherrscht er die Distanz wie alle Bögen des Meisters." Sie fuhr fort:

„Gemeinsam wachten Hannah und ihre Schwestern eifersüchtig über den Meister, als gäbe es keine anderen Männer. Nur einmal wurde sie schwach und vereinigte sich mit einem Mann bei dem Fest der Ischtar. Zehn Monate später kam Sanherib zur Welt, ein Junge in einem Haus, das nur Töchter duldete."

„Meister Kalbaba war außer sich, als er von der Schwangerschaft erfuhr. Noch mehr tobte er aber, als ihm der Enkel geboren wurde. Über Jahre sprach er kein Wort mit seiner Tochter und weigerte sich auch bis zu seinem Tod, seinen Enkel zu sehen." Nun sah sie ihn, ihre Augen blickten traurig. „Sanherib, du wurdest einfach verleugnet. Selbst engste Freunde erfuhren nie von deiner Geburt. Daher suchten die Mörder deiner Familie nie nach dir." Die Königin gewahr den Schmerz in Sanheribs Augen. „Deine Mutter war sehr stark. Mit eigenen Händen baute sie eine Hütte, versteckt in der hintersten Ecke des Gartens, in welcher sie fortan mit dir wohnte. Das Haus war euch vom Vater verwehrt. Die Diener aber liebten dich über alles, insbesondere weil du zum Ebenbild deines Großvaters heranwuchst. Das hat dir schließlich das Leben gerettet."

Sie blickte nun zurück zu Nintinugga. Ihr Blick zeigte, dass die Frau bereits das tragische Ende kannte.

„Eine Einheit der königlichen Garde fand Sanherib und die Diener fast verhungert in der Wüste. Sie brachten sie sicher zum Palast, während wir die Verfolgung des Prinzen aufnahmen. Ein Mann seines Gefolges verriet uns schließlich das Versteck. Wir fassten ihn lebend und richteten ihn hin. Eine ganze Nacht durchdrangen seine Schreie die Wüste, während Pfeile seinen Körper durchbohrten. Dann war es still. Der Meister war gerächt, aber seine Familie und sein gesamtes Werk verbrannt, bis auf Sanherib und den Bogen, den du nun trägst." Die Königin blickte die junge Frau an und ergänzte. „Behandele ihn gut, Nintinugga. Er ist der Letzte seiner Art."

Sanherib war auf die Knie gegangen und hielt sich die Hände vor das Gesicht, um seine Tränen zu verbergen. „Warum erzählt Ihr das jetzt, Herrin? All die Jahre wusste ich nichts davon, dass Ihr meine Familie kanntet. Warum bringt Ihr mir heute diese Erinnerung zurück?"

In ihrem Gesicht war eine große Anspannung zu erkennen, größer als die in einem Bogen.

„Morgen werden wir einem Gott gegenübertreten, Sanherib. Vergiss das nicht. Niemand weiß, was dann geschehen wird. Falls morgen mein Ende kommt, so weiß ich, dass Kalbabas Enkel sein Erbe kennt."

Damit verließ sie die beiden und schritt zurück zu ihrem Zelt.

Steine knirschten unter Sargons Füßen, als er den Hang herabstieg. Immer wieder lösten sich Brocken und rollten ihm voraus, als ob sie seine Ankunft im Tal verkünden wollten. Sargon schritt vorsichtig weiter. Seine Begleiter hatte er zurückgelassen. Sollte er stürzen, würden sie ihn vor Anbruch der Dunkelheit suchen und hier finden. Er war alleine, fühlte sich aber nicht ungeschützt.

Das saftige Grün der Bäume auf den Hängen bildeten einen Kontrast zu den kahlen, steinigen Plateaus, welche die Anhöhen krönten. Bäche führten ins Tal, wo sie sich zu einem kleinen Fluss vereinten, der das Wasser zum Tigris transportierte. Kein Mensch war zu sehen. Vögel kreisten hoch am Himmel, auf den Addad einzelne Wolken gesetzt hatte, wie Wachposten, die ihm die Ankunft der Menschen meldeten. Sargon griff den Speer fester, den er als Spazierstock mitgenommen hatte. Er befand sich in Addads Reich. Jederzeit konnte ihm hier ein Anschlag drohen.

Senezon würde toben, wenn er erführe, dass ich die Leibwache zurückgelassen habe, dachte der König. *Ihr seid wie immer zu leichtsinnig, würde er ausrufen.* Doch Senezon kannte nicht alle Geheimnisse. Sargon fühle sich sicher. Er genoss es, in die Einsamkeit nur seine Gedanken als Begleiter mitzunehmen. Ninive war groß und bot viel Ablenkung – zu viel für einen Mann, der in der Stille der Wüste aufgewachsen war. Das Rauschen der Bäume im Wind und das Plätschern des Wassers war auch keine Stille, aber es war gleichmäßig und beruhigend.

Der König von Akkad setze sich auf einen großen Felsen, der vor einem Waldstück stand und blickte hinab ins Tal. Auf einer Wiese graste ein Stier, scheinbar harmlos mit den saftigen Weiden beschäftigt. Sargon ließ sich davon nicht täuschen. Sehr lange hatte er im Kreise der Götter regiert. Er kannte die Signale: Addad beobachtete sie. Der Donnergott hatte seine Tiere geschickt, um jeden Schritt der Menschen zu überwachen. Im richtigen Moment würde er zuschlagen. Sargon sondierte das Feld zwischen ihm und dem Tier mit den mächtigen Hörnern. Er war um etwa die Länge eines doppelten Speerwurfs von ihm entfernt. Ein Bach trennte sie. Sargon legte den Speer an seine Seite. Sollte der Stier angreifen, würde er ihn am Ufer des Baches stellen, wo der König erhöht zu seinem Gegner war. Der Stier machte keine Anstalt näher zu kommen, doch Sargon ließ ihn nicht aus den Augen. *Es war bereits schon ein Mitglied der königlichen Familie von einem Stier in Subartu getötet worden. Gusur…*

Tränen traten ihm in die Augen, wie er an seinen Sohn dachte. *Gusur, warum musste ich dich nur nach Subartu mitnehmen?* Die Tränen quollen ihm aus seinen Augen und liefen wie Bäche über das Gesicht. Es waren große Pläne, die er mit seinem Sohn gehabt hatte. Bevor Gusur den Thron bestieg, sollte er alle Länder kennenlernen, die sein Reich umfasste. Er sollte bei Freunden und bei Feinden bekannt sein, bevor er ihnen als Herrscher Akkads gegenüberstand. Das war nun alles vergebens. Bis ein neuer Thronfolger gefunden war, lastete die Verantwortung wieder auf Sargon. *Was würde geschehen, wenn ich auf dem Feldzug umkomme?* Sargon schielte zu dem Stier herüber, doch dieser schien weiterhin nicht an ihm interessiert zu sein.

Da vernahm der König schwere Schritte hinter sich. Ein Zischen schoss durch die Luft. Sargon blickte sich nicht um. *Das war keine Schlange.*

„Bleib lieber unter den Bäumen verborgen, alter Freund!" sprach er deutlich und behielt dabei den Stier im Auge. „Addads Spione sind überall. Er darf dich auf keinen Fall sehen." Ein Schnauben verriet ihm, dass seine Worte vernommen wurden. Dann wackelte der Boden leicht, als sich ein mächtiger Körper niederlegte. Wie ein treuer Hund lag der Schlangendrache dicht hinter Sargon im Gestrüpp. Sargon entspannte sich. *Und wenn Addad hundert Stiere senden würde, gegen Muschuschu hätten sie keine Hoffnung auf Sieg.* Sargon dachte nach. Wie er sprach, richtete er Worte an sich wie an den Schlangendrachen.

„Unsere Armee nimmt den Weg, den Addad selbst hat anlegen lassen. Er kennt hier jeden Winkel." Er überlegte eine Weile. „Bisher hat er uns nicht angegriffen. Ich glaube aber nicht, dass er uns ungeschoren bis an die Tore seiner Festung lassen wird. Irgendwo auf dem Weg wird der Angriff erfolgen." Wieder drang ein leises Zischen zu ihm. *Ich frage mich, ob Muschuschu mich versteht,* dachte der König. Unzählige Male hatten er und sein Hohepriester versucht, den mächtigen Helfer zu rufen, um ihnen beizustehen. Doch es war vergebens. Muschuschu hörte nur auf die Befehle seines Herrn und das war Gott Marduk. Er folgte ihm, wie auch Sargon seinem Ruf folgte. *Marduk aber versteht meine Worte,* dachte Sargon. *Er wird Muschuschu senden.*

„Bleibe du auch weiterhin verborgen und suche die Anhöhe über unserem Weg." fuhr Sargon fort. „Sicher werden sie uns von oben her angreifen. Wenn das passiert, kannst du ihnen in den Rücken fallen." Wieder blickte er misstrauisch zu dem Stier hinüber. Doch dieser schien den mächtigen Beschützer des Akkaders nicht zu erspähen. *Sicher hat Addad auch Spione in unserer Armee,* dachte Sargon.

„Wir müssen deine Anwesenheit weiterhin vor den anderen verbergen." beschloss er. „Sicher gibt es Spalten und Höhlen, die dir als Versteck dienen werden, wo Bäume nicht ausreichen. Dort werde ich dich suchen, wenn ich deine Hilfe brauche."

Büsche raschelten hinter Sargons Rücken, wie sie von einem großen Körper zur Seite geschoben wurden. Schwere Schritte entfernten sich in den Wald. Sargon wartete noch einen Moment. Dann hob er seinen Speer auf und machte sich auf den Rückweg ins Lager.

Dreiundzwanzigstes Kapitel: Der Aufstieg

Die nächste Etappe begannen sie erst lange nach Mitternacht. Sie zogen auch weiter, nachdem die Sonne schon längst aufgegangen war. Sargon und Semiramis hatten sich darauf geeinigt, von nun an das Tageslicht zu nutzen, um einen etwaigen Hinterhalt der Muskil früher zu entdecken. Zudem war es im Gebirge auch nicht mehr so heiß, dass die Subartuner das Licht Marduks scheuen müssten. Ihr Weg verlief nun durch enge Schluchten, deren Anstieg es den Reitern unmöglich machte, zur Seite auszuschwärmen. Das Klappern der Hufe hallte von den Bergwänden zurück. Von Zeit zu Zeit flogen große Vögel über ihre Köpfen hinweg. Sonst ließ sich kein Lebewesen blicken. Senezon ritt an der Seite seines Königs. Nach Gusurs Tod hatte er die höchste Position neben seinem Herrn inne. Sargon war dankbar für seine Nähe. Gemeinsam hatten sie Ninive gerettet, aber zu welchem Preis? Der König dachte an die Männer und Frauen, die ihm nach Subartu gefolgt waren und dies mit ihrem Leben bezahlen mussten. Wie viele würden noch folgen? Ihr Trupp war von Addad sicher schon bemerkt worden. Warum hatte er noch nicht angegriffen? *Weil die Stelle noch nicht geeignet war*, beantwortete er seine eigene Frage in Gedanken. Der Weg war schmal. Nur selten führten Abzweigungen von ihm fort. Es war die perfekte Falle, um eine Armee einzuschließen und mit Pfeilen und Steinen zu vernichten. Aber bisher war sie nicht zugeschnappt.

201

Semiramis hatte ihnen die Lage der Felsenburg des Donnergottes beschrieben. Auf dem Plateau des höchsten Berges hatte sich Addad einen Tempel mit drei Plattformen errichten lassen. Es führte nur eine Treppe hinauf, und jede Plattform war mit Mauern und Türmen bewehrt. Gute Bogenschützen konnten von oben einer Streitmacht große Verluste zufügen, lange bevor die Angreifer die nächste Plattform erreichen konnten. Die Muskil waren auch als Bogenschützen gefürchtet. Und dazu kam die Bedrohung durch den Donnergott selbst. Hoch oben im Gebirge war er in seinem Element. Die schweren Wolken reichten an manchen Tagen bis zum Tempel herab. Man sagte, dass Addad mit bloßer Hand Blitze schleudern könne. Wie anmaßend war es von den Menschen, einen Gott herauszufordern?

Werde auch ich mein Leben hier in Subartu beenden?, fragte sich der König mehr als einmal während der Reise. Zu Senezon gewandt sagte er laut: „Wenn du nach Hause zurückkehrst, möchte ich, dass du die Garnison von Akkad übernimmst. Wir können viel von den Verteidigungsanlagen aus Ninive lernen."

„Wenn wir nach Hause zurückkehren, werde ich freiwillig keinen Fuß mehr in einen solchen Moloch von Stadt setzen", korrigierte ihn sein Šagana. Seine Abneigung gegen den gedankenschweren Tonfall in der Stimme seines Königs war überdeutlich. „Da müsst Ihr mich in Ketten hinschleppen." Sargon musste über die Empörung des Generals lächeln. Die schweren Gedanken verflüchtigten sich. Senezon fuhr fort. „Wenn Ihr unbedingt Sitten aus Subartu bei uns einführen wollt, dann schickt lieber Nintinugga. Stadtverwaltung ist etwas für Frauen. Deshalb hat Semiramis ja auch keine Männer dazu verdonnert. Nintinugga versteht mehr von Wurfgeschossen als ich. Außerdem scheint sie sich jetzt eine eigene Quelle für Wissen aus Subartu gesichert zu haben. Und er scheint einem sesshaften Leben auch nicht abgeneigt zu sein." Er deutete zum Streitwagen, auf dem die Bogenschützin mit Sanherib fuhr, einen Arm um seine Hüfte gelegt.

„Dein König beobachtet uns", stellte der junge Mann fest. Sie nickte. „Das tut er seit dem ersten Tag, an dem wir in Ninive ankamen."

„Hat er dich zur Rede gestellt?"

„Nein, das hat er nicht nötig. Ich habe ihm selbst von allem berichtet, was uns seit unserer Abreise aus dem Lager geschehen war."

„Von wirklich allem?", fragte er. Sie schien ein wenig verlegen bei der Frage, was ihm aber gut gefiel.

„Nun ja, manches habe ich nicht ganz so genau beschrieben. Aber ich habe ihm alles gesagt, was er wissen muss."

„Und was hast du ihm über mich gesagt?"

„Dass ich dir mein Leben verdanke und dass ich bis zu meinem Tod nicht mehr von deiner Seite weichen werde."

Er blickte sie verblüfft an. „Sind alle Frauen aus Akkad so direkt wie du?" Sie grinste breit.

„Bei dem richtigen Mann sind wir das alle." *Und damit meine ich nicht nur die Frauen aus Akkad,* fügte sie in Gedanken hinzu.

Bewegung kam in die Spitze des Zuges. Die Jäger kamen zurück und führten zwei Männer in ihrer Mitte. Sargon ließ die Truppe anhalten und ritt den Jägern entgegen. Semiramis war augenblicklich an seiner Seite. Die Männer trugen einfache Felle und liefen barfuß zwischen den Reitern. Misstrauisch blickten sie den Truppen entgegen. Offenbar hatten sie noch nie so viele Kämpfer vor sich gesehen. Sie erkannten die Königin und warfen sich vor ihrem Pferd zu Boden. Semiramis hielt an und stieg aus dem Sattel.

„Ihr kennt mich", stellte sie fest. „Sprecht, wer ihr seid und wo ihr herkommt!"

„Wir sind Hirten aus Halal, Herrin", sprach der eine von ihnen, der etwas größer war.

„Und wo ist eure Herde?", fragte die Königin.

„Die Muskil haben unsere Ziegen geraubt, als wir uns schlafen legen wollten. Lasst uns bitte zu unserem Dorf zurück."

„Wo lagerten eure Ziegen?", fragte Sargon, der ebenfalls abgestiegen war und neugierig nähertrat. Die Männer blickten den König von Akkad erschreckt an. Sie zögerten mit der Antwort.

„Auch ich möchte das wissen", verstärkte Semiramis die Frage Sargons.

„Etwa eine halbe Tagesreise von hier", antwortete der Sprecher und deutet auf eine Felsnase weit hinter ihnen.

„Unterhalb des Addad-Tempels."

„Ihr weidet eure Herden am Tempel des Donnergottes?", fragte Sargon verblüfft. Der Mann zuckte mit seinen Schultern.

„Warum nicht? Der Boden ist gut und Regen gibt es reichlich. Die Muskil lassen keine wilden Tiere in die Nähe des Tempels, und bisher haben sie uns immer in Frieden gelassen."

„Woher wisst ihr dann, dass sie es waren?", fragte Semiramis.

„Weil wir sie dabei beobachtet haben", sagte der andere schlicht.

„Die Ziegen mögen das Gras auf dem Plateau hinter dem Tempel, wo der Wind gewöhnlich nicht so stark ist. Wir hatten uns gerade in eine Felsspalte gelegt, als wir die Hufe der Muskil hörten. Sie töteten all unsere Hunde und führten die Herde in den Tempel."

„Wie seid ihr dann verborgen geblieben? Die Muskil hätten euch sicher gesehen, wenn ihr wieder an dem Tempel vorbeigegangen wärt, um zur Straße herabzukommen."

„Wir fanden einen anderen Abgang an der Ostseite", erklärte der Sprecher. „Er ist steil, aber wir kamen sicher herab, ohne von den Wachen entdeckt zu werden."

Ein Weg zum Tempelplateau, den die Muskil nicht kennen, dachte Sargon. Damit eröffneten sich ihnen ganz neue Möglichkeiten. Semiramis schien das Gleiche zu denken. Laut aber sagte sie:

„Lasst uns nun Rast machen und diesen Männern etwas zu essen geben. Sie müssen sicher hungrig sein." Zu Sargon gewandt sagte sie: „Der Tempel des Addad ist nun sehr nahe. Es wird Zeit, den Angriff mit unseren Offizieren zu planen."

„Eine Falle, ganz klar", erklärte Senezon. „Unmöglich, dass Addad einen Schleichweg zu seiner Festung all die Jahre übersehen haben soll."

„Dennoch eröffnet es uns eine neue Möglichkeit", beharrte Sargon. „Noch nie ist eine Armee so weit ins Gebirge gelangt, wie wir bereits gekommen sind. Addad hatte es nie nötig gehabt, seine Umgebung besser abzusichern."

Sie saßen eng beieinander in einer Höhle, die Senezon in der Nähe des Weges entdeckt hatte. Semiramis und Sargon hatten im hinteren Teil ihr Lager eingerichtet, indem sie den Raum mit einem schweren Vorhang aufgeteilt hatten. Sie saßen nun alle im vorderen

Abschnitt der Höhle, während Sanherib und Nintinugga den Ausgang bewachten.

„Seit Ninive hat er dazu bestimmt eine andere Meinung", beharrte der breitschultrige Kämpfer. „Dass die Muskil Ziegen rauben, um die Vorräte für eine Belagerung aufzufüllen, will ich den beiden Hirten glauben. Nicht aber, dass Addad eine solche Lücke in seiner Verteidigung einfach übersehen haben könnte."

Wortlos folgte Semiramis dem hitzigen Gespräch der Akkader, die sie über viele Wochen kennen- und schätzen gelernt hatte. Sargon ruhte sich nie auf seiner Autorität aus, sondern stellte sich den Argumenten seiner Gefolgsleute. Semiramis hatte während der Reise beobachtet, dass der König sogar den Vorschlägen einfacher Soldaten gefolgt war, wenn sie ihm schlüssig erschienen. Dennoch wurde seinen Entscheidungen nie widersprochen. Wie anders war da ihr eigener Hof. Ninives Stadthalterin Samše hatte Semiramis mit ihrem permanenten Widerspruch fast in den Wahnsinn getrieben. Umgekehrt hüteten sich die Stadtältesten und die Gal-ug der Truppen davor, ihre Meinung offen kundzutun. Der Protest kam still und spät, wenn Befehle nur zögerlich oder gar nicht umgesetzt wurden, weil die Anführer nicht überzeugt waren. *Senezons hitziges Debattieren gegen den Vorschlag Sargons hat seine guten Seiten*, dachte Semiramis anerkennend.

Der Plan des Akkader war einfach. Während die Truppen den Marsch auf dem breiten Weg zum Tempel fortsetzten, sollte ein Vorabkommando über den Anstieg der Hirten zur Ostseite gelangen und dort warten, bis die nahenden Truppen die Aufmerksamkeit Addads und der Muskil bei den Toren auf sich zogen. Mit einem schnellen Vorstoß würden sie dann in den Tempel eindringen, um Addad zu stellen. War der Donnergott erst einmal besiegt, würden die Muskil sich schnell ergeben.

So einfach der Plan war, der Erfolg hing davon ab, dass sie beim Anstieg tatsächlich unbemerkt blieben. Senezon konnte nicht glauben, dass ihr Anstieg im Osten nicht von den Muskil bemerkt werden würde.

„Die Muskil müssen sich doch gefragt haben, wer die Ziegen auf das Plateau getrieben hat. Die Hunde machen das nicht allein."

„Die Hirten könnten den Weg im Westen durchaus erreichen, ohne vom Tempel aus bemerkt zu werden", entgegnete Sanherib. „Das Plateau soll sehr breit sein. Es gibt bestimmt Gestrüpp, hinter dem sich einzelne Männer verstecken können. Die Muskil haben keine Zeit, dort alles abzusuchen, während sie sich auf die Verteidigung gegen unsere Truppen vorbereiten müssen. Zwei einfache Hirten sind keine Bedrohung für Addad."

„Vielleicht ist es etwas anderes", mischte sich Semiramis schließlich in das Gespräch ein. Alle Augen richteten sich auf die Königin. „Kein Mensch hat jemals einen Gott herausgefordert. Selbst wenn wir unentdeckt blieben und in den Tempel gelängen, wer von uns kann es überhaupt mit Addad aufnehmen?"

Sargon hatte den Einwand erwartet. Diese Sorge hatte ihn beschäftigt, seit sie von Ninive aufgebrochen waren. Er selbst hatte dazu auch lange keine Antwort gefunden. Bis heute morgen.

„Ein berechtigter Einwand, Semiramis. Wir sollten aber nicht vergessen, dass Addad kein Gott ist, sondern nur der Nachkomme zweier Helfer, die unsere Götter Ischtar und Marduk geschaffen haben. Uras und Anum waren gewiss sehr mächtig, keiner von ihnen konnte es aber mit Ischtar oder Marduk aufnehmen. Auch Addad hat nicht diese Macht."

„Dennoch ist er stärker als alle Muskil und auch als unser Vorabkommando, das ihr beschrieben habt. Er wird spielend mit uns fertig."

„Es sei denn, wir haben einen ebenbürtigen Gegner bei uns." Damit zog der König den Vorhang zur Seite, der einen Teil des Raumes verdeckt hatte, im dem sie sich berieten. Ein unheimliches Zischen sowie ein Schnappen der Schere eines Riesenskorpions ließen die Menschen vor Furcht erstarren. Muschuschu, der unheimliche Schlangendrache des Sonnengottes, schob seinen gehörnten Kopf aus der Höhle. Semiramis erschauderte beim Anblick des Fabelwesens. Während Muschuschu nun langsam auf sie zu schlich, konnte die Königin die unheimliche Kraft fast körperlich spüren, die von dem Überwesen ausging. Dessen Schlangenkopf ragte hoch über ihren Köpfen, und zwei lauernde Augen bemerkten jede Regung in der Höhle. Die Menschen wichen zurück. Nur Sargon blieb auf seinem Platz, nur noch wenige Handbreit von dem schuppigen Körper entfernt. Er fuhr fort:

„Addad hatte mit seinem hinterhältigen Angriff versucht, den Verdacht auf die Truppen Marduks zu lenken. Das hat unser Gott nicht vergessen. Er wird Muschuschu die Kraft geben, den Verräter zu stellen, während wir uns um die Muskil kümmern." Mit einem unheimlichen Zischen schien Muschuschu seine Zustimmung zu signalisieren.

Am nächsten Morgen brachen sie auf. Neben den beiden Königen sollten Nintinugga und Sanherib den geheimen Aufstieg im Osten der Felsenfestung nehmen. Dazu kamen eine Einheit der Bogenschützen aus Ninive und Sargons Leibgarde. Die Armee würde unter dem Kommando von Senezon, Ezira und Woranola der Straße zum Palast des Donnergottes folgen. Ein verdeckter Wagen mit den königlichen Insignien würde etwaigen Beobachtern den Eindruck vermitteln, dass Semiramis und Sargon von dort ihre Truppen anführten.

„Nähert euch den Mauern nur bis auf Reichweite der Belagerungswaffen und setzt die Truppen nicht ihren Bogenschützen aus.", wies der König die Offiziere an.

„Eure Aufgabe ist es, Addad abzulenken, nicht, die Mauern zu stürmen." Senezon war damit sichtlich unzufrieden.

„Und wenn sie einen Ausfall machen? Dürfen wir dann wenigstens in den Nahkampf?"

„Du wirst deine Chance bekommen, Köpfe einzuschlagen", beruhigte ihn sein König. „Nachdem unser Schlag gegen Addad gelungen ist, wird Nintinugga einen ihrer singenden Pfeile über die Mauer senden. Dann stürmt die Mauern. Aber keinen Moment früher", ergänzte er und blickte seinen Vertrauten streng an. Senezon hatte verstanden. Nachdem die Versammlung der Offiziere aufgelöst war, nahm der König Ezira zur Seite. Der alte Sagana hatte kein Wort während der Besprechung gesagt und schien eigenen Gedanken nachzugehen.

„Was beschäftigt dich, mein Freund?", fragte der König seinen langjährigen Vertrauten. „Was haben wir in unserem Plan übersehen?" Der Angesprochene lächelte leicht. Es war unmöglich, seinem König Gedanken vorzuenthalten.

„Glaubt Ihr wirklich, dass Addad uns so ungeschoren bis zu seinen Mauern vorrücken lässt? Die Berge sind sein Reich. Hier kennt er sich aus, während sich hinter jeder Wegbiegung für uns etwas Neues verbirgt. Auf den engen Wegen sind wir viel verwundbarer als auf der Ebene vor seinen Mauern." Der König überlegte einen Moment.

„Es gab in den letzten Tagen mehrere Plätze, die sich für einen Hinterhalt geeignet hätten. Nichts dergleichen ist geschehen. Ich vermute daher, dass Addad nicht mehr die Truppen hat, um uns ohne den Schutz der Mauern gegenüberzutreten." Der alte Mann nickte.

„Das wäre eine Erklärung. Es könnte aber auch sein, dass wir noch an Stellen vorbeikommen, die dazu noch besser geeignet sind." Sargon musste ihm zustimmen.

„Damit solltet ihr immer rechnen. Die Kundschafter müssen ab jetzt besonders wachsam sein."

„Wir sollten die Abteilungen mischen", riet der General. „Derzeit befinden sich Woranolas Belagerungsmaschinen alle am Ende unseres Zuges. Wenn Addad dort zuschlägt, während wir eine Schlucht passieren, können wir ihnen nicht rechtzeitig zur Hilfe kommen."

Sargon überlegte. Ja, so würde er es an Addads Stelle auch machen. Er sagte: „Du hast recht, Ezira. Ohne die Belagerungswaffen wären wir zum Sturm auf die Mauern gezwungen."

„Und das ist genau, was ich mir erhoffen würde, wäre ich Addad", schloss der Kämpfer den Gedanken ab. Grimmig nickte sein König.

„Lass uns ein Wort mit Woranola sprechen, bevor ihr aufbrecht. Abteilungen auf dem Marsch zu mischen, widerspricht den Traditionen. Sie wird aber auch den Vorteil erkennen."

Zufrieden dachte Sargon an das folgende Gespräch mit der Gal-ug von Ninives Fernwaffen zurück. Sie war es gewohnt, mit ihren Truppen den Abschluss eines Feldzugs zu bilden und die schweren Wagen über die zertretenen Wege und die Auswürfe der voranreitenden Pferde zu schieben. Jetzt allerdings würde ihre Einheit den Kern der Truppe bilden, um die sich die anderen Einheiten als Schale schützend anordnen sollten. Ihre offene Dankbarkeit für den Schutz ihrer Einheiten ging Sargon nicht aus dem Sinn. *Es sind gute Menschen hier in Subartu*, dachte er. *Addad hat ihnen viel angetan, aber die gemeinsame Bedrohung wird uns helfen, aus dem Schatten unserer Vergangenheit hervorzukommen und Taten zu vollbringen, die wir uns zuvor niemals zugetraut hätten.*

Die Gruppe um die beiden Könige war früh aufgebrochen und erreichte schnell die Felswand, von der die Hirten herabgekommen waren. Nintinugga wurde immer unruhiger, je weiter sie sich dem Berg näherten. Irgendwie kam ihr der Felsen bekannt vor. Mit einem Mal erkannte sie ihn wieder: Dies war der Berg, von dem sie so oft in ihren Albträumen herabgestürzt war. Fast versagten ihr die Beine bei dem Gedanken. Die dunklen Felsen und der helle Boden hier im Tal waren ihr immer wieder entgegengekommen, wenn sie im Traum abstürzte. Hatte sie im Schlaf ihre eigene Zukunft gesehen? Sie hielt sich an Sanheribs Arm fest. Er wusste um ihre Albträume und schien ihre Gedanken zu erraten. „Keine Angst. Ich halte dich." Sie nickte dankbar, doch überzeugt war sie nicht. *Marduk, Herr*, betete sie still. *Waren die Träume etwa eine Warnung? Möchtest du, dass ich nicht dort hinaufsteige?* Sie blickte zu ihrem König. Sargon würde ihr sicher den Wunsch erfüllen, lieber mit der Armee die Straße entlangzuziehen. Sie brauchte ihn nur zu fragen. Aber damit überließ sie ihn seinem Schicksal. Sollte ihrem König etwas zustoßen, wäre es auch ihre Schuld. *Das kann die*

Gottheit nicht wollen. Der Gedanke gab ihr neuen Mut. Ja, so musste es sein. Marduk wollte, dass sie ihren König beschützte. Der Albtraum war nur eine Probe ihrer Treue. Sie würde ihn nicht enttäuschen. Energisch nahm sie die ersten Stufen.

Der Anstieg wurde schon nach wenigen Augenblicken sehr steil. Die beiden Hirten kletterten sicher voran, gefolgt von Muschuschu, der offensichtlich an Klettern gewohnt war. Geschickt zog sich der Schlangendrache von Spalte zu Spalte. Beim ersten Anblick des Monsters waren die Hirten erschreckt aufgesprungen und hatten sich hinter einem Felsen versteckt. Es kostete Semiramis einige Überredung, sie davon zu überzeugen, dass ihnen von Muschuschu keine Gefahr drohte. Überzeugt waren die beiden jedoch nicht. Der Schlangendrache war allem Anschein nach von den Hirten nicht sonderlich angetan. Stets hielt er etwas Abstand, während seine massige Präsenz die beiden verunsicherten Männer zur Eile antrieb.

Zur Mitte des Tages erreichten sie ein Plateau, welches groß genug war, sie alle aufzunehmen. Sargon entschied, dort eine Rast einzulegen. Die Menschen setzten sich in kleinen Gruppen zusammen, während Muschuschu am Rande des Plateaus Wache hielt. Semiramis saß unter einem Überhang, der ihr etwas Schatten von der Sonne bot, die nun hoch über ihnen stand. Sargon schritt zu ihr und setzte sich. Wie bereits auf der langen Reise war sie auch heute tief verhüllt, um ihren Körper vor den Sonnenstrahlen zu schützen.

„Ich werde nie verstehen, was ihr Akkader an dieser Hitze genießen könnt, Sargon", hörte er sie sagen. Ihre Stimme klang aber nicht klagend, eher etwas amüsiert.

„Merkt ihr den nicht, wie die Sonne eure Haut zu Leder verbrennt?" Er zuckte mit seinen Schultern. „Ich vermute, dass ist bereits vor so langer Zeit passiert, dass wir heute schon sehr viel Sonne brauchen, um überhaupt etwas zu spüren." Sie dachte einen Moment nach.

„Dann muss es für dich während der Zeit unter Addads Wolken sehr gefühllos gewesen sein."

Sargon nickte. „Es war für mich ein besonderer Moment, als wir dein Reich betraten und dort Marduks Sonne wiederfanden. Mir war, als hätte der Gott dort auf uns gewartet, im Land unserer Feinde. Wir waren in der Fremde und doch war der Anblick der strahlenden Sonne am blauen Himmel mir sehr vertraut. Verstehst du, was ich meine?"

Sie schob den Schleier vor ihrem Gesicht etwas beiseite und Sargon blickte in die tiefblauen Augen der Königin.

„Ich verstehe dich nur zu gut, Sargon", sprach sie. „In deinem Reich verbrachte ich des Nachts viele Stunden im stummen Gespräch mit Ischtar, während ihr Mond gnädig auf mich herabsah. Lange habe ich mich ihr nicht mehr so nahe gefühlt wie in jenen Nächten. Ich habe sie oft gefragt, warum wir ein Land verachten sollen, das sie selbst in ein so wunderschönes Licht taucht. Das passt nicht zusammen." Sie schwiegen, und ein jeder ging diesem Gedanken nach. Schließlich fragte Sargon:

„Haben wir unsere Götter falsch verstanden? Sie stehen doch im Wettstreit um den Himmel über uns. Wo der eine ist, kann die andere nicht sein. Als ihre Diener müssen wir ihrer Führung folgen, sonst hat die Welt keinen Sinn."

„Folgen müssen wir ihnen, Sargon. Da hast du recht. Aber denkst du wirklich, dass die Intention Marduks sich gegen ein Land richtet, über das er seine Strahlen

schickt und wohin er seinen engsten Vertrauten ent-
sendet?"

Damit sprach sie Gedanken an, die ihn seit Wochen
umtrieben. Muschuschus Erscheinen hatte Sargons
Weltbild endgültig ins Wanken gebracht. Wenn Mar-
duk diejenigen schützte, gegen die Sargon über viele
Jahre seine Truppen ausgeschickt hatte, dann hatte der
König den Wunsch seines Gottes falsch verstanden.
Die Bedeutung seiner Schlussfolgerung schob ein Lä-
cheln auf seine Lippen.

„Die Priester werden von unserer Auslegung bestimmt überrascht sein. Das Umdenken wird sehr lange dauern."

Auch Semiramis lächelte unter ihrem Schleier.

„Das erste Beispiel konnten wir in Ninive ja beobachten. Für meinen Teil bin ich zuversichtlich. Ischtar hat die Liebe zueinander schon immer verkörpert.
Frieden zwischen unseren Völkern wird auch der Liebe
mehr Raum geben."

„Und wenn gleichzeitig Missstände auch angepackt
und nicht nur beklagt werden, wird selbst jemand wie
Senezon damit gut leben können."

„Der ganz besonders", stimmte sie ihm zu. Sie genossen den Gedanken an eine friedliche Zukunft, bis
sich Muschuschu ihnen näherte. Es war Zeit für den
letzten Anstieg zum Tempel Addads und zum Kampf
mit dem Donnergott.

Die Felswand wurde immer steiler. Fast senkrecht kletterten sie den Berg empor. Die hochstehende Sonne
blendete ihre Augen, wenn sie versuchten, die Spitze
des Berges auszumachen. Die Hirten hatten sich mittlerweile an den Schlangendrachen dicht hinter ihnen
gewöhnt und stiegen eifrig voran. Mehr als einmal

wunderte sich Sargon darüber, wie sicher sie im Berg ihren Weg zum Tempelplateau fanden. Die Berghirten schienen nicht nur ans Klettern gewöhnt zu sein, sondern auch eine perfekte Erinnerung zu besitzen. Sargon hatte erwartet, dass sie hin und wieder vom Weg abkommen und dann neu orientieren müssten, aber bisher stiegen ihre Führer unfehlbar und stetig voran.

Nach einer Weile bildete der Fels einen Überhang hoch über ihnen. Es war unmöglich, weiterzukommen. Auf einem Sims erwarteten die Führer die nachfolgende Gruppe. Muschuschu hatte sich abseits am Felsen festgekrallt. Sein mächtiger Kopf schien das Gestein zu untersuchen.

„Sind wir auf dem richtigen Weg?", fragte der König die Hirten. „Es scheint mir nicht möglich, hier weiterzukommen."

Der Größere von ihnen sprach:

„Es ist nicht mehr weit, Herr. Der Überhang schützt den Aufstieg vor Blicken von oben."

„Er scheint mir vor allem den Tempel vor unserem Aufstieg zu schützen. Ist das der Weg, den ihr auf dem Weg herab gewählt habt?" Das Misstrauen in ihm wurde immer stärker. Doch die Männer nickten eifrig.

„Seid unbesorgt. Etwas rechts von hier hat der Überhang eine Öffnung. Dieser Sims führt uns direkt dorthin. Haben wir die Höhle erreicht, so sind es nur noch wenige Schritte. Am Ende der Höhle befindet sich das Plateau mit dem Tempel."

„Dann führt uns zu der Höhle!", wies der König sie an. Er folgte den beiden dicht nach, während Muschuschu über ihren Köpfen sicher den Felsen entlangkletterte. Dem Schlangendrachen schienen die glatten Wände in schwindelnder Höhe nichts auszumachen. Tatsächlich gelangten sie nach kurzer Zeit an eine

Stelle, an welcher der Überhang einen schmalen Spalt hatte, durch den sie weiter emporsteigen konnten. Der Anstieg war hier zwar etwas leichter, aber ein neues Problem stellte sich ihnen in den Weg. Die Lücke war zu klein, um auch Muschuschu durchzulassen. Ratlos blickte Sargon den Felsen entlang, in der Hoffnung, eine andere Lücke zu finden. Auch der Schlangendrache Marduks hatte die Lage erkannt und erkundete den Felsen fernab der Gruppe. Die Führer hielten inne, als ihre Begleiter unschlüssig zurückblieben.

Semiramis war die Situation nicht entgangen. Sie schloss zu Sargon auf und fragte die Hirten:

„Ist das der Weg, den ihr herabgestiegen seid?" Die beiden bejahten die Frage.

„Gibt es noch einen anderen Aufstieg von hier zum Tempel?" Unschlüssig blickten sich die beiden an. „Wir wissen es nicht, Herrin. Bedenkt, dass wir auf der Flucht waren und nur schnell aus der Gefahr kommen wollten. In der engen Höhle haben wir uns sicher gefühlt, weil die Muskil uns nicht hierher folgen konnten."

„Es wäre besser gewesen, ihr hättet uns vor dem Anstieg von der Höhle berichtet. Dann hätte Muschuschu sich einen anderen Weg gesucht."

„Das kann er immer noch machen", warf Sargon ein. „Muschuschu erklettert die Berge weit sicherer, als wir es können. Bestimmt wird er schnell einen anderen Aufstieg finden, während wir durch die Höhle steigen." Der Drache zischte zu ihnen herüber, wie um seine Zustimmung auszudrücken. Dann stieg er weiter den Felsen entlang, ohne eine Antwort abzuwarten. Sargon musste unwillkürlich an Senezon denken, der gerade die Armee den Weg heraufführte. Der Axtkämpfer hätte genauso reagiert.

Der Anstieg durch die Höhle war leichter zu bewältigen als das Klettern an der Felswand zuvor. Sanherib, der sich stets in Nintinuggas Nähe aufhielt, war dankbar, dass hier keine Sonne seine Augen blenden konnte. Es gab auch mehr Stellen, die einen sicheren Halt boten. Schon bald konnten sie den Ausgang der Höhle über sich erblicken. Sein Herz schlug schneller. Sie näherten sich dem Ziel. Es war still in der Gruppe geworden. Während sie sich zuvor am Berg noch durch Rufen aufgemuntert hatten, stieg nun jeder wortlos empor. Sanherib bereitete sich gedanklich auf das vor, was vor ihnen lag. Die Muskil waren ihnen körperlich weit überlegen, wie er in Mari am eigenen Leib festgestellt hatte. Die Vorteile der Menschen waren das Überraschungsmoment und Muschuschu, sobald er einen Weg gefunden hatte, zu ihnen aufzuschließen. Er blickte zu Nintinugga, die neben ihm dem Ausgang entgegenstieg. Bisher hatte sie den Anstieg tapfer gemeistert. Sanherib wusste, dass sie nur ihm ihre Angst vor Höhe offenbart hatte. Mutig richtete sie ihren Blick nach vorne und schien den Abgrund hinter sich zu ignorieren. Hätte er sie lieber mit der Armee die Straße entlangziehen lassen sollen? Sie beantwortete seine unausgesprochene Frage mit einer Kusshand und ihrem breiten Lächeln. Ein warmes Gefühl stieg in ihm auf und verdeckte die Sorgen um die junge Frau, die sein Herz erobert hatte. Sanherib schüttelte energisch seinen Kopf, um sich wieder auf seine Aufgabe zu konzentrieren. Vor ihm stieg seine Königin in die Schlacht und er hatte geschworen, sie zu schützen, koste es, was es wolle.

Schon gelangten die Hirten an der Spitze der kleinen Gruppe aus der Höhlenöffnung ins Freie. Sargon schloss zu ihnen auf. Er hatte sein Schwert bereits gezogen. Große Felsen verbargen den Eingang des Tempels vor Blicken. Dennoch ging der König vorsichtig um die Brocken herum, hinter denen er freie Sicht auf das steinerne Plateau mit der Tempelanlage hatte. Die Plattform war weitläufig und eben, so wie die Hirten sie beschrieben hatten. Die beiden kauerten nun neben ihm und warteten seine Anweisungen ab. Der Tempel des Donnergottes war in drei breiten Terrassen angelegt, wie Sargon es auch bei den Heiligtümern in Ninive gesehen hatte. Dieser Tempel überragte sie jedoch alle. Nie zuvor hatte Sargon ein so hohes Bauwerk gesehen. Bereits die unterste Stufe war höher als alle Türme der Stadt. Die oberste Terrasse trug neben einem weiteren Wehrgang einen strahlend weißen Tempel, von dem Sargon von seinem Standort allerdings nur die Rückseite sehen konnte. Aufgänge waren nicht zu erkennen. Wie in Ninive hatte auch der Tempel des Donnergottes seinen Prozessionsweg nach Osten ausgerichtet. Drei Treppenanlagen, eine breite für die Prozessionen und zwei schmalere an den Seiten, befanden sich auf der ihnen abgewandten Seite. Gegenüber lag die Toranlage der Festung. Dort würden bald die Truppen aus Ninive angreifen. Am Himmel über dem Tempel sammelten sich dunkle Wolkenberge, die Addad wieder über dem Land ausbreiten würde. In der Ferne sah Sargon Bewegung an den Befestigungsanlagen rund um das Tor zur Straße. Einzelne Büsche und Felsen säumten die Ebene. Ansonsten erblickte er weder Bäume noch irgendwelche Gebäude außer dem Tempel. Es war ein friedlicher Anblick. Sargon hatte in einer Festung, die sich auf einen Angriff vorbereitete, mehr Bewegung erwartet. Die Ruhe, welche das Heiligtum Addads ausstrahlte, irritierte den König.

„Die Muskil treffen sicherlich ihre Vorbereitungen im Tempel", vermutete Semiramis, die zu ihm aufgeschlossen hatte. „Es sei denn, sie haben ihre Hütten auf der uns abgewandten Seite zum Tor. Dort würde ich sie lagern lassen", erwiderte er. Sorgfältig prüfte er noch einmal die Treppe und den Wehrgang auf der untersten Terrasse des Bauwerks. Er konnte dort keine Bewegung ausmachen. Zufrieden kehrte er zu der Gruppe zurück, die noch in der Höhle wartete.

„Der Weg über das Plateau ist länger, als ich dachte, aber die Muskil scheinen gerade ihre volle Aufmerksamkeit auf die Straße vor den Toranlagen zu richten, von wo sie unsere Armee erwarten", erläuterte er ihnen seine Beobachtung. „Der Wehrgang um die erste Terrasse scheint nicht besetzt zu sein. Wenn wir unbemerkt bis an das Tor herankommen, können wir von oben ungesehen die Treppen erreichen. Dort warten wir ab, bis der Angriff die Muskil aus dem Bau lockt. Dann steigen wir hinter ihren Reihen zum Tempel empor und stellen Addad."

„Wäre es nicht besser, auf unserer Seite die Terrassen hochzusteigen?", fragte Nintinugga. „Die Treppenaufgänge werden die Muskil sicherlich nicht unbewacht lassen."

„Daran hatte ich auch zuerst gedacht", stimmte ihr Sargon zu. „Ich kann mir aber nicht vorstellen, dass der Wehrgang unbewacht bleibt, sobald unser Angriff startet. Sollten wir beim Aufstieg erwischt werden, wären wir ihren Pfeilen hilflos ausgeliefert."

Er wandte sich um und blickte auf ihre beiden Führer. „Ich denke, von hier an brauchen wir eure Hilfe nicht mehr. Kehrt zurück zu euren Familien."

Semiramis trat zu den beiden Hirten, die ihnen den Weg gezeigt hatten. Die beiden fielen vor ihr auf die Knie.

„Nehmt das als Zeichen meiner Dankbarkeit", sprach sie und überreichte ihnen einen ledernen Beutel. „Und seht zu, dass ihr euch schleunigst in Sicherheit bringt", riet Sargon. „Den Weg kennt ihr ja." Die beiden warfen ihnen dankbare Blicke zu und bereiteten sich auf ihren Abstieg vor.

Sargon übernahm wieder die Führung ihrer Gruppe, dicht von Semiramis gefolgt. Vom Felsen an dem Höhlenausgang aus überzeugte er sich erneut davon, dass sie unbemerkt waren. Dann gab er das Zeichen zum Ansturm und rannte los.

Was er nun sah, verschlug ihm fast den Atem. Die Anlage war riesig und der Tempel ragte wie ein Berg vor ihnen in die Höhe. Der Weg zum Gebäude war wesentlich weiter, als sie erwartet hatten. *Der Platz ist viel zu weit und viel zu offen, dachte er grimmig.* Auf dem offenen Feld würde ihre Gruppe ein leichtes Ziel für feindliche Pfeile abgeben. Der König trug wie die anderen Schwertkämpfer seine leichte Rüstung, die ihn wenigstens etwas gegen Pfeile schützte. Semiramis hingegen hatte nur ein Gewand aus Stoff. Jeder Treffer wäre tödlich für die Königin. Energisch rannte er weiter, um den gefährlichen Platz schnell zu überqueren. Immer stärker wuchs in ihm der Eindruck, dass sie von den stummen Mauern beobachtet wurden, die vor ihm in den Himmel ragten und immer mehr seinen Blick einnahmen.

Sie hatten etwa die Hälfte des Weges zurückgelegt, als ihn das laute Scheppern von Metall gegen Metall herumfahren ließ. Weit hinter ihnen nahm er zwei Gestalten wahr, die Schilde gegeneinanderschlugen und dabei laut riefen: „Alarm! Feinde sind da! Hier kommen sie!"

Fassungslos erkannte er die beiden Hirten wieder, die sie hierhergeführt hatten. Mit erhobenen Häuptern schritten sie nun vorwärts und verrieten lärmend ihre Ankunft. Auch Sargon hatte die Hirten erkannt. Er rief:

„In Deckung! Das ist eine Falle!" Damit sprang er zur Seite, um hinter einem der wenigen Felsen Deckung zu finden, die es auf dem Plateau gab. In die Stelle, an welcher er sich noch kurz zuvor befunden hatte, schlugen erste Pfeile ein.

Nintinugga war herumgefahren, als sie den Lärm vernommen hatte. Ein Fluch kam über ihre Lippen, als sie die Verräter erkannte. Ohne daran zu denken, dass sie selbst den Bogenschützen ein Ziel darbot, legte sie einen Pfeil an die Sehne und tötete den Größeren der beiden. Erschreckt ließ der andere seine Arme sinken. Noch bevor er sich zur Flucht wenden konnte, hatte Nintinuggas zweiter Pfeil ihn tödlich getroffen. Ihr blieb nicht viel Zeit zum Triumph, da auch in ihrer Nähe nun immer mehr Pfeile einschlugen. Mit wenigen Sprüngen nahm sie hinter einem Wagen Deckung, hinter dem sich Sanherib bereits mit zwei Schwertkämpfern verbarg.

Schreie und Stöhnen von Getroffenen schallten über die Ebene, die zuvor noch ruhig vor ihnen gelegen hatte. Nicht alle konnten rechtzeitig Schutz vor dem Beschuss finden. Nintinugga blickte sich schnell um. Etwa ein Drittel ihrer Truppe lag getroffen am Boden. Ein Akkader schleppte sich mühsam vorwärts. Sein rechtes Bein blutete stark und der Pfeil steckte noch in der Wade. Ein zweiter Pfeil traf ihn in die Schulter und riss ihn zu Boden. Er raffte sich auf und kroch weiter auf den schützenden Felsen zu. Kurz bevor er ankam, sprang einer seiner Gefährten hervor, um ihm zu helfen. Noch bevor sie den Felsen erreichten, streckten weitere Pfeile die beiden Kämpfer nieder.

Hoch über ihnen betrachtete ein zufriedener Anführer die Lage der Eingeschlossenen. Nizam-Muskil war einer der Größten seiner Rasse. Seit vielen Jahren hatte er den Oberbefehl im Tempel. Ihm allein war es vergönnt, mit ihrem Gott Addad zu sprechen. Nur er erkannte den Plan seines Herren, der wieder einmal genau so aufgegangen war, wie er es vorausgesagt hatte. *Wie schwach sind doch diese Menschen*, dachte der Muskil verächtlich. *Sie klammern sich so leicht an ihre Hoffnung und bauen sich ihre Zukunft in Gedanken zusammen.* Er hätte niemals zwei unbekannten Hirten geglaubt. *Doch die Menschen glauben, was sie glauben wollen*, hatte ihn sein Herr gelehrt. Das war ihre Schwäche. So glaubten die da unten auch, sie könnten den mächtigen Addad und seine Muskil überlisten. Bald sollten sie erfahren, wie groß ihr Irrtum war. Ein Wächter trabte eilig zu dem Oberhaupt der Muskil.

„Es sind noch etwa zwanzig von ihnen da unten", berichtete er eifrig. „Nur fünf von ihnen tragen einen Bogen. Sollen wir sie einkreisen und kaltstellen?" Grimmig schüttelte der Gefragte seinen mächtigen Kopf.

„Noch nicht", antwortete er. „Unser Gott Addad hat etwas ganz Besonderes mit ihnen vor. Bevor wir sie aus dem Leben senden, will er sie selbst für ihre Überheblichkeit bestrafen. Nie sollen die Menschen vergessen, was es kostet, den Donnergott herauszufordern." *Und wie sinnlos es ist*, fügte er in Gedanken hinzu. Er trat an die Wehrmauer und rief zu den verbarrikadierten Menschen herab, wie es sein Gott ihm aufgetragen hatte.

222

„Menschenwürmer! Ihr wagt es, unseren Gott her-auszufordern. Wer seid ihr schon, dass ihr ihm drohen könntet?" Er erwartete keine Antwort, sondern fuhr fort:

„Addad lacht über euer erbärmliches Unterfangen. Ge-gen ihn seid ihr wie Staub, mit dem der Wind spielt." Auch diesmal blieb es still.

„Ihr schweigt?", fragte der Muskil. „Ich will euch heulen hören. Blickt herab zu dem Weg, auf dem eure tapfere Armee entlangkriecht. Seht genau hin, wie ihr Ende naht."

Am Anfang war der Aufstieg harmlos. *Das geht alles zu leicht*, dachte Senezon grimmig. Wie gewohnt schritt er seinen Truppen voran. Dadurch konnte er sich selbst von dem Umfeld überzeugen und das Tempo vorgeben, in dem die Armee voranschritt. Es gab keinen Grund zur übermäßigen Eile. Der Weg empor zum Tempel war meist breit und stets sehr gut befestigt. Selbst die schweren Wagen mit dem Belagerungsgerät kamen gut voran. Dennoch war die Stimmung des Generals aus Akkad verdunkelt. „Das geht einfach zu leicht", fluchte er wieder einmal vor sich hin.

„Denkst du?", fragte Ezira, der neben ihm schritt. Der alte Freund schien die Ruhe selbst zu sein. Sene-zon war mürrisch. „Das habe ich zu mir selbst gesagt, nicht zu dir!" Der Mann lachte rau.

„Ich dachte, dass du endlich eine Antwort möchtest, nachdem du das immer wieder von dir gibst."

„Es stimmt doch", verteidigte sich der Kämpfer mit der Streitaxt. „Ich fühle mich hier wie ein Schwein, dass vor dem Bankett den Gästen auf einer Schlachtplatte präsentiert wird. Jeder starrt dich an und überlegt nur, wo er sich ein Stück von dir abschneiden kann."

„Du hast aber seltsame Gedanken", erwiderte sein Freund. „Ich wusste gar nicht, dass du so mitfühlende Momente vor dem Essen hast. Meist bis du doch der Erste, der sich die Keule sichert."

„Hast du nicht das Gefühl, dass wir beobachtet werden?", konterte der Beleidigte. „Es ist mir, als würden uns tausend Augen beobachten. Worauf waren die noch? Heute Morgen kamen wir an einem Platz vorbei, den sich Addad nicht besser hätte wünschen können. Und wieder ist nichts passiert. Die Warterei macht mich noch wahnsinnig."

Dass sie immer noch unbehelligt durch Addads Reich marschierten, trieb ihn fast in den Wahnsinn. Jedes Scharmützel war ihm lieber, als so hingehalten zu werden. War Addads Armee so stark geschlagen, dass sie nicht einmal zuschlagen konnten, wenn alle Chancen auf ihrer Seite waren? Die Armee war an eine Stelle gelangt, an welcher der Weg kaum breiter war als die Wagen. Bedrohlich waren Steine unter ihnen weggebröckelt, als die schweren Belagerungswaffen darüber fuhren. Sie brauchtes jeden Mann, um die Gespanne zu sichern, damit die Tiere nicht ausbrachen. Direkt über ihnen hing die ganze Zeit bedrohlich eine Felsenzunge, die sie von unten nicht hatten einsehen können. Ein einzelnes Regiment von Bogenschützen hätte ein Blutbad unter ihnen anrichten können. Aber der Angriff kam nicht und die Armee passierte ungehindert die Gefahrenstelle. So ging der Nervenkrieg weiter.

Wenn dein Feind nicht angreift, heißt das nicht, dass er es nicht kann, ermahnte er sich in Gedanken. Ezira schien seine Bedenken zu teilen.

„Du und ich wir hätten an seiner Stelle die Gelegenheit genutzt. Aber wir wissen nicht, wie Addad denkt und welche Pläne er hat. Er ist schließlich eine

Gottheit. Wer kann schon wissen, wie seine Gedanken ablaufen?"

„Danke. Damit hast du mich wirklich beruhigt", dröhnte sein Freund grimmig. „Wenn er noch lange auf sich warten lässt, sterbe ich eher an Altersschwäche als an einem Axthieb."

„Lass uns hoffen, dass du dieses Alter noch erreichst", murmelte sein Freund.

Hofileschgu hielt sich während des Zuges in der Nähe ihrer Wagen. Andauernd lief sie vor und zurück, ihre Augen stets auf die kostbaren Waffen gerichtet. Sie hatten nur zwei der großen Schleudern mitgeführt. Die mussten um jeden Preis in Position gebracht werden, sollte der Plan des Südkönigs gelingen. Ihre Frauen und Männer der Geschosstruppen hielten sich vortrefflich. Sie waren es nicht gewohnt, weit von der Stadt zu reisen. Dennoch blieben sie aufmerksam und verrichteten diszipliniert ihre Arbeit. Sie war dankbar, dass Sargon angeordnet hatte, die Geschütze in der Mitte der Armee zu führen und nicht am Ende. Hofileschgu hatte große Ehrfurcht vor den hohen Wänden des Gebirges. Sie stellte sich vor, welche verheerende Wirkung eines ihrer Geschütze haben könnte, wenn es oberhalb des Weges angebracht wäre, um Armeen zu beschießen, die hier entlangliefen, wie sie es gerade taten. *Es wäre wie beim Übungsschießen*, dachte sie beunruhigt. Die Einheit läge außer Reichweite und könnte sich alle Zeit nehmen, um zu zielen. Sie müsste noch nicht einmal die Truppen treffen. Es reichte bereits, die Straße so weit zu beschädigen, dass die Truppen steckenblieben. Genauso wie Senezon wurde sie immer unruhiger, je länger der Tag voranschritt, ohne dass es zu einem Angriff kam.

Woranola hatte ihre Bogenschützen in zwei Gruppen eingeteilt, von denen eine unmittelbar vor und eine hinter den Geschosswagen marschierten. Sie selbst ging mit der zweiten Gruppe, in der außer ihr nun keiner der Offiziere war. Sollte der Feind sie einkesseln, würden ihre Bogenschützen sich an den Hängen verschanzen.

Gegen Mittag machten die vereinigten Truppen der Subartuner und Akkader Rast. Die Kundschafter schätzten, dass die Armee den verbleibenden Weg von dort bis zum Tempel in drei Stunden zurücklegen konnte. Senezon ließ die Ausrüstung prüfen und hielt jeden Soldaten an, von nun an jeden Moment mit einem Kampf zu rechnen. Der Weg verlief von dem Rastplatz etwas steiler, aber die Straßen waren immer noch gut befestigt. Ezira hatte vermutet, dass Addad seine Belagerungswaffen für den Angriff auf Ninive im Tempel hatte anfertigen lassen und daher die Straßen befestigen musste. Das nahm Senezon aber nicht das flaue Gefühl im Magen, dass die gepflasterten Straßen sie direkt in eine Falle führte.

Die Straße machte eine Biegung und gab dann den Blick frei auf ein hohes Plateau, auf dem der dreistufige Tempel des Donnergottes thronte. Sie erblickten ihn von der abgewandten Seite im Osten, die nicht von Mauern verborgen war. Der Fels war auf dieser Seite zu steil, als dass hier eine Mauer notwendig gewesen wäre. Senezon hielt als Blendschutz eine Hand über seine Augen, während er angestrengt nach oben blickte. Er konnte dort keine Bewegung ausmachen. Ihr König sollte mit Muschuschu und dem Vorauskommando mittlerweile oben angelangt sein, wenn die Hirten ihr Wort gehalten hatten. *Viel zu viel „wenn" in unserem*

Plan, fluchte er innerlich. Er wandte seinen Blick wieder nach vorn, wo die Straße sich in einer langen Gerade an eine Felswand schmiegte. Voraus erblickte er bereits die letzte Biegung, an welcher Hofileschgu ihre Geschütze aufstellen würde. Dann wäre dieser Marsch auf dem Präsentierteller endlich vorbei. Senezon trieb die Truppen zur Eile an.

Vom Plateau beobachtete Semiramis, wie ihre vereinigten Truppen in geordneten Reihen die Straße entlangschritten. Die einzelnen Menschen konnte sie nicht erkennen, aber die hohen Geschützwagen waren in ihrer Mitte deutlich zu auszumachen. Die Einheiten schienen den Aufstieg bisher unversehrt überstanden zu haben.

Auch vom Tempel waren die nahenden Truppen bemerkt worden. Nizam-Muskil winkte einen seiner Kämpfer herbei. „Die Würmer kommen aus ihren Löchern. Es ist Zeit, sie zu zertreten." Der Kämpfer verneigte sich. „Startet das Bombardement mit den Geschützwagen! Ich will ihre Truppe spalten und nacheinander zermalmen. Ihre Anführer sollen einer langsamen Zerstörung zusehen."

Der Muskil nickte und trabte den Wehrgang entlang und die Treppe des Tempels herab. Am Fuße des Tempels wurde er bereits von einer Gruppe mit Stangen bewaffneter Muskil empfangen. Sie galoppierten zu einer Reihe Felsen, die vor vielen Monaten bereits am Rande des Abhangs für diesen Zweck aufgetürmt worden waren. Um die kleine Gruppe der Menschen in ihrer Nähe machten sie sich keine Gedanken. Die Bogenschützen überblickten das Feld vom Tempel herab. Sollten die Menschen einen Ausfall wagen, wäre es um sie schnell geschehen. Von oben verfolgte Nizam-

Muskil zufrieden, dass die Menschen hilflos zusehen mussten, wie seine Kämpfer die Falle zuschnappen ließen. Als die Muskil die Felsen erreichten und ihre Stangen dahinter in Position brachten, erkannten die Menschen den Plan und begannen verzweifelt zu rufen, um ihre ahnungslosen Gefährten auf der Straße zu warnen.. *Der Gesang hat begonnen,* dachte er grimmig. *Schont eure Stimmen. Sie können euch nicht hören und ihr werdet heute noch viele Gelegenheiten zum Schreien haben.*

Semiramis war die Erste, die den teuflischen Plan Addads erkannte. „Die Felsen, Sargon!", stieß sie hervor. „Sie brauchen gar keine Truppen. Das sind genug Felsen, um die ganze Armee zu erschlagen." Sargon formte seine Hände zu einem Trichter und rief mit aller Kraft: „Zurück! Ihr lauft in eine Falle. Rennt um euer Leben!" Höhnisch antwortete ihm nur der Wind aus der Tiefe und blies dem König seine Worte zurück ins Gesicht. So sehr sich Sargon bemühte, seine Stimme reichte nicht weiter als über das Plateau.

Der anführende Muskil an den Felsen hörte die verzweifelten Rufe und winkte ihm grimmig wie ein Kämpfer in der Arena, bevor er seinem Gegner den letzten Stoß gab. Er ergriff das Ende der langen hölzernen Stange, die bereits unter dem großen Felsen steckte, und drückte es mit aller Kraft nach unten. Der Felsbrocken knirschte, als er sich langsam in Bewegung setzte. Eine weitere Stange schob sich in die entstandene Lücke unter dem Felsen und bewegte den Brocken weiter. Immer lauter wurde das Knirschen von Stein auf Stein. Weitere Stangen kamen hinzu. Die Muskil schwitzten unter der Anstrengung, während der Felsen sich langsam aus seinem Bett erhob und an die Kante rollte. Dann überwand er sie und fiel krachend auf den Abhang, immer mehr Felsen mit sich reißend. Krachender Lärm und Beben erfüllten das Plateau. Jetzt hatten auch die Menschen auf der Straße die Gefahr erkannt. Semiramis konnte noch sehen, wie sich die Reihen der Truppen auflösten, während sich jeder in Sicherheit zu bringen versuchte. Staub wirbelte auf und verdeckte die Sicht. Doch sie vernahm das unheimliche Krachen der Felsen, die auf die Straße schlugen, und die Schreie der Menschen, die Addad mit dem Wind grausam zu ihr emportrug. *Was haben wir uns nur eingebildet?*, dachte sie verzweifelt. *Für Addad sind wir nicht mehr als Spielzeug, das er vor sich hertreibt.* Angestrengt versuchte die Königin, durch den Staub die Straße zu erblicken. Gab es dort noch Überlebende?

Woranola hatte unwillkürlich ihren Kopf gehoben, als sie hoch über sich das Krachen von Gestein hörte. Entsetzt sah sie, wie eine Felsenlawine auf sie herabstürzte.

„Eine Lawine! Weg von den Wagen!", rief sie laut. Gleichzeitig schickte sie ihre Truppen der Nachhut den Weg zurück, um den Felsmassen auszuweichen. Chaos entstand auf der Straße, als Soldaten versuchten, sich an den Versorgungswagen vorbeizudrängen. Wilde Schreie ertönten. Die Menschen schoben und drückten sich gegenseitig, nur um den Felsen zu entgehen, die von oben immer lauter heranrollten.

Ezira erkannte an der Spitze des Zuges als Erster die nahende Gefahr.

„Rennt!", rief er den Soldaten zu. „Rennt, so schnell ihr könnt!" Und schon eilte er selbst die Straße entlang.

Hofileschgu fand sich indes eingekeilt zwischen den beiden Wagen der Geschosseinheiten, als das Krachen der Felsen ertönte. Sofort erkannte auch sie die Gefahr, die ihnen drohte. Eingeschlossen von den schweren Wagen und den langen Soldatenreihen gab es für sie keinen Weg aus der Falle. In ihrer Verzweiflung behielt sie jedoch den klaren Kopf, den ihre Soldaten immer an der Offizierin verehrten. Kaltblütig   schätzte sie die Bahn der herabstürzenden Felsen ab. Sie würden knapp hinter ihr einschlagen, stellte sie fest. Über das Chaos hinweg versuchte sie, ihrer Stimme Ruhe und Nachdruck zu geben.

„Verlasst den dritten Wagen und schließt mit uns auf. Die vorderen Wagen sollen weiterfahren. Versucht nicht zu rennen, aber bleibt auch nicht stehen." Die Männer und Frauen vernahmen den Befehl und die ruhige Zuversicht, die dieser ausstrahlte. Inmitten einer schreienden und eilenden Masse von Soldaten führten sie den Befehl schweigend aus und schoben sich weiter vorwärts, während die Felsen immer lauter herabstürzten.

Mit einem mächtigen Satz schlug der ersten Felsen in den Wagen mit dem hinteren Geschoss ein. Große Holzsplitter flogen herum und trafen Menschen und Tiere, die schreiend   zu Boden fielen. Weitere Felsen zerschlugen die Straße, die sich unter ihren Füßen förmlich auflöste und den Abhang herabstürzte. Immer neue Felsbrocken schlugen auf die Menschen ein, wirbelten Staub auf, der sich mit Blut, Schreien und Klagen vermischte. Als schließlich keine neuen Felsen mehr einschlugen, wagte Hofileschgu erstmals einen Blick zurück. Dort, wo zuvor noch der zweite Wagen gestanden hatte, war die Straße vollständig zerstört und den Hang hinabgestürzt. Eine Spalte, die zwei Wagen vollständig hätte aufnehmen können, klaffte nun zwischen ihnen und der Nachhut unter Woranolas Kommando. *Ob sie es überlebt hat?*, fragte sich Hofileschgu. Die Verletzten vor der Spalte waren das dringendere Problem. „Kümmert euch um sie", wies sie ihre Zugführerinnen an. „Wir lassen hier niemanden zurück." Die Angesprochenen nickten und ließen die Verletzten auf die Wagen heben.

Weit oben betrachtete Nizam-Muskil zufrieden das Ergebnis des ersten Schlags. Seine Soldaten waren bereits zum zweiten Felsblock galoppiert, welcher der Spitze der Truppe den Weg abschneiden sollte, und hatten die Stangen angesetzt. Grimmig gab er das Zeichen zum Abwurf.

Senezon rannte schnaufend die Straße entlang, bemüht, mit Ezira mitzuhalten. Er hatte dem alten Speerkämpfer solche Ausdauer gar nicht zugetraut, mit der dieser jetzt voraneilte. Senezon selbst hatte zunehmend mit der dünnen Luft und dem Gewicht der Axt zu kämpfen. Von hinten dröhnte noch das Schreien der Gefallenen an seine Ohren. Er fand keine Zeit, sich umzudrehen. Da vernahm er erneut das verhängnisvolle Knirschen und Krachen von Felsbrocken aus der Höhe. Verzweifelt blickte er zum Tempel empor, von wo sich erneut eine Lawine löste. Diesmal rollte sie direkt in seine Richtung.

„Zurück!", rief er entsetzt. „Die Felsen!" Seine Truppe kam augenblicklich zum Stillstand. Polternd stürzten die Felsmassen über ihnen herab. Es war unmöglich, die Straße vor ihnen zu passieren. Senezon steuerte seine Gruppe zurück die Straße herab, um den Felsen zu entgehen, die nun krachend einschlugen. Bereits der erste Felsen riss den Großteil der Straße mit sich, die augenblicklich vor ihren Füßen zerbrach. Der Weg zum Tempel war ihnen abgeschnitten. Sie saßen jetzt endgültig in der Falle.

Vierundzwanzigstes Kapitel: Götterdämmerung

Von seinem geschützten Platz hinter dem Felsen musste Sargon hilflos mitansehen, wie die Armee in der Enge der Straße aufgerieben wurde. Schon machten sich die Muskil an den verbleibenden Felsen zu schaffen, die bald auf die eingeschlossenen Menschen niederstürzen würden.

Weit über ihnen zogen sich dunkle Wolken über dem Tempel zusammen. Der Wind wurde immer stärker. Er heulte ein schauriges Totenlied. Blitze zuckten herab, gefolgt von Donner, der die Felsen erbeben ließ. In dem Getöse glaubte Sargon, eine übermenschlich große Gestalt auf dem Tempel zu sehen. Hörner erwuchsen einem mächtigen Haupt, der Blitze in den Himmel schleuderte:

Addad, der Donnergott.

Neben Sargon hatte Semiramis das Schauspiel beobachtet, ohne ein Wort zu sagen. Ihr Gesicht war bleich geworden, aber ihre Lippen waren grimmig zusammengepresst. Der Donnergott war erschienen, um den Menschen im Moment der Vernichtung die Sinnlosigkeit ihres Unterfangens zu zeigen.

„Wir müssen unseren Truppen Zeit verschaffen, von der Straße zu kommen", sagte sie mit fester Stimme zu Sargon. „Es sind nur drei von ihnen an den Felsen gegen unsere zwanzig."

„Wir sind nur noch achtzehn", korrigierte Sargon sie. „Und du vergisst die beiden Bogenschützen auf dem Wehrgang. Es gibt für uns von hier bis zu den Felsen keine Deckung. Während wir dort hinrennen, können sie sich ihre Ziele aussuchen. Da kommen wir nicht durch."

„Doch, es gibt einen Weg", sagte Semiramis bestimmt. Etwas in ihrer Stimme zeigte Sargon, dass die Königin einen folgenschweren Entschluss getroffen hatte.

„Nintinuggas Bogen trägt weit genug, um die Muskil auf dem Tempel zu erreichen. Sind die beiden Bogenschützen erst ausgeschaltet, gelangt unsere Gruppe bis zu den Felsen, bevor die Muskil Verstärkung bekommen."

„Nintinugga wäre bereits tot, noch bevor sie die Sehne ihres Bogens gespannt hätte", erwiderte Sargon. „Du hast doch gesehen, wie schnell die Muskil ihr Ziel finden. Die Zeit ist zu knapp."

„Nicht, wenn die Muskil ihre Aufmerksamkeit auf ein attraktiveres Ziel gerichtet haben", erwiderte die Königin. Entsetzt erriet Sargon, was Semiramis vorhatte. „Das ist Selbstmord. Du trägst keine Rüstung. Der erste Pfeil würde bereits dein Ende bedeuten."

„Kommt mein Ende nicht auch, wenn wir hier ausharren? Addad hat alle Zeit, während unsere Truppen erschlagen werden und wir hier verhungern."

Sargon protestierte. Es widerstrebte ihm, ihr Leben sinnlos zu verschwenden. Sie las die Sorge in seinem Gesicht und lächelte ihn dankbar an.

„Es rührt mich, dass du mein Leben verschonen willst, Sargon, König von Akkad." Sie klang nun sehr förmlich, obgleich sie ihn beim Namen ansprach. „Ich habe mich nicht in dir getäuscht. Du schützt dein Volk, aber auch die Menschen aus meinem Reich sind dir nicht gleichgültig." Sie zog eine Tafel aus ihrem Gewand und reichte sie dem Akkader.

„Gib diese Tafel der Hohepriesterin von Ninive, wenn ich nicht mehr bin. Sie wird dir eine Schatulle mit Anweisungen für mein Volk geben. Der erste Befehl gilt meiner Tochter Ataliya. Sie soll deine Gemahlin werden, damit ihr gemeinsam Frieden schafft zwischen unseren Völkern."

Sargon war sprachlos. Er starrte auf die Tontafel, die Semiramis in seine Hand gelegt hatte. Neben ihrem Siegel stand ein kurzer Befehl, das Gesagte auszuführen. Es gab keine Erklärungen oder Bedingungen. Offensichtlich hatte Semiramis die Hohepriesterin bereits vor der Abreise aus Ninive auf einen solchen Moment vorbereitet. Erneut versuchte er, sie von ihrem verzweifelten Plan abzuhalten.

„Es muss noch einen anderen Weg geben. Dein Volk braucht dich. Addad darf nicht so über uns triumphieren."

„Das wird er nicht, solange wir uns nicht von ihm trennen lassen. Es war eine wunderbare Reise mit dir, Sargon. Ich möchte keinen der gemeinsamen Momente missen. Wir schulden dir Dank für die Rettung von Ninive. Mein Tod ist das Wenigste, was ich dafür geben kann."

Sargon war immer noch nicht überzeugt. „Nein", brachte er mühsam zwischen zusammengebissenen Zähnen hervor. „So lasse ich dich nicht gehen."

Ein Donnern ließ ihn herumfahren. Mit lautem Getöse stürzte erneut eine Steinlawine den Hang hinunter, um sich auf die eingeschlossenen Truppen zu werfen. Krachen und Schreie tönten zu ihnen hinauf, als die Felsenbrocken ihr Ziel trafen. Semiramis blickte Sargon bestimmend an.

„Sargon! Wie viele sollen noch sterben? Es ist unsere letzte Chance. Wir müssen sie dort herausholen."
Sargon gab den Widerstand auf.

„So soll es geschehen, Köngin Semiramis, es war mir eine Ehre, dir in Ninive zu dienen." Sie sagte nichts, sondern zog ihn an sich und küsste ihn fest auf die Lippen. Verblüfft ließ er sie gewähren.

Dann wandte sich die Königin um und rief ihre Anweisung an die Bogenschützin aus Akkad.

„Nintinugga! Es sind zwei Muskil, die an den Ecken des ersten Plateaus das Feld überblicken. Mit Kalbabas Bogen kannst du sie erreichen. Wir werden die Muskil ablenken, um dir die nötige Zeit zu geben. Erinnere dich, was du über den Bogen gelernt hast. Es wird dich und deinen König retten."

Zu Sargon gewandt sagte sie:

„Ich danke dir, Sargon. Ich danke dir für dein Vertrauen und für die vergangenen Wochen in deiner Gesellschaft. Nun erfüllt mir noch einen letzten Wunsch. Ich möchte, dass die Göttin es mitansieht, wenn sich ihre Tochter für euch in den Tod begibt. Marduk wird sich dem nicht verschließen, wenn du es bist, der ihn darum bittet."

Sargon spürte noch wie verzaubert den Druck ihrer Lippen auf den seinen. Sein Widerstand gegen ihren Plan war gebrochen. Er kniete nieder zum Gebet und richtete dabei seinen Körper zur Sonne Marduks aus, die rotglühend fern am Horizont zu ihnen herüberschien. Erinnerungen krochen aus seinem Gedächtnis. Wie oft hatte er zu seinem Gott gebetet, wenn der Tag der Nacht wich? Als Kind hatte er gebetet, Marduk möge die dunkle Nacht vertreiben, vor der er sich gefürchtet hatte. Doch die Dunkelheit war immer wiedergekommen und so lange geblieben, bis ihr die

Kraft versagte. Heute war es anders. Die Nacht hatte für Sargon ihre Bedrohlichkeit verloren. Nun kannte er die andere Seite, die dem geblendeten Auge Ruhe versprach und die verbrannte Haut abkühlen ließ. Semiramis hatte ihm den Blick für eine andere Welt eröffnet, die auch den Menschen gehörte. Die Nacht in Subartu war ihr Reich. Es war nur recht, wenn sie von hier als Königin im Antlitz ihrer Göttin schied.

Sargon kniete nieder und zwang seine Gedanken in das Gebet. Vor seinem inneren Auge zogen die Momente vorbei, die er in Subartu verbracht hatte. Es waren frohe Nächte gewesen, wenn er mit Gusur und Senezon scherzend vor dem Zelt bei Ninive gesessen hatte. Dann dachte er an den Triumph, als die Muskil vor Ninive zurückgeschlagen worden waren. In all diesen Momenten hatte Ischtar ihr Himmelsgestirn gnädig über sie scheinen lassen. Nun bat Sargon Marduk, seinen Gott, Ischtar Eingang in sein Reich des Tages zu gewähren, damit sie die tapfere Tat ihrer Tochter ansehen könne. Immer tiefer drang der König in das Gebet. Kaum hörte er die erstaunten Rufe, die seine Männer ausstießen, als im fernen Osten zwischen den spitzen Bergen die Scheibe des Mondes hervortrat. Ischtar schwebte in ihr Reich im Angesicht von Marduks Sonne.

Hinter ihrem Felsen beobachten Nintinugga und Sanherib stumm das Schauspiel. Vorsichtig legte sie bedächtig eine Hand in die seine.

Bald hatte das Licht des Mondes das Plateau erreicht und reflektierte sich in dem Kleid der Königin. Semiramis' Haar leuchtete silbern und ihr Kleid schimmerte in jeder Falte. Es war, als wäre neben Sargon ein zweiter Mond aufgegangen. Staunend bestaunte der König das Schauspiel. Hochaufgerichtet stand die Königin da, ihren Blick fest auf den fernen Mond ihrer Göttin gerichtet und mit festem Willen, ihren letzten Auftrag zu erfüllen.

„Es ist an der Zeit", flüsterte sie und schritt zum Rande des Felsens, hinter dem sie vor den Pfeilen Schutz gefunden hatten. Sargon machte sich ebenfalls bereit.

In dem Moment ertönte das rasselnde Grollen eines wilden Tieres. Ein Löwe mit prächtiger Mähne war hinter ihnen von dem Pfad gekommen, der sie auf das Plateau geführt hatte. Danach folgten weitere Löwen, die ebenfalls brüllend an den Eingeschlossenen vorbei auf den Tempel zuliefen. Ischtar selbst griff in den Kampf ein.

Oben auf dem Wehrgang geriet Nizam-Muskil in helle Aufregung. Wo kamen die Löwen her? Seine Bogenschützen hatten sofort reagiert und schossen nun auf die neuen Eindringlinge. So gut sie auch zielten, es reichte nicht. Immer mehr Tiere kamen aus der Felsspalte hervor. Da vernahm er hinter sich ein bedrohliches Zischen. Nizam-Muskil fuhr herum und blickte direkt auf den Schlangenkopf eines riesigen Drachens. Sein Warnschrei erstickte, als ihn ein mächtiger Schlag mit dem Skorpionschwanz über die Brüstung schleuderte. Muschuschu war nach langem Aufstieg von der nördlichen Seite auf das Plateau gelangt und hatte die Treppen zum Wehrgang unbeobachtet erklommen. Nun stürzte er sich auf die Bogenschützen, die der Angriff vollkommen überraschte.

Zur selben Zeit erschien ein weißer Löwe mit langer Mähne in der Felsspalte. Er betrachtete den Kampf auf dem Plateau und trabte dann zu dem Felsen, hinter dem Semiramis und Sargon Schutz gefunden hatten. Semiramis erkannte in ihm sofort das Wappentier ihrer Göttin und ging auf die Knie. Sargon blieb stehen und betrachtete den Löwen staunend. Er war ein Kind der Wüste, in der die Begegnung mit Löwen immer tödlich endete. Die Erfahrung hatte ihn gelehrt, abzuschätzen, wer aus dem Zweikampf sieghaft hervortreten würde. Die Masse dieses Tieres zeigte ihm, dass es jedem Menschen weit überlegen war. Langsam schritt der Löwe näher, bis er die kniende Königin erreichte. Eine Bewegung mit der mächtigen Mähne hieß sie aufzustehen. Dankbar legte die Königin eine Hand an den Hals des Tieres.

Der gellende Schrei des herabstürzenden Muskil ließ Sargon aufblicken. Er sah den riesigen Körper fallen und bemerkte erst dann den Kampf auf dem Wehrgang. Der Löwe vor ihm stieß ein triumphierendes Brüllen aus.

„Muschuschu ist auf dem Wehrgang!", rief Sargon seinen Gefährten zu. „Los, zu den Felsen!" Und schon lief er zum Plateau hinauf.

Augenblicklich schlossen Nintinugga und Sanherib zu ihm auf. Die Muskil an den Felsen hatten auch bemerkt, dass etwas vorgefallen war, und sahen entsetzt, dass die weißen Löwen der Ischtar auf sie zuliefen. Mit ihren langen Stangen hielten sie die Tiere zunächst tapfer auf Abstand, doch der Überzahl der Angreifer konnten sie nicht lange standhalten. Nintinugga erlegte einen mit einem langen Schuss aus ihrem Bogen. Dann fielen die Löwen über ihre Beute her.

Als die Menschen bei den Felsen ankamen, waren die Löwen bereits weitergeeilt, um die anderen Muskil zu stellen. Sargon wies fünf seiner Männer an, die Felsen zu bewachen, damit niemand in ihrem Rücken doch noch die furchtbare Waffe gegen die eingeschlossene Armee einsetzen würde. Dann folgten er und Semiramis dem großen Löwen zu der langen Prachttreppe, die zum Tempel heraufführte. Auf Höhe der zweiten Terrasse mündete die Treppe in einen tempelförmigen Vorbau, der von Säulen umsäumt war. Von dort schallte Kampflärm herab.

Zerrissene Körper von Muskil und Löwen säumten ihren Weg. Mit großen Sprüngen eilten die Menschen die Stufen der Prachttreppe empor, die den Tempel mit der Toranlage im Westen verband. Die Löwen eilten den Menschen voraus und rissen jeden nieder, der sich ihnen entgegenstellte. In dem Vorbau lagen unzählige Leichen der Muskil und auch die einiger Löwen. Addad schien über keine anderen Gefolgsleute mehr außer den treuen Kämpfern vom Urmia-See zu verfügen. So furchtbar ihre Waffen auch waren, dem gemeinsamen Ansturm der Götter konnten sie nicht standhalten. Am Ende des Saals befand sich eine prunkvolle Treppe. Sargon konnte noch beobachten, wie Muschuschu einen großen Muskil mit einem Stachelschlag niederstreckte, während neben ihm der alte Löwe einen anderen Wächter niederriss. Dann war der Weg zur Treppe frei. Sie eilten durch die Halle, an Standbildern Addads und zahlreichen Opferstellen vorbei bis zur Treppe und blickten dem Löwen und Muschuschu nach, die geschickt die Stufen erklommen. Die zweite Treppe war fast so lang wie die erste und führte auf halber Strecke aus dem Gebäude heraus. Weit darüber strahlte der weiße Tempel auf sie herab. Dahinter türmten sich drohende Gewitterwolken auf, aus denen Blitze zuckten.

„Dies ist die Himmelstreppe", sagte Semiramis andächtig. „Dort oben erwartet uns Addad."

„Dann sollten wir ihn nicht warten lassen!", rief Nintinugga übermütig. Der Lauf mit den Löwen hatte sie berauscht. Nichts schien ihr unmöglich. Ihr König war jedoch vorsichtiger.

„Die Götter sind uns bereits voraus, um Addad zu stellen, Nintinugga. Denk dran, dass wir nur ihre Helfer sind. Lasst uns sehen, wie wir ihnen beistehen können."

Damit stieg er die Stufen empor, während er aufmerksam das Umfeld beobachtete. Die Gruppe folgte ihm. Muschuschu und der alte Löwe waren bereits oben angelangt und von unten nicht mehr zu erspähen. Vorsichtig folgten sie den Stufen aus dem Gebäude heraus, die unter den offenen Himmel führte. Draußen war es bereits vollständig dunkel geworden. Die Sonne Marduks war gänzlich hinter den Hügeln verschwunden, und der Mond wurde von schweren Wolken verschleiert. Auch den Anblick auf die Sterne hatten Addads Wolken den Menschen wieder einmal versperrt. Der Wind auf dem Plateau hatte sich nun zu einem Sturm gesteigert. Er heulte und zerrte an ihrer Kleidung. Sargon wollte seinen Gefährten etwas zurufen, aber seine Stimme konnte den Sturm auch auf kurze Distanz nicht mehr übertönen. Er stieg weiter. Vom Tempel hoch über ihnen war immer noch keine Bewegung zu erspähen. Hagel setzte ein. Dicke Körner schlugen wie Steine auf die Menschen herab. Im Nu verwandelte das Eis die Treppenstufen in einen rutschigen Abhang. Nintinugga hatte sich ihren Bogen auf den Rücken geschnallt, um sich beim Aufstieg mit beiden Händen abstützen zu können. Sie hielten sich geduckt dicht an der Treppe, um vom Sturm nicht erfasst zu werden. Mit jeder Stufe blies der Wind stärker auf sie ein und Hagel schlug ihnen ins Gesicht. Grimmig blickte Sargon auf seine Gefährten herab, die ihm und Semiramis tapfer folgten. Er nahm die nächsten Stufen, während der Sturm sein langes Haar herumwirbelte. Semiramis hinter ihm hatte große Mühe, nicht von ihrem Kleid emporgewirbelt zu werden. Die leichten, weißen Stoffe blähten sich immer wieder auf und drohten, ihr das Gleichgewicht zu rauben. Tief gebeugt kletterte sie die lange Treppe hinauf. Sie wusste, das Sanherib ihr dicht folgte, um sie zu stützen, sollte sie fallen.

Erschöpft und durchnässt erreichte Sargon schließlich das Ende der Treppe. Hoch baute sich der weiße Tempel vor ihm auf. Fackeln erleuchteten hell den Innenraum und strahlten bis auf den Platz hinaus. Drinnen sah er große Schatten im Rauch miteinander ringen, der den gesamten Saal erfüllte. Unheimliche Schreie gemischt mit dem Zischen einer riesigen Schlange hallten ihnen entgegen. Vorsichtig trat die Gruppe der Menschen ein und näherte sich dem Kampf der Götter. Im Tempel war die Luft heiß und stickig. Es raubte ihnen fast den Atem, während der Sturm hinter den mächtigen Toren zurückblieb. Sein Heulen wurde überlagert von den Schreien der Kämpfer. Muschuschu erschien und verschwand mit einem Satz sofort wieder in der Rauchwolke, die den Saal erfüllte. Sargon vermochte in der Mitte einen großen Schatten zu erahnen, der etwa menschliche Gestalt hatte, aber mehr als doppelt so groß war und Hörner über langem Haar trug. Eine riesige Axt schwang bedrohlich durch den Rauch. Blitze zuckten hervor, gefolgt von wütenden Schreien, wenn sie ihr Opfer fanden. Nintinugga trat etwas zur Seite und legte einen Pfeil an. Als sie glaubte, ein gutes Ziel zu erblicken, ließ Nintinugga den Pfeil von der Sehne schnellen. Ein Pfeifen erfüllte den Saal, als ihr Pfeil im Rauch verschwand. Ein zorniges Grunzen beendete den Ton. Da erschien eine riesige Hand aus der Wolke, die einen blitzenden Speer nach der Stelle warf, aus der der Angriff erfolgt war.

Einem Impuls folgend hatte Nintinugga ihre Position gewechselt. Das rettete ihr das Leben. Der Blitz schlug krachend in die Säule ein, vor der sie noch kurz zuvor gestanden hatte. Der Stein zerbarst und stürzte nach vorne. Erschreckt schrie Nintinugga auf, als das Dach über ihr zusammenbrach. Balken und Ziegel stürzten auf sie herab. Ihre Begleiter retteten sich in eine andere Ecke der Halle. Nintinugga jedoch wurde unter einem Berg aus Steinen und Staub begraben. Sanherib schrie auf. Er setzte darüber, dass die junge Frau verschwunden war, und grub verzweifelt im Schutt. Der Sturm hatte sie wiedergefunden. Hagel schlug durch das offene Dach auf die Menschen herab. Ein weiterer Blitz aus der Wolke ließ die Säule hinter Sargon erschüttern. Der Akkader sah, dass sich auch über ihm die Decke auflöste und sprang nach vorne, um den herabstürzenden Steinen zu entgehen. Laute Schreie hinter ihm teilten dem König mit, dass nicht alle seiner Gefährten rechtzeitig der Falle entkommen waren. Semiramis war der Stelle, an der Nintinugga getroffen wurde, am nächsten. Sie half Sanherib, die Trümmer über seiner Geliebten beiseitezuräumen. Sargon steckte sein Schwert in die Scheide und half ebenfalls. Vor ihnen tobte der Kampf der Götter mit unverminderter Härte. Ein großer Splitter hatte Sanherib in die linke Schulter getroffen. Blut floss in Strömen an ihm herab und färbte die Steine rot. Er achtete nicht darauf. Immer wieder gruben sich seine Hände in den Schutt. Als er einen Schild emporhob, stieß er auf einen Spalt zwischen zwei großen Steinen. Eine vertraute Hand winkte ihm entgegen.

„Dem Bogen ist nichts passiert", waren die ersten Worte, die aus der Grube kamen. Er konnte seine Tränen nicht zurückhalten. Gemeinsam mit Semiramis half er Nintinugga empor.

Sargon richtete in der Zwischenzeit seine ganze Aufmerksamkeit auf ihren Gegner und den Kampf der Gottheiten im Tempel. Keiner schien im Vorteil zu sein. Addad hielt die beiden Helfer der Götter auf Abstand, während sie ihn erfolgreich von einem Gegenschlag abhielten. Dieser Kampf konnte noch ewig andauern.

„Wir müssen unseren Teil leisten, wenn wir unseren Göttern zum Sieg verhelfen wollen", sagte er zu Semiramis. „Auch wenn es unser Ende bedeutet", fügte er mit einem Blick auf Sanherib und Nintinugga hinzu.

„Lasst uns einen Kreis bilden, um dadurch Addads Aufmerksamkeit zu spalten. Auf mein Zeichen werfen wir unsere Waffen alle gleichzeitig. Es wird nicht wichtig sein, wo wir ihn treffen, solange wir Addad ablenken und den Göttern den Schlag ermöglichen, um ihn niederzustrecken."

Sie sahen sich an und nickten sich zu. Nintinugga gab Sanherib einen flüchtigen Kuss auf die Lippen und stieg dann als Erste in Position. Sargon schritt zum gegenüberliegenden Platz in der Halle. Semiramis und Sanherib stellten sich vor dem auf, was einmal das Tor zum Tempel gebildet hatte. Er hielt den Wurfspeer, während sie ihr Wurfmesser in einer Hand wog. Nintinugga wählte einen schweren Pfeil. Die Distanz zum Ziel war nur gering. Ihr Schuss würde treffen. Sargon hatte sich entschlossen, sein kurzes Schwert zu opfern. Würde es sein Ziel verfehlen, wäre er anschließend unbewaffnet, aber den Blitzen eines Gottes konnte seine Waffe sowieso nichts anhaben. Ob Addad ihren Plan kannte? Sicherlich wusste er, dass ein paar Menschen seinen Angriff überlebt hatten. Es flogen aber keine Blitze auf die kleine Gruppe, die sich zum letzten Angriff formierte. Sargon fand einen Tisch, von dem er etwas erhöht den Raum überblicken konnte. Seine Gefährten waren bereit und warteten auf sein Zeichen. Immer wieder zuckten mächtige Schatten durch den Rauch. Sargon wartete, bis er das Haupt des Donnergottes erkennen konnte. Das war sein Ziel.

„Jetzt!", rief er und schleuderte sein Schwert mit aller Gewalt auf den Kämpfer. Nintinugga schrie von der anderen Seite, als sie den Pfeil abschoss. Gleichzeitig warfen Semiramis und Sanherib ihre Waffen auf den Donnergott. Lautes Klirren von Metall auf Metall erscholl, als die mächtige Doppelaxt Addads zum Schutz ihres Besitzers schwang. Sie zerschlug die Waffen der Menschen, als wären sie aus Schilfrohr. Es war nur ein kurzer Moment, den die Axt des Donnergottes dafür brauchte, aber er dauerte lange genug, dass Muschuschu zuschlagen konnte. Der Skorpionsstachel riss eine lange Wunde in die Brust des Donnergottes. Gleichzeitig sprang ihn der Löwe an und grub seine Kiefer tief in einen Arm seines Opfers. Addad schwankte, während ihm die Doppelaxt entglitt. Blitze zuckten in alle Richtungen. Vom Himmel fielen Hagelkörner wie Steine, und der Donner ließ die Erde unter ihren Füßen beben. Die Menschen konnten noch sehen, wie der Donnergott auf die Knie ging, da schlug vom Himmel ein mächtiger Blitz ein, der die verbleibende Wand auf die mächtigen Kämpfer niederfallen ließ. Sargon sprang zurück, um den Gesteinsbrocken zu entkommen. Mit lautem Poltern begrub der Schutt den Kampfplatz begleitet von einem mächtigen Donner, der in den Tälern widerhallte. Dann wurde es still auf dem Berg. Der Sturm verschwand und nahm den Hagel mit sich. Langsam verzog sich auch der Rauch von der Stelle, an welcher sich die Götter gemessen hatten. In der Dunkelheit konnte Sargon nur noch einen Hügel mit Schutt sehen, wo zuvor titanische Kräfte gewütet hatten. Von Addad und den übermenschlichen Tieren war keine Spur mehr zu sehen. Stumm lagen die Trümmer des weißen Tempels vor ihm. Da bemerkte Sargon eine Bewegung zu seiner Linken. Semiramis kletterte über die Trümmer des Tempels zu ihm. Ihr Gesicht zierte ein breites Lachen. Sanherib eilte auf der anderen Seite zu seiner Gefährtin. Semiramis lauschte ihm nach und verabschiedete sich in Gedanken bereits von ihrem treuen Beschützer. Auf sie wartete ein neuer Freund aus dem fernen, aber nun vertrautem Land im Süden. Ein sanfter Wind schob leise die schweren Wolken vom Antlitz des Mondes und erlaubte Ischtar nach vielen Jahren wieder einen ungetrübten Blick auf ihr Land. Hell strahlte ihr blasses Licht vom Himmel auf Sargon herab. Mit ihm kam der Frieden zurück in die Königreiche von Subartu und Akkad.

Über den Autor

Guido Schenk arbeitet seit über 20 Jahren als Manager für internationale Verlage und Technologieunternehmen. Seine Vertriebstätigkeit motivierte ihn, tiefer in das Thema Storytelling einzusteigen. Ideen in Form von Geschichten zu kommunizieren, charakterisiert seine Arbeit mit Kunden und MitarbeiterInnen.

Guido Schenk lebt mit seiner Frau in Stuttgart, schreibt nebenberuflich und unterrichtet zum Thema Storytelling. Der Löwe der Ischtar ist sein erster Roman.